LE BÉBÉ,
MON MILLIARDAIRE
ET MOI

ROSE M. BECKER

LE BÉBÉ, MON MILLIARDAIRE ET MOI

Éditions A Addictives

À ma sœur, Virginie.

« Je t'aime non seulement pour ce que tu es
mais pour ce que je suis
quand nous sommes ensemble. »
Roy Croft

TABLE

I

UNE RENCONTRE

1
LA CHANCE DE MA VIE

D'abord un crachotement. Puis une grosse toux. Non, non, dites-moi que ce n'est pas vrai ! Les deux mains agrippées au volant, je vois une fumée blanche s'élever du capot de ma voiture. Pas maintenant ! Pas aujourd'hui ! Une odeur de brûlé chatouille mes narines et mes yeux me piquent. Pas en plein milieu de la circulation ! Avec un gémissement, j'écrase désespérément la pédale de l'accélérateur.

– Avance !

Je suis presque debout sur mon siège.

– Avance, vieux tas de ferraille !

Au prix de gros efforts, mon tacot s'extrait péniblement de la circulation et se traîne le long du trottoir tandis qu'un conducteur me dépasse en klaxonnant. Super. Comme si j'avais besoin de ça ce matin. Pile le jour où je passe l'entretien d'embauche le plus important de ma vie.

– Merde !

Sur le côté, un flot ininterrompu de véhicules frôle ma vieille guimbarde. À 8 heures du matin, les embouteillages paralysent déjà la ville et je ne peux pas rester au milieu du trafic. Je crois que je ne m'habituerai jamais à la circulation new-yorkaise. Quand soudain, mon moteur s'éteint dans un gros gargouillis. Cédant au désespoir, je tourne à dix reprises la clé de contact.

La vache. Qu'est-ce que je suis supposée faire ?

– S'il vous plaît, pas aujourd'hui. Pitié, pitié, pitié. Il me FAUT ce job. J'en ai besoin. Vous comprenez ? Si vous m'entendez là-haut…

Apparemment, il n'y a personne au bout du fil car le nuage de fumée s'épaissit, obstruant ma vue.

– Noooooon !

Je pousse un cri déchirant – et un poil ridicule, aussi. Puis je pars dans un fou rire nerveux. Un vrai rire de folle. Sur le trottoir, les passants me jettent des regards consternés mais c'est plus fort que moi : je ne peux pas m'arrêter. Mieux vaut rire que pleurer, non ? Car pour la première fois depuis des semaines, je suis convoquée à un entretien d'embauche. Et pas n'importe où ! Au siège de Stevenson Inc., la plus célèbre agence de pub des États-Unis. C'est la chance de ma vie et cette place d'assistante est pour moi.

Allez, c'est le moment de se reprendre. À la volée, j'attrape mon sac à main et mon grand carton à dessins, posés sur le siège passager. Tant pis pour la voiture. La fourrière n'aura qu'à l'embarquer – même si je n'ai pas les moyens de payer l'amende… D'un seul coup, je me jette dans la circulation. Je ne raterais mon rendez-vous pour rien au monde. Et l'air toujours aussi cinglé, je me précipite au milieu des voitures qui foncent sur l'avenue, les bras en V au-dessus de la tête.

– Hep ! Hep !

Un premier taxi me dépasse. Comprendre : il manque de me renverser dans le caniveau. Un peu secouée, je ne renonce pas pour autant et juchée sur mes chaussures à talons neuves qui réduisent mes pieds en bouillie, je repère un nouveau *yellow cab*.

Celui-là, il est pour moi !

Quand tout à coup, un grand type blond surgit sur le trottoir d'en face. D'un petit signe de la main, il interpelle MON taxi… qui s'arrête devant LUI. Quoi ?! Je m'agite comme un épouvantail pour attirer l'attention du chauffeur et lui, il n'a qu'à claquer des doigts pour monter ? Je rêve ! Malgré mes orteils tordus, je m'élance vers la voiture en clopinant, mon grand carton à dessins sous le bras.

– Eh !

Déjà, l'inconnu ouvre la portière.

– Eh, vous ! Je…

Je reste sans voix. Parce qu'il vient de relever la tête. Mon voleur de taxi. Dans ma poitrine, mon cœur s'arrête de battre – à moins que ce ne soit le temps qui s'arrête de défiler ? Jamais je n'ai croisé des yeux pareils. Bleu sombre. Bleu tempête. Comme le fond de l'océan quand il est en colère. Je déglutis avec peine, une main sur l'autre portière du taxi, mon carton coincé sous l'aisselle dans mon tailleur gris froissé. Cet homme… il est tellement beau que je ne trouve rien à dire. Je me contente de le fixer, les yeux ronds. Il a la beauté mâle, nordique, presque guerrière. Des cheveux blond foncé qui retombent sur sa nuque. Des lèvres parfaitement dessinées qui s'étirent en un sourire amusé. Un nez fin, avec une mystérieuse petite cicatrice sur l'arête. Une mâchoire virile, carrée. Et des épaules solides sous l'impeccable veste d'un élégant costume de luxe.

– Je…

Je… je… « je » quoi, au fait ?

– Un problème ?

Mes jambes flageolent. Il a une voix chaude et grave… une voix à vous donner la chair de poule. Il me dévisage en silence, son attaché-case en cuir noir dans une main, prêt à s'engouffrer dans la voiture. Et soudain, ça fait « tilt ». Le taxi. L'entretien d'embauche. La chance de ma vie.

Ressaisis-toi, Kate !

– Un gros problème, oui ! Vous êtes en train de monter dans mon taxi.
– Votre taxi ?

Il sourit de plus belle. Je ne vois vraiment pas pourquoi. Puis il se penche pour examiner les ailes du véhicule.

– Je ne vois votre nom écrit nulle part, mademoiselle.

Oh… même sa façon de dire « mademoiselle » est sexy. Même sa pomme d'Adam, à peine proéminente, est sexy.

Non, stop ! Reprends-toi tout de suite !

– Je l'ai vu avant vous.
– Vraiment ? Et vous avez des preuves ?
– Pardon ?

J'en reste coite alors qu'il me sourit, irrésistible. En temps ordinaire, j'aurais sans doute battu en retraite et attendu le taxi suivant… mais pas aujourd'hui. J'ai trop besoin de cette place d'assistante au service communication et marketing.

– C'est mon taxi, point final ! Je n'ai pas le temps de pinailler, dis-je en ouvrant la portière pour m'engouffrer à l'intérieur.

Seul petit hic : il m'imite et se glisse sur la banquette avec une souplesse nonchalante, répandant une bouffée de son parfum. J'en ai la tête qui tourne et au moment où nos genoux se frôlent, je sens une petite étincelle, comme si un courant électrique circulait entre nous. C'est presque douloureux. Interloqué, il relève la tête et nos regards se croisent.

– J'ai besoin de ce taxi. Un besoin vital, fais-je d'une voix blanche.

Il me regarde comme personne ne m'a jamais regardée. Intensément. Réellement. En fait, j'ai l'impression d'être regardée pour la première fois.

– Moi aussi, Mademoiselle. J'ai une réunion urgente à 8 h 30, me répond-il avec un calme imperturbable.

Cette tension insupportable. Cette chaleur suffocante. Il se passe quelque chose, quelque chose d'inexplicable. Je le sens au plus profond de moi. Je retiens mon souffle alors qu'il garde le silence, me scrutant de son regard bleu arctique.

– Vous vous décidez ? fait le chauffeur, en nous jetant un coup d'œil torve dans le rétroviseur.

Et la magie se brise. Tirée d'un rêve, je me racle la gorge

et mon bel inconnu détourne la tête. Serrant mon carton à dessins contre moi, je relève le menton avant de lâcher, magnanime :

– On n'a qu'à partager ce taxi…

D'un sourire, il dévoile une impeccable rangée de dents blanches qui me rappelle un loup. J'en frissonne.

– Vous m'avez l'air d'une femme qui sait ce qu'elle veut.
– Oui… et je veux ce taxi. Alors soit vous allez dans ma direction et vous restez… soit vous descendez tout de suite.
– Très bien. Je suis votre otage donc.

Je rougis comme une pivoine alors qu'il me dévisage, malicieux. Avalant ma salive de travers, je donne l'adresse de mon rendez-vous au chauffeur.

– Stevenson Inc., sur la neuvième avenue.

À côté de moi, mon mystérieux otage se raidit et me regarde intensément, les sourcils froncés. C'est un regard si lourd, si profond… que je plonge tête la première dans mon sac. J'ai désespérément besoin de m'occuper les mains. Mais mon bel inconnu ne semble pas décider à en rester là.

– Serait-il indiscret de vous demander pourquoi vous teniez tant à monter dans ce taxi ?
– J'ai un entretien super important, dis-je en sortant ma trousse à maquillage. Je dois absolument décrocher ce job

d'assistante. Et je suis déjà en retard d'une demi-heure. Ma voiture m'a lâchée en plein milieu du boulevard.

Dégainant mon rouge à lèvres, je l'applique en vitesse en l'aide du minuscule miroir de mon poudrier. Dire que j'étais partie en avance justement pour éviter les embouteillages et me pomponner sur place. J'applique une dernière touche de rouge… quand le conducteur donne un grand coup de frein.

– C'est pas vrai ! beugle-t-il en klaxonnant un piéton suicidaire. Quel crétin !

Ouais. Je pourrais en dire autant de lui.

Une longue traînée de rouge à lèvres groseille zèbre maintenant ma figure, me donnant des faux airs de clown *serial killer*. J'étouffe un juron alors que mon voisin éclate d'un rire rauque et outrageusement sexy.

– Vous auriez dû attendre d'être arrivée.

Je n'ai pas le temps de répliquer, encore moins de réagir. Déjà, il sort un mouchoir en papier de sa poche et se penche vers moi.

– Vous permettez ?

Je ne prononce pas un mot – je n'en ai plus la force. Prise dans son aura, je sens toute énergie me quitter. Et tandis qu'il essuie délicatement mon barbouillage, je réprime un long frisson au contact de ses doigts. Puis je ferme les paupières, hypnotisée. Pourvu qu'il n'entende pas les battements affolés de mon cœur…

– Voilà. Vous êtes parfaite.

Je rouvre les yeux avec un train de retard. Comme si j'attendais autre chose. Comme si j'espérais plus. Mais il y a déjà longtemps qu'il a repris sa place sur la banquette et qu'il m'observe d'un air amusé. A-t-il lu dans mes pensées ? J'espère que non mais ma peau s'enflamme. Je ne suis plus rouge, je suis cramoisie. Et alors que notre taxi s'arrête à un énième feu rouge, je me maudis.

Mais pourquoi, pourquoi suis-je montée dans cette satanée voiture ?!

***

Ils sont tous là, entassés en rang d'oignons dans la salle d'attente qui jouxte le bureau de Joan Brookes, la directrice du service communication et marketing de Stevenson Inc. La dernière arrivée, je m'assois dans un coin, encombrée par mon carton à dessins. De toute manière, il ne reste plus qu'une seule place au bout d'une banquette. Je ne pensais pas que nous serions si nombreux. Je compte au moins une quinzaine de candidats et tire sur la veste de mon tailleur-jupe terne et fripé. Tous portent des vêtements de luxe. Du coin de l'œil, je repère le chemisier en soie corail d'une jolie brune et les stilettos Jimmy Choo d'une grande blonde. Rabattant mes jambes en arrière, je tente de planquer mes chaussures en similicuir noir achetées en soldes chez *Macy's*. Il flotte dans l'air une sorte de tension électrique, comme s'ils allaient tous se sauter à la gorge. Et à côté de moi, deux types parlent à mi-voix:

– J'ai suivi mon cursus à Brown.

– Ma petite sœur étudie le droit là-bas. Moi, j'ai préféré goûter au soleil de la Californie et profiter du campus de Berkeley.

Brown. Berkeley. Apparemment, ils viennent tous des plus prestigieuses universités du pays.

– Et vous ? me demande mon voisin. Vous venez d'où ?

– Moi… euh… j'ai été à l'université de New York.

Petit silence gêné. Puis les deux types reprennent leur conversation comme si je n'existais pas.

Mais où suis-je tombée ? En enfer ?!

Désolée par ma réponse, une fille me jette un regard plein de commisération. Une autre me toise avec mépris – la fameuse blonde avec des chaussures de créateur.

– J'ai effectué un stage de six mois chez Publicis à Paris.

N'écoute pas, Kate. Bouche-toi les oreilles.

– Publicis ? Pas mal. Moi, j'ai d'abord travaillé au service publicité d'Apple avant d'être débauchée par Saatchi & Saatchi. Mais je vendrais mon âme au diable pour un poste chez Stevenson Inc.

La, la, la, la, la, la, la, la, la, la… j'entends rien !

– Tu parles le portugais couramment ? demande un grand échalas roux près de la porte. À cause du marché brésilien, je suppose ?

– Tout à fait. Et j'ai aussi appris le russe et le mandarin dans la foulée. Ce sont les bases.

– À qui le dis-tu ? Tout le monde parle ces langues dans le milieu de la pub. Les Russes et les Chinois sont devenus nos plus importants clients.

– J'ai aussi appris l'hindi et le tamoul ! s'exclame une petite brune à lunettes. Je veux pouvoir traiter avec l'Inde. C'est la grande puissance de demain.

Et pourquoi pas le grec ancien, hein ?

Cachée derrière mon carton et mon sac, je me recroqueville dans un angle. Je ne parle qu'anglais, j'ai décroché mon master dans une université publique payée grâce à mes petits boulots au fast-food et je n'ai pas effectué de stage dans une agence célèbre. J'ai soudain très envie de prendre la fuite. Je n'ai clairement pas le niveau et j'ai peur de me ridiculiser durant l'entretien.

Pile à cet instant, une petite sonnerie retentit au fond ma poche. Posant mon barda, je m'empare de mon téléphone sous les regards réprobateurs des autres. Apparemment, les portables sont interdits. Ce qui ne m'empêche pas de consulter l'écran en catimini.

[Sam dort comme un loir. RAS à la maison. Je ne te dis pas bonne chance : ça porte la poisse. Alors… m**** !]

Je souris. Comment ma meilleure amie a-t-elle deviné que j'avais besoin d'un petit coup de pouce ? Julia sait toujours comment me remonter le moral. Un instant, je l'imagine en train de veiller Sam près de son petit lit à barreaux. Je n'ai pas le droit d'abandonner. Je dois rester pour lui, pour mon neveu. À la mort de ma demi-sœur, j'ai obtenu sa garde provisoire et j'ai juré de veiller sur lui. Et puis, je dois aussi rester pour une raison nettement plus prosaïque. Comment oublier M. Murphy, le propriétaire de notre appartement qui nous harcèle à cause des loyers impayés ? Depuis trois mois, Julia et moi n'avons plus les moyens de régler les factures de notre colocation.

Je me mords les lèvres. Non, je ne peux pas m'en aller. Ce job, je le veux… et j'en ai plus besoin que cette bande d'Einstein en vestes Armani ! Quand un bourdonnement me tire de mes pensées. Ou plutôt, une rumeur de voix. En face de moi, une fille plaque une main sur sa bouche, surexcitée. Et tous les regards convergent vers le couloir. Imitant les autres, je le vois à mon tour. Lui. Le type du taxi. Le grand blond sexy qui a partagé ma voiture.

– Il est là !

– Je ne pensais pas qu'on le verrait aujourd'hui.
– Il est encore plus impressionnant que dans les journaux.

Mon bel inconnu parle avec une femme d'une cinquantaine d'années qui pianote à toute allure sur un écran tactile en prenant des notes. Moi, je n'entends plus rien ni personne. Soudain, le monde tourne au ralenti… peut-être parce qu'il vient de relever la tête ? Peut-être parce que nos regards se croisent ? Peut-être parce qu'il me sourit ? Et peut-être aussi parce qu'il m'a débarbouillé la figure il n'y a pas une heure ? Je ne suis plus dans cette salle, parmi tous ces concurrents trop intelligents. Il n'y a plus que lui et moi… et ce courant magnétique entre nous. Du moins, jusqu'à ce que mon voisin me ramène à la réalité.

– Vous le connaissez ?
– Qui ça ?

Je ne me suis tournée qu'une seconde… mais mon bel étranger en a profité pour disparaître. Aussitôt, la tension se dissipe dans la pièce et toutes les filles soupirent en chœur, comme après le passage d'une rock star. L'une d'entre elles s'évente même avec la plaquette de l'agence.

– J'ai bien vu qu'il vous regardait, insiste mon voisin.
– Vous parlez du grand blond ? Oh… on s'est croisés dans la rue. Pourquoi ? Vous le connaissez ?

L'ancien étudiant de Brown me regarde comme si je débarquais d'une autre planète. J'ai la curieuse impression qu'il me prend pour une attardée.

– Vous plaisantez ?

Je secoue la tête. Et mon concurrent lâche dans un rire sec :

– C'est Will Stevenson.

Oh mon Dieu !

Will Stevenson ? Comme dans… Stevenson Inc. ?

***

Après trois heures d'attente, une femme entre deux âges s'approche de moi. À midi passé, je suis seule dans la salle et mon estomac crie famine… Mais dernière arrivée, je suis la dernière à passer. Tout ça à cause de cette fichue voiture ! La secrétaire me fait signe de la suivre dans le couloir. Bizarre. Tous les autres candidats ont rencontré Joan Brookes dans le bureau situé à gauche. Mon estomac se noue et au moment où la secrétaire ouvre la porte du fond, je glisse sur le parquet… La faute à ces maudites chaussures bon marché !

– Oups, je…

Je me rattrape de justesse à une console en verre tandis qu'un rire s'élève, familier. Désespérément familier. Mon cœur manque une dizaine de battements.

Oh, non ! Dites-moi que je rêve !

Derrière un immense bureau en acajou, un fauteuil à haut dossier de cuir pivote… et Will Stevenson apparaît face à moi. L'homme du taxi. Ou plutôt devrais-je dire le patron et créateur de l'agence de pub Stevenson Inc. ?

– Votre vie est toujours aussi mouvementée ou vous jouez de malchance aujourd'hui ? me demande-t-il de sa voix si particulière, à la fois chaude et grave.

Je me liquéfie sur place. Je voudrais mourir de honte. Tout de suite. Terrassée par la foudre.

– Mlle Marlowe, annonce la secrétaire d'un ton neutre.
– Merci, Linda. Laissez-nous.

Plus discrète qu'une souris, celle-ci disparaît, me laissant seule avec le big boss de l'entreprise. Oh ! Seigneur ! Il est encore plus beau que dans la rue. Assis derrière sa table de travail, il semble dominer New York : la ville s'étend à ses pieds à travers la grande baie vitrée qui couvre toute une cloison de la pièce. J'en ai presque le vertige. À cause de la hauteur. Ou de lui.

– Prenez place, mademoiselle Marlowe.

Je reste figée sur place, plantée comme une idiote.

– Je vous en prie.

Reprenant enfin vie, je m'assois timidement dans l'un des deux fauteuils en face de lui. Je m'accroche si fort à mon carton à dessins que mes jointures blanchissent. Pourquoi ne suis-je pas reçue par Joan Brookes ? Que fais-je dans le bureau de Will Stevenson *himself* ? Normalement, aucun PDG ne s'occupe de l'entretien d'embauche d'une petite assistante. Il me transperce de son regard bleu arctique et je me tasse sur mon siège.

– Nous nous sommes déjà rencontrés, tous les deux.

Je rougis comme une pivoine. Pas la foudre, non. Je préférerais disparaître. Devenir invisible. Right now.

– Vous êtes la voleuse de taxi.
– Quoi ? dis-je, outrée. C'est vous qui avez essayé de…

Et soudain, je m'interromps. Ce n'est pas le moment de monter sur mes grands chevaux. D'autant qu'il me sourit, amusé par ma réaction disproportionnée. Je respire un bon coup. C'est lui le patron, ici. C'est lui qui tient mon avenir entre ses mains.

– Je suis désolée pour ce matin.
– Non, ne gâchez pas tout en vous excusant.

Un ange passe. Et au bout d'une minute, il ajoute :

– Joan a refusé de vous voir.

– Pardon ? fais-je, sous le choc.

– Mme Brookes avait une réunion importante à midi et elle ne supporte pas le manque de ponctualité. Pour elle, une personne incapable d'arriver à l'heure à son entretien d'embauche ne vaut pas la peine d'être reçue.

– Mais… c'est à cause de…

– À vrai dire, je ne lui donne pas tort. Mais j'ai tout de même insisté pour vous laisser une chance de vous rattraper.

Je dois me pincer pour y croire. Will Stevenson, le milliardaire à l'origine des campagnes de pub les plus percutantes et novatrices des dernières années, accepte de me recevoir en tête à tête. Je blêmis. Puis, du bout des lèvres :

– Pourquoi ?

Son regard me transperce. Et l'espace d'un instant, j'ai l'impression qu'il me sonde jusqu'à l'âme. Une étrange chaleur se répand au creux de mon ventre. À nouveau, la tension est palpable.

– Parce que vous allez me prouver que vous en valez la peine.

Il se rejette dans son fauteuil, en faisant craquer le cuir de son dossier. Et, croisant tranquillement les mains, il attend.

– Allez-y, mademoiselle Marlowe. Vendez-vous.

Me... me vendre ?

J'écarquille les yeux. Cette fois, on ne plaisante plus. C'est au grand patron que je m'adresse... et plus au mystérieux inconnu du taxi. En une seconde, toute sa physionomie change, comme s'il se figeait, comme si ses traits durcissaient. Son regard océan s'assombrit et il m'observe avec des airs de fauve guettant sa proie.

– Vous voulez réussir dans la publicité, n'est-ce pas ? Alors vendez-vous comme vous vendriez le produit d'un de mes clients. Je vous écoute.

Je suis en nage. En fait, je m'étonne de ne pas voir apparaître une grosse flaque d'eau autour de mon siège. Je suis nulle à ce petit jeu. Durant mes études, j'ai toujours brillé grâce à mon imagination, ma créativité... mais je n'ai jamais été une bonne commerciale. Surtout, je n'ai pas assez confiance en moi pour vanter correctement mes mérites. J'essaie pourtant de garder mon calme.

– Eh bien, je... j'ai obtenu un master pro en marketing, publicité et communication à l'université de New York.

– Tic tac, tic tac.

Will Stevenson tapote sa montre du doigt. J'en ai des sueurs froides.

– J'ai décroché la mention très bien pour mon projet de fin d'année. J'avais imaginé une publicité pour une lessive écologique et…

Renversé dans son fauteuil, il simule un bâillement sonore.

– Je suis un consommateur devant ma télévision, Kate. Et en ce moment, je suis en train de m'endormir.

Je me tortille, au comble du malaise. Je voudrais être n'importe où, mais ailleurs !

– Je… je…

Et voilà ! C'est trop tard. Dès que je commence à bafouiller, tout est perdu. Le regard du PDG ne me quitte pas et j'aimerais rentrer sous terre, me cacher au fond d'un terrier.

– J'ai effectué mon stage dans l'agence de pub McConroy où j'ai participé à la création d'une stratégie de marketing viral pour…

– Stop !

La voix rude du PDG résonne dans toute la pièce, imposant le silence. Habitué à donner des ordres et à être obéi, il m'impose sans peine son autorité. D'autant que je suis au bord des larmes. J'ai été pire que tout. Pire que nulle. Et le grand patron pousse un profond soupir en se redressant dans son fauteuil. C'est fou ce qu'il en impose. Je suis obligée de baisser les paupières pour échapper à son regard.

– Votre temps de parole est écoulé. Savez-vous qu'à l'antenne, vous avez moins de vingt secondes pour capter l'attention des spectateurs ? Et j'ai été généreux : je vous ai donné trois minutes.

Je ne réponds rien.

– Je suis désolé, mademoiselle Marlowe. Mais vous n'avez ni le profil ni les nerfs pour ce travail.

Je me lève en silence. C'est fini. Je viens d'échouer lamentablement. Lui m'observe pendant que je rassemble mes affaires. Quand je l'entends marmonner dans sa barbe :

– J'ai du mal à reconnaître la femme du taxi dans cette petite étudiante terrifiée.

Une énorme boule se forme dans ma gorge. Je lui tourne le dos, prête à regagner la sortie… puis je me fige au milieu de l'immense salle décorée avec des tableaux de maître et des bibelots précieux. Non, je ne peux pas partir comme ça. Sam compte sur moi. Julia aussi. Et moi ? Pourrais-je me regarder dans une glace si je ne tente rien de plus ? J'ai conscience d'avoir gaspillé ma seule chance, mais je veux au moins partir en beauté. J'inspire profondément et fais volte-face.

– Vous avez raison, monsieur Stevenson. Sur le papier, je n'ai certainement pas le bon profil. Je n'ai que 23 ans, je ne parle pas le grec ancien, je ne suis pas diplômée d'une grande université et je n'ai pas fait de stage dans une prestigieuse agence. En gros, je n'ai rien pour plaire !

Posant mon carton à dessins, je l'ouvre sur son bureau, recouvrant tous ses dossiers sans la moindre gêne. Will Stevenson me contemple sans un mot tandis que j'étale tous les dessins humoristiques et les story-boards imaginés au fil des années pour diverses publicités.

– Mais j'ai une imagination hors du commun et je suis capable de vous trouver un slogan en moins de trente secondes. Je suis intuitive, créative, ingénieuse… et j'ai aussi un sacré coup de crayon. Je suis différente de tous les candidats que vous rencontrerez, parce que je ressemble à votre public, à tous ces spectateurs pour qui vous créez vos publicités. Je les comprends parce que je les connais. Je n'ai pas non plus peur de travailler et de me mouiller. Alors oui, je suis une débutante, mais je ne demande qu'à apprendre auprès de gens comme vous.

Je le fixe droit dans les yeux.

– Non seulement je veux ce job, mais contrairement à tous les autres concurrents, j'en ai besoin.

Et sur ces mots, je m'en vais en lui abandonnant mes croquis. Je ne lui laisse même pas le temps de répondre. Pas besoin. Je sais déjà ce qu'il va dire. De toute manière, je n'avais aucune chance de décrocher ce job. J'ai été folle d'y croire ! En traversant le corridor, je bouscule deux autres candidats, encore dans les parages. Et en dévalant les marches de l'escalier, j'entends des bribes de leur conversation :

– … toutes mes chances de…
– … marché comme sur des roulettes…

J'accélère le pas, les larmes aux yeux. Je viens de rater l'entretien le plus important de ma vie. J'ai raté le job de mes rêves… et la chance de côtoyer l'homme le plus canon de la planète tous les jours.

Je me présente : Kate Marlowe, chômeuse, célibataire avec un enfant à charge et sans un rond.

2
PREMIERS PAS

Assise à une table au fond de notre bar préféré, je lève le bras en direction du serveur.

– La même chose, s'il vous plaît !

Le barman acquiesce, saupoudrant notre commande d'un clin d'œil et d'un sourire ravageur. C'est pour cette raison que Julia et moi adorons *The Gate*. En plus de sa décoration confortable – grosses banquettes en velours cosy et comptoir en bois patiné – le personnel est… comment dire ? *intéressant*. Mais pour une fois, je n'accorde pas un regard à celui qui nous prépare des mojitos à la chaîne. Comment s'intéresser à un mec normal après une rencontre avec Will Stevenson ? À la place, je vide d'une traite le fond de mon cocktail, le moral en berne. Je suis au 36e dessous.

– Je suis sûre que tu vas trouver un autre travail, ma puce.

Enveloppant mes épaules d'un bras protecteur, Julia passe une main dans mes cheveux acajou tandis que je gémis :

– Tu parles ! J'ai envoyé des centaines de CV à travers toute la côte est et je n'ai décroché que deux entretiens. Jamais plus je n'aurai une telle opportunité. Travailler pour Stevenson Inc. !

Puis, avec un gros soupir :

– Et avec Will Stevenson.

Julia réprime un sourire. Ce n'est pas la première fois que le nom du PDG revient dans notre conversation, ce soir.

– Au fait, tu ne m'as pas encore dit à quoi ressemble un milliardaire ? Je parie qu'il était chauve et bedonnant.

Je monte aussitôt sur mes grands chevaux.

– Tu plaisantes ? Il était… il est… canonissime.
– Ça existe, ce mot ? s'amuse mon amie.
– Oui. Il vient d'être inventé pour lui. Pour un mètre quatre-vingt-cinq de muscles et de perfection.
– Je préfère ça…

Surprise, je la regarde sans comprendre tandis qu'elle m'adresse un clin d'œil malicieux.

– Je préfère te voir fantasmer sur un homme que pleurer

sur ton sort !

Et je lui rends son sourire, consciente qu'elle a réussi à me changer les idées au moins une minute. Irremplaçable Julia. Maquillée avec soin, ses beaux cheveux blonds tirés en une haute queue-de-cheval et vêtue d'une petite robe noire et de bottes en cuir assorties, elle est canon. Je la regarde avec admiration. De mon côté, je ne suis pas vraiment à mon avantage. Je porte toujours mon tailleur fripé et mon Rimmel a coulé à cause de mes larmes dans le bus. Après mon entretien catastrophique, j'ai directement foncé au bar en demandant à Julia de me rejoindre là-bas pour y noyer ma déception dans l'alcool. Pour une fois, la nounou de Sam a accepté de le garder en urgence.

– Et puis qu'est-ce que tu regrettes le plus ? me demande-t-elle, taquine. Le job ou le patron ?

Je pique un fard.

– Le job, voyons ! Et puis, tu… tu ne peux pas comprendre pour monsieur Stevenson. Il est… pfff…

Nouveau soupir. De frustration, cette fois. Julia tapote gentiment mon dos pendant que le serveur, un brun gominé, dépose nos mojitos devant nous. Sans attendre, je me jette sur ma coupe et la vide à moitié. Julia n'a même pas eu le temps de toucher à son verre. Déjà, je prends ma tête entre mes deux mains avec désespoir.

– Si tu l'avais vu, Julia… Non seulement c'est le meilleur publicitaire de la planète, mais en plus, il est sublime. Il n'est pas humain, ce type.

– On dirait vraiment qu'il t'a tapé dans l'œil.

– Hein ? fais-je, en relevant le menton. Lui ? Pas du tout ! Tu te trompes complètement.

– Mouais.

– Non, je t'assure. Je l'admire, c'est tout. Et de toute façon, comment pourrais-je éprouver la moindre attirance pour l'homme qui m'a humiliée durant mon entretien ?

Désolée par ce souvenir, j'écrase mon visage sur la table, entre mes bras croisés. Julia ne peut s'empêcher de rire et de mon côté, je remarque à peine qu'elle ne cesse de fixer la porte d'entrée du bar.

– Si tu m'avais vue, Julia… tu serais morte de honte. J'ai été pire que tout. Il m'a laissé trois minutes pour me vendre et j'ai débité un tissu de banalités affligeantes. J'ai même abandonné mon carton à dessins dans son bureau.

– Ne t'en fais pas, tout ira bien.

Un peu étonnée par son optimisme, je me redresse. A-t-elle écouté un traître mot de ma tirade ? Apparemment, non. Pour la dixième fois de la soirée, elle consulte discrètement sa montre.

– Tu t'inquiètes pour Sam ? dis-je.

– Non, pas du tout. Il est entre de bonnes mains avec Erica.

Je fais la moue. Cela dit, je ne peux pas enlever cette qualité à la nounou de mon adorable neveu : elle s'occupe très bien de lui et en plus, ses tarifs ne sont pas exorbitants. Simplement, disons qu'elle est caractérielle. Un peu. Beaucoup. Passionnément. Spécialiste des sautes d'humeur, elle nous en fait voir de toutes les couleurs mais elle aime sincèrement Sam. Et ça, ça n'a pas de prix.

– Et qu'est-ce que je vais dire à Sam ? fais-je, angoissée.

– Rien. Je te rappelle qu'il n'a que 10 mois : il ne comprend rien à nos histoires.

– Mais tu m'as comprise. J'avais absolument besoin de décrocher ce boulot pour lui. Et paf ! Je rencontre Will Stevenson et tous mes espoirs s'écroulent. Je suis certaine que l'entretien se serait mieux passé avec Joan Brookes.

Je n'en crois pas un mot mais je tente de m'en convaincre. Julia, elle, ne répond pas. Sur des charbons ardents, elle fixe obstinément la porte d'entrée.

– Tu attends quelqu'un ?

– Oui… Un ami. J'aimerais te le présenter.

Oh. Ça a l'air sérieux.

– Un ami ou un petit ami ?

– Kate ! me réprimande-t-elle en se trémoussant, mal à l'aise.

Très bien. Message reçu.

Contrairement à moi, elle ne transporte pas un incroyable fourre-tout en toile digne de Mary Poppins et elle arrive à ranger ses affaires dans un petit bout de cuir noir. Pressée de détourner la conversation, Julia plonge la main dans son sac. Et elle en sort un petit magazine roulé.

– Attends… me dit-elle en le feuilletant à toute allure. J'ai trouvé ça à la librairie. Quand je suis tombée sur l'article, je l'ai tout de suite acheté. Devine qui a été surpris par les paparazzi ?

– Will !

J'ai crié si fort que tous les clients à la table voisine se retournent. Avec un sourire d'excuse, j'arrache ensuite le magazine des mains de mon amie et parcours le papier en diagonale.

– Et c'est qui cette fille ?

Sur un cliché pris au téléobjectif, Will Stevenson, plus blond, mâle et séduisant que jamais, discute avec une grande blonde à forte poitrine dans un restaurant de luxe. Soudain, j'éprouve un petit pincement au cœur inexplicable. Et douloureux.

– Jalouse ? s'amuse Julia.

– Tu rigoles ? Pas de cette fille, en tout cas. Ça se voit tout de suite qu'elle a des faux seins. On dirait des obus.

– Jalouse ET mesquine.

Je m'apprête à répliquer vertement quand Julia pousse un cri étranglé. Tournée vers la porte, elle semble avoir vu le Messie rentrer dans le bar et lui adresse un petit signe de la main. À mon tour, je pivote et découvre un grand garçon maigre et blond, au visage d'un blanc maladif, presque souffreteux. Un paquet de cigarettes dans une main, un briquet dans l'autre, il flotte dans un blouson de cuir trop grand pour lui en jetant des regards à la ronde.

– Eh, Chris ! fait-il au barman.

Celui-ci hoche vaguement la tête. Et au lieu de nous rejoindre, l'ami de Julia donne une poignée de main à deux gars, assis dans un coin. Apparemment, il connaît tous les gens du milieu de la nuit. Je ressens un léger malaise. Quelque chose me dérange chez lui. Peut-être parce qu'il me rappelle le dernier petit copain de Julia ? Barry, celui qui n'a plus donné signe de vie après lui avoir vidé son compte en banque. Ma meilleure amie n'a jamais eu de chance en amour.

– Steven ! s'écrie Julia, aux anges.

Après avoir salué tous ses copains, il daigne enfin s'approcher. Ou plus exactement, il s'affale sur la banquette à côté de Julia en passant un bras possessif autour de sa taille. Et après m'avoir jeté un regard en coin, il l'embrasse langoureusement. Comme s'il marquait son territoire. Je détourne la tête, gênée. Ne sachant plus où me mettre, je toussote.

– Mmm... grogne Steven.
– Excuse-nous, Kate.

Le blond me regarde droit dans les yeux.

– Elle en veut peut-être aussi sa part ?

J'en reste bouche bée... mais Julia se met à rire comme s'il s'agissait d'une plaisanterie et enchaîne le plus naturellement du monde :

– Kate, je te présente Steven White. Steven, c'est ma meilleure amie, Kate Marlowe.
– Ouais. Alors c'est toi, Kate. J'ai beaucoup entendu parler de toi.
– Je ne peux pas en dire autant, dis-je entre mes dents.

Je coule un regard appuyé à Julia mais elle se dérobe. Pourquoi ne m'a-t-elle jamais parlé de ce garçon ? Nichant sa tête au creux de l'épaule anguleuse de Steven, elle semble au comble de la félicité, des étoiles plein les yeux. D'où sort cet énergumène ?

– Et... comment vous êtes-vous rencontrés ?
– Dans un bar, me répond Julia, enchantée. Je m'étais perdue et je suis rentrée demander ma route.
– Ouais. J'ai tout de suite flashé sur elle. Grave.
– Grave ? fais-je, les yeux ronds.

Steven serre plus fort Julia. Il doit lui faire mal mais elle ne se plaint pas. À cet instant, j'aperçois le long tatouage qui parcourt son cou et disparaît sous l'encolure de son T-shirt.

– T'étais où, aujourd'hui ? lui demande Steven.
– Je me suis occupée de Sam toute la journée.
– T'es pas sortie ?
– Non. Enfin, si. Une fois. J'ai promené Sam à midi avant de le confier à Erica. Tu sais, c'est sa nounou.
– Et t'as vu personne d'autre ?
– Non, je te promets.

Interdite, j'écoute la conversation entre les deux amoureux avec la curieuse impression de rêver.

– Tu es policier, Steven ?

Raide comme un piquet, il me fusille du regard comme si je venais de l'insulter. Il paraît dégoûté par ma supposition. À croire que les forces de l'ordre sont la lie de l'humanité.

– Je bosse dans un bar. Merde, Kate ! J'ai la tête d'un flic, franchement ?
– Je ne sais pas, fais-je en soutenant son regard. En tous les cas, tu es très doué pour les interrogatoires.

Steven serre les poings mais je ne flanche pas quand nos regards se croisent. Par chance, la sonnerie de mon portable s'élève à cet instant. Sauvée par le gong. Je décroche avec empressement, heureuse d'échapper aux yeux noirs et durs de Steven. Il ne me rassure vraiment pas.

– Allô ?

– Kate Marlowe ? fait une voix enthousiaste. Linda Baker de Stevenson Inc. à l'appareil. Je vous appelle suite à votre entretien. J'ai une bonne nouvelle : vous êtes la nouvelle assistante au service marketing. Toutes mes félicitations. Pourriez-vous commencer dès demain ? Vous n'aurez qu'à passer récupérer votre passe d'accès à l'accueil.

Au terme de la conversation, j'éteins mon portable, hébétée. J'ai besoin d'une bonne minute pour reprendre mes esprits. Engagée. Stevenson Inc. Engagée. Brutalement, je lève les bras en l'air avec un cri de joie strident. Tant pis pour les clients du bar !

– J'ai la place !

– Quoi ?! s'écrie Julia, les yeux écarquillés.

– Je suis prise !

À son tour, elle pousse un hurlement aigu aussi horrible que le mien tandis que Steven interpelle le barman.

– Une bouteille de champagne pour notre table ! On a un truc à fêter.

Pour le coup, il remonte un peu dans mon estime alors que Julia me serre dans ses bras. Enfin… jusqu'à ce qu'il sorte son portefeuille de la poche arrière de son jean et se tourne vers mon amie d'un air embêté.

– Merde, je suis à sec. Tu me dépannes, chérie ?

***

Penchée au-dessus de Sam, je dépose un baiser dans la masse de ses cheveux blonds, doux comme des fils de soie. Et j'y enfouis mon nez pour humer sa délicieuse odeur de bébé. Erica le tient dans ses bras. À première vue, avec son look de lolita gothique, elle n'inspire pas immédiatement confiance… mais elle est la meilleure nurse avec mon neveu. Ce qui ne l'empêche pas de soupirer, agacée, pendant que je chatouille le petit ventre dodu de mon bout de chou.

– Tu sais que tu vas me manquer, toi ?

Sam rigole, ravi. Ses immenses yeux bleu marine me dévisagent. Pour moi, chaque séparation est un déchirement.

– À ce soir, mon petit ange.

– Vous allez être en retard, Kate. En plus, vous devenez complètement gaga.

Attrapant ma veste de tailleur noir, je hausse les épaules et envoie un dernier baiser à mon neveu. Puis je dévale en courant les escaliers. Je suis en retard. Depuis hier, ma voiture est à la fourrière et je suis condamnée à prendre le bus. Car j'ai un boulot, maintenant. Et quel boulot ! Je suis officiellement employée par la plus grande agence de pub new-yorkaise. Tout en chantonnant, je franchis la porte de mon vieil immeuble… et je la vois. La limousine. La gigantesque limousine noire garée le long du trottoir. Un homme en uniforme me fait signe d'approcher. C'est le chauffeur ? Jetant un coup d'œil derrière moi, je vérifie qu'il ne s'adresse pas à quelqu'un d'autre. Parce qu'il y a forcément une erreur !

– Moi ?
– Mademoiselle, je vous en prie, me dit-il avec un sourire parfaitement neutre.

Euh… où est la caméra cachée ?

Ouvrant la portière, il m'invite à monter. Mon cœur tambourine tandis que je m'approche pour jeter un coup d'œil dans l'habitacle… et découvre un autre passager à l'intérieur. Je me fige, foudroyée. Will Stevenson. Will Stevenson est à l'arrière de la limousine.

– Vous montez, mademoiselle Marlowe ? Nous sommes pressés. À moins que vous ne souhaitiez arriver en retard chaque jour ?

Complètement sidérée, je m'exécute. Suis-je en train de rêver ? Suis-je vraiment assise sur la banquette en cuir blanc d'une limousine à côté du plus séduisant des milliardaires ? Je me pince discrètement. Aïe ! Ça fait mal ! Et Will me décoche un sourire amusé – je crois qu'il m'a vue. Mince. Dans mes petits souliers, je me racle la gorge.

– Vous venez souvent chercher vos employés en limousine ?
– Seulement la moins ponctuelle.
– Pardon ?

– Et puis j'avais peur que vous ne voliez carrément une voiture, ce matin.

– Jamais je…

Il m'interrompt de son rire grave et chaud. Il plaisantait, bien sûr… Pourquoi suis-je toujours obligée de démarrer au quart de tour ? Accoudé d'un bras au dossier de la banquette, il semble parfaitement à l'aise dans ce décor luxueux. Il est si imposant, si impressionnant avec son costume bleu marine cousu sur mesure. Le tissu a la couleur exacte de ses yeux. Je me dandine, gênée. C'est la première fois que je monte dans ce genre de voiture. Avidement, je détaille la grande banquette en forme de U et le minibar avec ses grands crus alignés, juste sous la vitre teintée qui nous sépare du chauffeur. Comme dans les films.

– Vous êtes nerveuse ?

Sa voix rauque, virile, m'enveloppe. Assise à côté de lui, je sens son parfum : *Eau Sauvage* de Dior. Aucune fragrance ne pourrait mieux lui convenir que cette création à l'élégance ombrageuse. Je perds dix bons centimètres alors que nos genoux se frôlent. C'est moi où il fait très, très chaud tout à coup ?

– C'est mon premier jour chez Stevenson Inc., dis-je d'une petite voix mal assurée. Je suis forcément nerveuse.

En réponse, il plonge son regard dans le mien. À lui, je ne peux pas mentir, je ne peux rien cacher. Et dans l'atmosphère suffocante de la limousine, les mots sortent tous seuls, malgré moi :

– D'autant que j'ignore pourquoi j'ai été engagée.

– Parce que vous étiez la meilleure, me répond-il, comme si cela tombait sous le sens.

– Mais hier, j'ai été…

Lamentable ? Minable ? Nullissime ? J'ignore quel mot choisir mais il tranche avant moi.

– Incroyable. Vous m'avez bluffé, mademoiselle Marlowe. Et ce n'était pas arrivé depuis des années.

Alors qu'il se penche vers moi, je me sens incapable de détacher mes yeux des siens. Je suis en son pouvoir.

– Je ne comprends pas. Quand je suis partie…

– Vous avez réussi à me convaincre en moins de deux minutes. Vous avez été passionnée, brillante, vivante. Vous aviez précisément ce qui manquait à tous les autres candidats : du feu, de la passion ! Et l'envie d'apprendre. Parce qu'il faut être très humble pour réussir dans ce milieu. Après votre départ, j'ai aussi examiné vos croquis. Vous ne mentiez pas, miss Marlowe : vous êtes une créative. Même Joan Brookes en a convenu – et c'est une femme avare de compliments.

– Elle a regardé mes dessins ?

– Bien sûr. C'était à elle de choisir sa future assistante, pas à moi. Je n'ai fait que donner mon avis.

Je hoche la tête, troublée par sa proximité, par nos genoux qui se frôlent, par sa chaleur qui m'enveloppe et me tourne la tête. J'ai l'impression qu'il est partout autour de moi, comme l'air, comme l'oxygène.

– Pourquoi êtes-vous venu me chercher en voiture ?

Il me sourit, énigmatique. À nouveau, je remarque la petite cicatrice sur l'arête de son nez et ses yeux bleu tempête, capables de déclencher bien des naufrages.

– Je vous devais un voyage en voiture, mademoiselle Marlowe.
– Alors vous reconnaissez enfin les faits ?
– Vous parlez comme un policier… Vais-je avoir besoin de mon avocat ? me demande-t-il avec un sourire malicieux.

Je décide de le suivre sur ce terrain à la fois excitant et intimidant.

– Pas si vous admettez avoir volé mon taxi. J'abandonnerai toutes les poursuites contre vous.
– Et si j'avais envie que vous me poursuiviez, miss Marlowe ?

Je rougis violemment. Affreusement. Et lui se met de nouveau à rire, détendant l'atmosphère surchauffée de la limousine. Il est beaucoup plus fort que moi à ce petit jeu, je dois l'admettre.

– Vous êtes persuadée que je vous ai volé ce taxi : voilà

pourquoi je suis venu, me dit-il enfin d'une voix chaude. Je paie toujours mes dettes.

Il est proche. Proche à me toucher. Quand soudain, la limousine s'arrête devant le siège de l'entreprise. Et je ne sais pas ce qui me prend : j'ouvre la portière avant même que le chauffeur ne coupe le moteur. Je ne peux pas rester une minute de plus dans cette atmosphère suffocante. C'est trop pour mes nerfs. Trop, trop fort, trop vite. Le cœur battant la chamade, je lâche par-dessus mon épaule :

– Merci pour le voyage, monsieur Stevenson.

Et à toutes jambes, je m'enfuis en direction de l'immense tour de verre. En me maudissant.

Quelle quiche ! Je me mettrais des baffes.

***

Fin de ma première journée. Hormis un accueil plutôt froid de la part de ma supérieure – qui n'a toujours pas digéré mon retard à l'entretien d'embauche – ça s'est plutôt bien passé. Joan Brookes est une femme redoutable : autoritaire et sûre d'elle, c'est un vrai bulldozer qui prend des décisions au quart de tour. Rien ne lui résiste. Avec son look masculin et ses cheveux noirs coupés très courts, elle en impose. Tous les publicitaires qu'elle dirige filent doux. J'ai été affectée à la branche créative de l'équipe, aux côtés de Shannon Davis, une vraie pile électrique qui boit deux cafés par heure. En fait, je la soupçonne de s'injecter de la caféine par intraveineuse la nuit. Et puis, il y a Frank Boyd. J'ai tout de suite su qu'on s'entendrait bien.

– Enfin une fille de mon âge ! a-t-il clamé.

– Tu oublies Mlle Davis.

– « Mademoiselle » ? On n'est pas à l'école, Kate ! Ici, tout le monde s'appelle par son prénom. On travaille dans la pub, je te signale. Et pour ta gouverne, Shannon cache un lourd secret. Elle n'est pas une humaine : c'est un robot, comme Joan. Elles essaient de se fondre parmi les Terriens mais la greffe ne prend pas.

J'ai éclaté de rire. Et pendant toute la journée, il m'a servi de guide au sein de l'entreprise – il m'a même montré comment piquer deux desserts au self-service du rez-de-chaussée. Grand, blond, mince comme un fil... il adore rire et s'amuser mais ne plaisante pas avec le boulot. J'ai l'impression que tous les employés sont très dévoués à Stevenson Inc. Et je ne compte pas déroger à la règle : je veux donner le meilleur de moi-même. En ce moment, mon équipe planche sur une publicité pour des petits pots pour bébé et je dois aider Joan avec le planning et les auditions... Pour le moment, je suis surtout sa secrétaire personnelle mais au moins, j'ai le droit d'assister aux brainstormings de l'équipe.

À 18 heures, je sors de l'ascenseur avec mon passe autour du cou. C'est une carte magnétique provisoire pour les nouveaux : elle permet de pointer matin et soir et d'accéder à certaines salles où les publicitaires rangent leurs plans et leurs esquisses. La concurrence est rude, dans la pub. Mieux vaut cacher ses projets à ses rivaux. Malheureusement, mon passe n'ouvre presque aucune porte. Du moins pour l'instant.

– Je suis venue remplir les papiers d'admission, dis-je à l'accueil. Je m'appelle Kate Marlowe.

Derrière un grand comptoir, l'hôtesse cherche mon contrat d'embauche et j'en profite pour admirer le décor. Même l'entrée de Stevenson Inc. est spectaculaire avec ses parois en verre qui donnent sur la rue. Et que dire du gigantesque mur végétal au-dessus des quatre cabines d'ascenseur ? Je n'ai jamais vu un truc pareil. Les plantes poussent jusqu'au trentième étage. C'est à la fois apaisant et vertigineux. Un gigantesque puits de lumière inonde la cage d'escalier en verre. On voit tous les étages. Et tout en haut de cette ruche règne Will Stevenson. Mon cœur bat plus vite… Je reviens à la réalité quand l'hôtesse pose une impressionnante pile de formulaires devant moi.

La vache !

– C'est un peu barbant au début… me répond une voix posée.

Ai-je parlé tout haut ? Je me retourne vivement et me retrouve face à un homme de 30 ans au sourire chaleureux. De taille moyenne, les yeux noisette et les cheveux châtains ondulés, il se glisse à mes côtés et regarde ma tonne de papiers.

– Vous en avez pour des heures.
– Oui. Je suis nouvelle.
– Je m'en doutais.
– Ça se voit tant que ça ?
– Pas du tout… mais votre passe vous trahit, s'amuse-t-il en désignant ma carte du doigt.

Son sourire est contagieux et je ne peux m'empêcher de le lui rendre. La secrétaire, elle, ne le lâche pas du regard, visiblement béate et conquise. C'est vrai qu'il est séduisant mais plutôt dans le genre gentil garçon.

– Vous avez besoin d'aide pour remplir cette paperasse ? C'est parfois compliqué : on vous demande des dizaines de justificatifs, surtout pour l'assurance maladie.
– Non, c'est gentil. Je m'en occuperai chez moi.
– Vous travaillez à quel étage ?

Lui tendant la main, je me présente tandis qu'il garde ma paume dans la sienne bien plus longtemps que nécessaire, tout en me fixant droit dans les yeux. Tout ce qu'il faut pour que je pique un fard.

– Je… je peux… ? dis-je en tirant doucement mon bras.
– Oh, bien sûr… Excusez-moi ! s'exclame-t-il en me relâchant. C'est à cause de vos yeux. Ils sont d'un vert si profond que…

Je rougis et il se reprend aussitôt :

– Pardonnez-moi, je divague. Et je vous souhaite la bienvenue au sein de Stevenson Inc. Si vous avez besoin de quoi que ce soit, vous savez où me trouver.

Justement… non !

J'ignore jusqu'au nom de cet homme qui s'éloigne vers les ascenseurs et je sens encore sa main douce sur la mienne. Il a des doigts de femme et une voix si calme, si reposante… Mais pourquoi ai-je l'impression bizarre de l'avoir déjà croisé quelque part ? Son visage m'est familier. Peut-être l'ai-je croisé dans un couloir ? Me penchant au-dessus du comptoir, j'interpelle l'hôtesse.

– Psst…
– Quoi ? fait-elle, mal aimable.
– Cet homme qui m'a serré la main… vous le connaissez ?

La secrétaire me dévisage avant d'éclater de rire, comme si je la faisais marcher. Je l'imite illico, histoire de ne pas passer pour la dernière des cruches.

– Vous êtes trop drôle ! Vraiment ! Comme si vous ne connaissiez pas Bradley Miller.
– Bradley Miller ?

Je manque de m'étouffer. Ça y est. Je me rappelle où j'ai vu son visage : dans l'organigramme de la société. Bradley Miller est le bras droit de Will Stevenson et le sous-directeur de son agence de pub. Je gémis faiblement. Je viens de rencontrer l'un des grands manitous de la société… et je ne l'ai même pas reconnu.

La quiche 2 : le retour.

– Ne vous faites pas trop d'idées, il est gentil avec tout le monde, crache soudain l'hôtesse. M. Miller et M. Stevenson sont inaccessibles… même pour une fille canon comme vous.

Comme si je ne m'en doutais pas…

3
COUP DE PUB

Penchée au-dessus d'une table à dessin, je jette un dernier coup d'œil aux planches griffonnées par Shannon et Joan avant mon arrivée dans l'entreprise. Depuis une semaine, je travaille d'arrache-pied sur les derniers détails de notre publicité. C'est mon premier grand projet : un spot vantant les mérites de petits pots pour bébé de la marque BeBaBy – précisément ceux que j'achète pour Sam. Je suis tellement excitée par cette aventure ! Au contraire, Frank ne semble pas très enthousiaste. Assis derrière son bureau au cœur de notre vaste open space, il mâchonne mollement une cigarette éteinte. Eh oui ! Il est interdit de fumer dans l'enceinte de Stevenson Inc.

Si seulement cette réglementation avait été mise en place plus tôt, mes parents seraient peut-être encore en vie. Tous deux ont rendu les armes face au cancer du poumon. D'abord papa. Puis maman, à quelques mois d'intervalle. Ni l'un ni l'autre n'avaient conscience des risques à l'époque. Tous mes souvenirs d'enfance sont enveloppés d'un nuage de fumée toxique. Dans notre petit pavillon du Connecticut, mon père avait toujours une cigarette aux lèvres. Je jette un regard noir à Frank qui lève aussitôt les mains en l'air.

– Du calme, ma jolie ! Je ne fais que rêver.

– Tu rêves de mourir jeune ? lui dis-je du tac au tac, la mine sombre.

– Oh, chérie, non ! Pas toi ! Ne me dis pas que tu fais partie de ces soldats antitabac qui empoisonnent la vie des fumeurs !

Je me mords les lèvres. Puis après un bref silence, je précise d'une voix heurtée :

– Mes deux parents sont morts à cause du petit bâton que tu tiens dans ta main.

Aussitôt, Frank laisse tomber sa cigarette comme s'il s'agissait d'une grenade. Moi, je me contente de ranger mes affaires dans mon immense sac à main. Depuis mon arrivée, Frank n'arrête pas de se moquer de moi à cause de « ma valise ». Fourrant en dernier le planning du lendemain, je me lève. Ça va être une journée d'enfer.

– Je suis désolé pour tes parents, ma chérie.

Je hausse les épaules. Surtout, ne pas répondre. Ne pas laisser éclater la grosse boule dans ma gorge. La mort de mes parents, je ne l'ai jamais digérée. Peut-être parce qu'elle me semblait injuste du haut de mes 17 ans ? Et cette année, il y a eu le décès de Lisa, ma demi-sœur, dans un accident de voiture. Nous ne nous entendions pas toujours très bien… Plus âgée de cinq ans, elle aimait être le centre de l'attention et me rejetait souvent dans l'ombre. Ce qui ne me dérangeait pas. Lisa était… Lisa. Bruyante, égoïste, parfois injuste mais aussi drôle, optimiste, culottée et talentueuse. Malgré nos disputes, elle me manque terriblement.

J'ai l'impression que tous les gens autour de moi disparaissent les uns après les autres. Maintenant je n'ai plus que Sam. Contournant son bureau, Frank s'approche de moi tandis que je déglutis avec peine. Ce n'est pas le moment de craquer. Et sans un mot, mon collègue dépose une bise sur ma joue.

– Je vais essayer d'arrêter, ma belle. Juste pour toi.
– C'est vrai ?

Je rayonne. Littéralement. Rien ne me réjouit plus qu'un fumeur sur la route de l'abstinence – à part peut-être un tour en limousine avec Will Stevenson.

Hum, hum.

– Tu as quel âge au juste, Kate ?
– 23 ans.
– C'est jeune pour perdre ses parents.
– Et pour s'occuper d'un bébé, alors ? dis-je en riant.

Oups…

Trop tard. Gros lapsus. Cette fois, Frank écarquille les yeux et me fixe comme s'il tombait des nues. Le pauvre. C'est peut-être un peu trop d'infos d'un seul coup ? Dans sa chemise rose décolletée et son jean blanc ultra-moulant, il pose un bout de fesses sur le coin de mon bureau.

– Tu as un gosse, Katie ?

– Non, non, non ! fais-je en agitant les mains. Tu n'y es pas vraiment. Je m'occupe de mon neveu Sam depuis la mort de ma demi-sœur Lisa. C'était son fils et j'en prends soin à sa place.

– C'est pire que Dickens, ton truc !

J'éclate de rire et lui aussi. Vraiment, il n'y a que Frank Boyd pour tourner en dérision les situations les plus graves. C'est pour ça que je l'ai aimé tout de suite. Pour ça et pour son incroyable collection de magazines people planquée au fond de son tiroir. Notre petit plaisir coupable à l'heure du déjeuner.

– J'adore m'occuper de Sam. Sans lui, je ne sais pas ce que je serais devenue et vice versa.

– Mais ce n'est pas trop dur avec ce boulot et toutes les heures sup ?

– J'essaie de me débrouiller.

La pendule affiche maintenant 18 h 30. À mon tour, j'embrasse mon collègue sur la joue et soulève mon énorme sac.

J'ai mis du plomb à l'intérieur ou quoi ? Frank m'aide à passer la bandoulière par-dessus ma tête et me contemple, l'air préoccupé.

– Surtout, garde ça pour toi, Frank. J'aimerais que ça reste entre nous. Je n'ai pas envie que toute l'équipe soit au courant de mes problèmes familiaux.

– T'inquiète, je suis une tombe. Motus et bouche cousue.

***

Une demi-heure plus tard, j'arrive devant mon vieil immeuble à la façade délabrée, à bout de souffle. J'ai couru derrière mon bus pour l'attraper à temps et j'ai cassé le talon de ma chaussure dans la foulée. Miss Catastrophe a encore frappé. Clopinant, je m'approche de la porte cochère quand je le vois. Oh non. Pas lui. Pitié. Hélas, aucun doute possible : c'est bien le proprio de l'appartement auquel je dois trois mois de loyer – bientôt quatre. Tel un membre de commando d'élite, je me plaque contre le mur en briques rouges et tente de garder mon sang-froid. À l'intérieur, M. Murphy fait les cent pas.

Il m'attend. Je suis sûre qu'il me guette avec ses petits yeux de fouine sournois. Mon cœur bat la chamade et en même temps, j'ai une folle envie de rire. Ce n'est vraiment pas le moment mais c'est nerveux. Si seulement j'avais les moyens de déménager… Hélas, un nouvel appartement n'entre pas dans mon budget. En mode « agent secret », je jette un nouveau coup d'œil au vestibule. Il fait noir comme dans un four là-dedans. L'ampoule a grillé et n'a jamais été changée par le gardien.

Mais où est passé M. Murphy ? Je ne le vois plus. Bon… et si j'y allais ? Discrètement, j'ouvre la porte et me faufile dans l'entrée. Aucune trace de l'ennemi. Jusqu'à ce que je l'aperçoive près du local à poubelles en train de fulminer contre la saleté du vide-ordures. M'accroupissant sous les boîtes à lettres, j'échappe de justesse à ses yeux de lynx. Et, morte de rire, je rampe à travers le vestibule avant de monter l'escalier à quatre pattes.

Kate de Cro-Magnon est dans la place.

Grimpant jusqu'au premier étage, je me relève sur le palier et m'élance en courant vers le sixième étage. Dans le hall, M. Murphy dresse l'oreille. Trop tard ! Je tambourine déjà à la porte de l'appartement. Pas le temps de chercher la clé dans mon sac ! Vite, vite ! Lui commence à monter en donnant de la voix.

– Y a quelqu'un ?

Je me remets à frapper – si fort que la porte tremble sur ses gonds.

– Vite, vite ! fais-je tout bas.

J'entends des bruits de pas. Dans l'appartement… et

derrière moi.

Oh mon Dieu !

– Dépêche, Julia !
– C'est bien toi ? fait une petite voix.
– Mais oui !

La porte s'ouvre enfin et je me précipite à l'intérieur, hors d'haleine. Julia, elle, referme en vitesse et tourne les deux verrous, puis la clé dans la serrure, comme pour bloquer un pont-levis. Et en même temps, nous nous affalons par terre, avec un regard de connivence. Plus que quelques jours à supporter cette situation : dès que j'aurais touché ma première paie, je pourrais enfin régler ce maudit loyer et en finir avec ces parties de cache-cache.

***

Le lendemain matin, je suis à la bourre. Entre les biberons chauds, les couches sales et la minicolère de Sam contre son lapin en peluche, je suis néanmoins parvenue à enfiler un tailleur décent et à récupérer mes documents de travail. Pile au moment où le téléphone retentit, strident. Quand il sonne comme ça, ce n'est jamais très bon signe. Mon estomac se tord alors que je décroche.

– Kate ?

Je reconnais aussitôt la voix d'Erica.

– Je ne peux pas garder Sam aujourd'hui.
– Quoi ?!

Dans notre minuscule salon aux meubles de bric et de broc, Julia se rapproche de moi. Sans doute lit-elle l'inquiétude sur mon visage. Tenant Sam dans ses bras, elle colle l'oreille au téléphone pendant que notre gros poupon joufflu commence à mordiller la longue chaîne en or autour de mon cou. Il s'amuse, le coquin ! Plus que nous, en tout cas…

– J'ai une gastro-entérite du feu de Dieu, Kate. Je te jure. C'est l'horreur. J'ai jamais été autant aux toilettes de ma vie ! La dernière fois, je…
– Stop ! crié-je. Épargne-moi les détails, Erica.

Les sourcils froncés, Julia s'approche de moi. Sans doute a-t-elle pressenti le gros pépin. De mon côté, je reste les yeux braqués sur les aiguilles de la pendule qui semblent me défier. Je me sens comme le lapin d'*Alice aux pays des merveilles*. En retard, en retard, en retard…

– Tu ne peux pas me faire ça !
– Tu crois que ça me fait plaisir de passer mon temps aux…

Je la coupe illico presto.

Merci, je viens juste de prendre mon petit déjeuner.

– Mais tu me préviens le matin même, Erica ! Je ne peux pas te trouver une remplaçante en claquant des doigts.

– Bah faudra bien !

Puis j'entends la tonalité. Je n'y crois pas : elle a raccroché ! À mon tour, je repose le combiné et me tourne vers Julia, désemparée. Comment allons-nous faire sans nounou ? Je la regarde de mes yeux de chien battu mais aussitôt, elle me fourre Sam dans les bras et lève les mains en l'air. Je la soupçonne parfois de lire dans mes pensées.

– Hors de question, Kate ! Je suis vraiment désolée mais je ne peux pas t'aider aujourd'hui.
– Mais je ne vais pas l'emmener chez Stevenson Inc.
– J'ai un travail aussi, chérie. Et ce matin, j'ai une réunion qui va durer trois heures avec mon chef. Je risque ma place.

Commerciale dans une petite agence de voyages, Julia est coincée toute la journée entre une collègue fanatique de la lime à ongles et un chef caractériel, le tout pour un salaire de misère. Je ne peux pas lui imposer Sam. C'est mon neveu, pas le sien… même si elle le chérit comme la prunelle de ses yeux.

– Pourquoi tu ne demanderais pas à Brenda ?

Notre voisine de palier, une vieille dame charmante qui s'est déjà occupée de Sam à plusieurs reprises.

– Impossible, elle est partie en croisière pendant un mois. Et Alyssa ? dis-je, pleine d'espoir, en songeant à la collègue de Julia.

– Elle est à Chicago jusqu'à demain. À cause du boulot.

En désespoir de cause, je tente de joindre une autre baby-sitter, la petite Karen. Mais personne ne répond au téléphone. Ce n'est vraiment pas mon jour de chance. En raccrochant, je pousse un profond soupir et plonge mes yeux dans ceux de Sam. Ils sont d'un magnifique bleu sombre, comme ceux de Will Stevenson.

Craquant sur les deux.

Je ne peux pas abandonner Sam. Il a besoin de moi. Je n'aurais qu'à raser les murs et me faire aussi petite que possible. De toute manière, ai-je seulement le choix ?

– Tu as envie de m'accompagner à mon agence de pub ? lui dis-je.

Je sens que je vais être virée…

***

Après un voyage en bus épique, j'arrive au siège de la société chargée comme une mule. En plus de mon habituel fourre-tout, je traîne le chauffe-biberon, le paquet de couches, le siège bébé… et le bébé lui-même. Je valide mon passe sous les yeux écarquillés de mes collègues. Et rasant les murs, je me fais aussi discrète que possible. Hélas, tout le monde me dévisage dans l'ascenseur et je me rue dehors dès l'ouverture des portes, ignorant volontairement la question d'un chef de service.

Je vais être virée. Comme prévu dans l'emploi du temps, je me dirige vers une grande salle du quatorzième étage et j'entends… des cris d'enfant. La porte du fond s'ouvre alors à la volée, laissant seulement apparaître la tête de Frank. En me voyant, son visage s'illumine.

– Tu arrives à point nommé, ma chérie ! s'écrie-t-il avant de jeter un coup d'œil à mon précieux paquet. Ah, tu en amènes un autre…
– Un autre ?
– Un autre gosse pour le casting !

Ouvrant la salle en grand, il m'offre alors une vue imprenable sur une vingtaine de bébés de l'âge de Sam. Leurs mères sont tranquillement assises sur les sièges disposés le long des murs. J'ai soudain l'impression qu'un énorme poids quitte mes épaules. Bien sûr ! Nous organisons aujourd'hui les auditions pour trouver le jeune acteur de notre pub. Comment ai-je pu l'oublier ? Je pose un regard sur Sam, qui somnole tranquillement. Nous sommes sauvés. Nous allons nous fondre dans le décor jusqu'à ce soir.

D'un pas plus assuré, j'entre dans la salle. Frank, lui, grimace en se bouchant les oreilles. Il faut dire que des gazouillis et les cris énervés fusent entre les murs. Dans un coin, deux bébés se bagarrent même pour une peluche. Chacun tire sur un bout de l'ourson qui finit par se déchirer en deux.

– Et c'est comme ça depuis une heure ! soupire Frank, excédé.
– Ce sont des bébés…
– C'est bien ce que je leur reproche !

Faisant mine de frissonner, Frank serre ses bras autour de lui et ajoute, un brin dégoûté :

– Ils sont comme les *Gremlins* : je crois qu'ils se multiplient. Tu en regardes un et paf ! un deuxième apparaît.

J'éclate de rire tandis que Frank se penche sur le siège de mon neveu, repoussant sa couverture bleue pour découvrir son adorable bouille ronde surmontée par d'immenses yeux bleu marine curieux de tout.

– C'est qui, celui-là ? Il est craquant !

Que suis-je censée répondre ? Par chance, une porte latérale s'ouvre au même instant et je vois apparaître une Joan aux traits tirés. Elle semble d'une humeur de pitbull.

– Marlowe ! aboie-t-elle en m'apercevant. Dans mon bureau ! Tout de suite !

À ses ordres, j'enjambe les petits monstres disséminés sur le tapis et je suis ma chef, sans lâcher le siège bébé de Sam. Je ne compte pas le perdre des yeux une seconde. Je n'aurais qu'à trouver un mensonge plausible. Mon cerveau bouillonne pendant que Joan referme la porte derrière moi… et m'attrape par les épaules pour me secouer comme un prunier.

– Je vais devenir dingue !
– Que… que se passe-t-il ?

Elle continue à m'agiter dans tous les sens, ce qui fait bien rigoler Sam, persuadé d'être sur une balançoire. Moi, je commence à avoir mal au cœur.

– Ce qui se passe ? Nous sommes envahis, Marlowe !
– Envahis ?
– Par les monstres ! répond Shannon.

Je remarque soudain sa présence à l'autre bout de la petite pièce. La publicitaire vide un gobelet de café d'une traite comme s'il s'agissait d'un whisky pur malt pour tenir le coup. Je crois que je commence à comprendre.

– Vous parlez des bébés ?

Joan et Shannon échangent un regard lourd de sens. À l'évidence, elles n'ont ni l'une ni l'autre l'habitude des enfants en bas âge. Dans la pièce voisine, des cris de frustration et de colère éclatent, couvrant la comptine chantée par Frank. Ça ressemble à un grand caprice collectif.

– C'est l'apocalypse !
– Vous voulez que je m'en occupe ? fais-je avec aplomb.
– Vous ne comprenez pas, Marlowe ! Je ne veux AUCUN

de ces enfants pour la publicité.

– Ils ont déjà passé les essais ?

– Certains, oui. Mais ces pauvres gosses sont très mauvais comédiens. Vous pouvez consulter les fichiers vous-même sur mon ordinateur si ça vous chante ! s'écrie-t-elle, une lueur un peu folle au fond des yeux. C'est une ca-tas-trophe !

– Une catastrophe ! répète Shannon en se resservant un expresso qu'elle avale comme un shooter.

Mon regard va de l'une à l'autre. Apparemment, l'heure est grave. Nous avons un planning très serré avec la marque BeBaBy : une journée pour trouver l'enfant idéal, deux journées pour tourner la pub… Les dirigeants ne cessent de nous harceler au téléphone. Ils ont investi des millions de dollars dans le spot et sont extrêmement pointilleux. En aucun cas nous ne pouvons échouer et perdre ce contrat.

– Il n'y en a pas un pour rattraper l'autre ! grogne Joan comme un dogue. Les pauvres gosses sont surexcités ou morts de trouille devant notre caméscope. Alors imaginez devant une équipe de tournage au grand complet !

– On va droit dans le mur, prophétise Shannon.

À ce moment, Sam se met à gazouiller en agitant ses petits pieds chaussés de grosses tennis. Puis, avec un sourire confiant, il lève ses petits doigts en direction de Joan. Ma directrice se fige. À croire qu'elle a vu le diable ! Ou plutôt, non… je connais ce regard. Elle fait toujours cette tête quand elle a une idée de génie.

– Qui est-ce ?

Je blêmis, je verdis, je passe par toutes les couleurs de l'arc-en-ciel. Joan se penche au-dessus de Sam, bientôt imitée par Shannon.

– C'est… euh…

Vite, Kate, une idée.

– C'est… mon…

À peine Joan a-t-elle effleuré la joue de Sam qu'il se met à rire comme un jeune baleineau. Et d'un seul coup, la grande et terrifiante Joan Brookes, le tyran du vingt-neuvième étage, le colonel en chef du service marketing… fond comme une guimauve.

– Qu'il est chou ! Mais où l'avez-vous trouvé, Marlowe ?
– C'est mon neveu, Sam. Je suis sa tutrice.
– Qu'il est mignon ! N'est-ce pas mon petit choupinet en sucre glace ?

Sam rit de plus belle et moi, je suis au bord de la nausée. Joan vient-elle vraiment de prononcer les mots « petit choupinet en sucre glace » ? Et Shannon s'y met à son tour, bêtifiant au-dessus de Sam, absolument ravi par toute cette attention. Et elles ne sont pas avares de « crotte en chocolat » et autre « gros poussin d'amour » !

– Pourquoi nous avez-vous caché l'existence de ce petit ange ? minaude Joan. Et comment pouvez-vous faire toutes ces heures sup alors qu'il vous attend à la maison ?

Gaga, Joan caresse la tête de Sam avant de se redresser devant moi. À présent, elle n'a plus rien d'une tata gâteau. Me transperçant de son regard d'aigle, elle reprend son costume de chef.

– C'est lui qu'il nous faut, Marlowe. Pour la pub.

– Quoi ? Mais, je…

– J'imagine que vous avez amené votre neveu sur votre lieu de travail pour qu'il passe l'audition, n'est-ce pas ?

Une sueur glacée inonde mon dos. Je n'ai pas le choix. Si j'avoue la vérité, je risque ma place, mon salaire, mon avenir. Je réponds du bout des lèvres :

– Oui…

– Eh bien vous avez eu raison, Marlowe ! Il est engagé. Toutes mes félicitations !

***

En début d'après-midi, toute l'équipe s'active sur le plateau de tournage : nous avons quitté l'immeuble de Stevenson Inc. pour rejoindre un studio de télévision loué pour l'occasion. Des techniciens se hèlent, d'autres déroulent des kilomètres de câble tandis qu'un spécialiste règle la lumière. Moi, je cours d'un coin à l'autre pour m'assurer du respect des délais. Heureusement, Sam n'est pas loin de moi. Et sans surprise, il est comme un poisson dans l'eau. Le coquin adore être le centre de l'attention et gagne tous les cœurs avec son adorable sourire tout en gencives.

Profitant d'une brève accalmie, je le prends dans mes bras et embrasse le sommet de son crâne. J'adore son odeur de talc. Quand soudain, le silence se fait, comme si un courant électrique traversait le plateau. Que se passe-t-il ? Tournant la tête, je cherche la cause de ce changement… et je l'aperçois tout de suite. Lui. Will Stevenson. Mon cœur tombe comme une pierre dans ma poitrine. Vêtu d'un superbe costume gris perle et d'une cravate à fin liseré d'argent, il ressemble à une gravure de mode – la virilité en plus. Même dans ses habits d'homme d'affaires, il a l'air… *dangereux*. Sans doute venu pour superviser la campagne, il parle avec Joan. Puis il tourne les yeux dans ma direction.

Et il n'a pas l'air content. Du tout. Sous ses sourcils froncés, ses yeux bleu tempête virent au noir et il serre les dents. J'aimerais m'enfoncer sous terre. Qu'ai-je bien pu faire ? A-t-il appris ma dernière bêtise – que j'ai emmené mon neveu dans l'entreprise sans permission ? J'ai très peur pour ma place. Et puis… j'ai un peu peur de lui. Il est si impressionnant, si imposant. Je me sens comme une gamine prise en faute devant lui. D'autant qu'il traverse le plateau à grands pas en fonçant vers moi.

Collision dans cinq… quatre… trois… deux… un…

– Mademoiselle Marlowe !

Je me raidis, étreignant Sam plus fort. Instinctivement, le

petit relève sa bouille vers mon patron qui, lui, ne lui accorde pas un regard. Il reste fixé sur moi, comme si je n'avais rien dans les bras.

– J'ai parlé à Joan et…

– Je sais, je n'aurais pas dû emmener Sam à cette audition. Ce n'était pas mon intention au début, croyez-moi ! En fait, c'est à cause d'un malheureux concours de circonstances.

Je parle aussi vite que possible, tentant de dissiper les ondes de colère qui émanent de lui. Mais il me coupe la parole d'un geste impérieux. On dirait un prince. Altier. Puissant. Mon estomac se noue, avec toujours ce pincement au creux du ventre. L'effet Stevenson, sans doute. Mais je ne l'ai jamais vu aussi tendu. Je vois une veine bleutée battre à ses tempes. Les poings serrés, il semble furax.

– Ce bébé… c'est bien le vôtre ?

– Oui. C'est Sam, mon…

– Pourquoi ne m'avez-vous rien dit lors de votre entretien d'embauche ? Vous auriez dû me prévenir.

Il n'élève pas la voix un seul instant mais je devine la colère sourde dans son regard. Il est furieux. Des ondes glacées émanent de lui et sur le plateau, tous les techniciens semblent retenir leur souffle. En fait, tout le monde nous observe. Je sens que je suis à deux doigts de perdre mon job. Will me transperce de ses yeux orageux tandis qu'une ombre plane sur son visage. Je relève le menton, bien décidée à ne pas me laisser faire sans réagir.

– Pourquoi aurais-je dû vous en parler ? Vous n'engagez pas les femmes avec des enfants ?

Sa fureur semble redoubler alors qu'il serre les poings. Point de mire général, il se garde néanmoins de hausser le ton, se contentant de me foudroyer d'un regard assassin. J'aimerais rentrer sous terre mais je tiens bon face à la tempête.

– Seriez-vous en train de m'accuser de discrimination, mademoiselle Marlowe ?

– Non… je…

Pourquoi n'ai-je pas tenu ma langue ? Je me jette toujours tête baissée dans la bagarre ! Me mordant les lèvres, je tente de rattraper ma bévue en étreignant Sam. Le pauvre petit s'agite, gagné par ma nervosité.

– Je ne pensais pas que c'était important.

– Vous ne pensiez pas que Mme Brookes avait besoin d'une assistante 100 % disponible – et donc libre de tout engagement ?

– Je suis navrée, j'aurais dû préciser ma situation familiale. Néanmoins, je crois n'avoir jamais rechigné à faire des heures supplémentaires. Pour le moment, mes responsabilités familiales n'altèrent en rien la qualité de mon travail. Je peux très bien réussir ma carrière et m'occuper de mon neveu en même temps.

Bref silence. Will se fige, les yeux rivés aux miens.

– Votre… votre neveu ? répète-t-il, incrédule.
– Oui. Sam est le fils de ma demi-sœur mais elle est décédée récemment. Je suis devenue sa tutrice. J'ignorais que…
– Vous n'êtes pas la mère de Sam ?

Curieusement, mon boss semble se détendre, comme si sa colère retombait peu à peu… mais je continue à marcher sur des œufs alors qu'il me domine de toute sa stature. Je ne vois plus que lui. Lui penché sur moi. Lui qui m'enveloppe de sa chaleur, de son parfum, de sa force vitale explosive.

Je frissonne et Sam pousse un petit cri de surprise. À cet instant, Will lui jette un regard étrange. Déteste-t-il les enfants ? Non, il semble plutôt… mal à l'aise.

– Non, je suis un peu jeune pour ça, fais-je avec un sourire hésitant. Et puis, encore faudrait-il que je trouve un homme !

Je m'interromps brutalement, les joues en feu. Je rêve ou je viens de parler de mon célibat et de ma vie intime ratée avec mon patron ? Par chance, il ne semble pas relever mon lapsus. Au contraire, il paraît moins tendu et à nouveau, il ressemble au séduisant inconnu du taxi. Will Stevenson n'est décidément pas le genre d'homme que je voudrais pour ennemi ! Un peu crispée, je lui présente Sam mais il recule d'un pas, comme si je brandissais devant lui un bâton de dynamite.

– Mme Brookes a eu le coup de foudre pour Sam. Elle pense qu'il sera parfait dans la publicité, dis-je.

– Oui, elle m'en a parlé.

– Vous voulez le prendre dans vos bras ? Ici, tout le monde craque pour lui.

– Non ! s'écrie Will avant de se reprendre, plus calme. Non merci.

Je hausse les sourcils sans insister. Je ne veux pas le gêner. À la place, je retrousse les manches du petit pull de Sam, dévoilant ses avant-bras potelés. Il fait trop chaud sur le plateau. Et à mon grand étonnement, Will écarquille les yeux et étouffe un cri de surprise.

– Qu'est-ce que c'est ?

– Pardon ?

Il a maintenant les yeux braqués sur le bras de Sam.

– Cette tache brune sur son poignet ?

– Oh, ça ! fais-je, soulagée. Ce n'est rien. Il l'avait à sa naissance. Cela ressemble à une sorte de tache de vin en moins foncée.

Will blêmit et un instant, je vois ses lèvres trembler, comme s'il était sur le point d'ajouter quelque chose. J'attends, de plus en plus inquiète. Mais il se contente de marmonner quelque chose – un vague « au revoir » – avant de tourner les talons. Et moi, je reste bêtement debout avec mon bébé dans les bras.

4
LE CYGNE BLANC

Enfilant une seule manche de ma veste, je ramasse en même temps mon sac bourré à craquer de dossiers. Je n'ai même pas réussi à terminer tous les travaux confiés par Joan aujourd'hui ! Seuls les bourreaux de travail survivent entre les murs de Stevenson Inc. Par chance, je n'ai pas peur de ramener du boulot à la maison. Et puis, le grand patron sait récompenser ses employés à leur juste valeur. Salaire, promotions… tout le monde se dévouerait corps et âme pour Will Stevenson. Je m'en suis vite rendu compte en discutant avec les autres employés. Le PDG a réussi à susciter la dévotion la plus totale de son personnel. Même Joan Brookes irait au bout du monde pour lui. Et moi ? J'irais jusqu'en enfer…

– Mademoiselle Marlowe ?

Surprise, je sursaute et fais tomber tout mon fatras dans un vacarme épouvantable. Le bruit résonne deux fois plus fort dans l'open space complètement désert. Les derniers employés sont partis quelques minutes plus tôt. Confuse, je m'agenouille pour ramasser mes papiers, aidée par mon visiteur.

– Monsieur Miller ?
– À cette heure-là, vous pouvez m'appeler Bradley, me répond-il en jetant un coup d'œil à sa montre. Nous ne sommes plus en service.

Je lui souris et nos mains se frôlent sur une chemise cartonnée. Je retire aussitôt mes doigts tandis qu'il relève la tête sans dire un mot. Je ne comprends pas ce qu'il fait là. A-t-il un ordre à me communiquer ? Je ne m'attendais vraiment pas à la visite d'un grand ponte de l'entreprise en ce jeudi soir. D'autant qu'il ne dit toujours rien, les joues un peu rouges. À croire qu'il a couru dans les couloirs pour venir.

– Kate ?

Mes documents dans les bras, je me relève. Lui m'imite aussitôt.

– Je peux vous appeler Kate ?
– Bien sûr, monsieur.
– Bradley, je vous en prie.

Je crois que je ne m'y ferai pas facilement ! Après tout, je le connais à peine, même s'il me semble sympathique.

– Voudriez-vous m'accompagner à une fête samedi soir ?

J'en reste interdite. Trop surprise par sa question, je ne trouve rien à répondre. Lui ? Et moi ? À une soirée ? Tous les deux ?

– Stevenson Inc. organise un gala au *Waldorf Astoria* pour le lancement d'un produit dont nous avons assuré la promotion. Il s'agit d'une crème de beauté de la marque Lady Like.

– Ah oui ! fais-je. Je la connais : j'adore la pub !

Sans réfléchir, je me mets à fredonner le jingle avec enthousiasme… avant de m'interrompre, rouge comme une tomate. Quelle mouche m'a piquée ? Est-ce que je viens vraiment de chanter devant l'associé de mon boss ? Heureusement, Bradley se contente de rire.

– C'est exactement ça. Cela vous dirait de venir ? Ce sera une soirée très habillée où vous aurez l'occasion de croiser de nombreux clients, des investisseurs et des publicitaires qui comptent dans notre milieu.

J'hésite et un long silence s'étire entre nous. Je suis totalement prise de court. Embarrassé, Brad se force à sourire.

– Ma demande vous paraît sans doute incongrue. Je… je n'aurais pas dû. Veuillez m'excuser si je me suis montré trop familier.

Et en parfait gentleman, il tourne les talons et remonte le

couloir. C'est alors que je m'élance à sa suite.

– Attendez, s'il vous plaît !

Mon supérieur s'arrête au milieu du corridor et je lui décoche un grand sourire en arrivant à sa hauteur.

– Je serai ravie de vous accompagner. Il s'agit bien d'un rendez-vous professionnel, n'est-ce pas ?
– Eh bien… oui, évidemment.
– Alors c'est d'accord !

À mon tour, je lui adresse un grand sourire enthousiaste tandis qu'il passe une main dans ses cheveux châtains, un peu pris de court.

– Dans ce cas, je passerai vous prendre chez vous vers 20 heures, me répond-il. Si cela vous convient.

Et après lui avoir donné mon adresse, je m'éloigne vers les ascenseurs, le cœur léger. Je suis aux anges. Je vais participer à ma première grande soirée pour Stevenson Inc. et étoffer mon carnet d'adresses. Au fait… que vais-je me mettre ? Alors que je me mords les lèvres, les portes de la cabine s'ouvrent dans un déclic et je m'engouffre à l'intérieur tête baissée. J'ai une garde-robe ultra-réduite. À peine quatre tailleurs et une robe en chiffon pour le soir. Rien de « très habillé » pour reprendre les termes de Bradley Miller. L'ascenseur se referme.

– À quel étage allez-vous ?

Je me fige.

Non… cette voix…

Au ralenti, je tourne la tête et découvre… Will Stevenson. Il se tient dans l'angle de la cabine, son visage mâle à moitié mangé par l'ombre, son imposante carrure fondue dans les ténèbres. Au-dessus de nous, un unique néon jaune déverse une lumière artificielle. J'ai soudain l'impression d'étouffer dans cet espace confiné. La température vient de grimper d'une dizaine de degrés. Ses yeux bleu sombre me transpercent. Pourquoi ai-je l'impression qu'il est le seul à me voir dans ce monde ? J'en ai la chair de poule tandis qu'il me fixe comme si j'étais la seule femme, la seule âme sur terre. Un long silence tombe sur nous, telle une chape de plomb.

– Kate…

Mon prénom. Jamais encore il n'avait prononcé mon prénom. Il est si différent dans sa bouche – comme une formule magique. Et sa voix grave me donne des frissons.

C'est lui. Je sais que c'est lui.

– À quel étage descendez-vous ?
– Je… le…

Bravo, Kate ! Quelle vivacité d'esprit !

– Le…

Will m'enveloppe d'un long regard et je m'embrase de l'intérieur, comme si je prenais feu. Je me sens prise au piège avec un fauve dans une cage trop étroite. Lui desserre le nœud de sa cravate. Sent-il cette chaleur torride, lui aussi ?

– Vous partiez ? me dit-il avec un coup d'œil à mon sac.

Comme je hoche bêtement la tête, il enfonce le bouton du rez-de-chaussée. Apparemment, nous allons au même endroit. Puis il recule à nouveau, s'accotant d'une épaule à la paroi lambrissée. Les secondes filent, les étages défilent. Je ne trouve toujours rien à dire. De son côté, il n'a pas l'air gêné par notre silence. Il se contente de me dévorer de ses yeux de loup, amenant des rougeurs incongrues sur ma figure.

Super. Il va croire que j'ai une attaque d'urticaire.

– Vous… vous partez aussi ?

Je me heurte à son sourire énigmatique pour toute réponse. Pourquoi suis-je incapable de décrypter son visage ? Ce n'est pas juste ! Moi, je suis un véritable livre ouvert.

À cet instant, l'invitation de Bradley me revient à l'esprit, m'offrant enfin un sujet de conversation.

– M. Miller m'a invitée à la soirée Lady Like.

Ma réplique tombe à plat. Will hausse seulement un sourcil, sans rien dire. Et à nouveau, le silence énorme, oppressant. Et sa présence électrique, palpitante, brûlante. C'est comme s'il remplissait tout l'espace, comme s'il était partout dans l'air. Mon cœur bat si vite, si fort, qu'il menace de sortir de ma poitrine. Quand enfin, les portes de la cabine s'ouvrent sur le gigantesque hall d'entrée, je jaillis de l'ascenseur sans même le saluer. Quelle importance ? Je n'ai plus de voix ! À la place, je cours droit devant moi, les jambes flageolantes et les idées en vrac. Pourquoi suis-je incapable de penser en sa présence ?

***

Une petite clochette sonne au-dessus de nos têtes au moment où nous entrons dans une troisième boutique. Julia m'aide à soulever la poussette de Sam tandis qu'Alyssa nous tient la porte ouverte. Les courses avec un bébé, c'est pas de la tarte. À grand-peine, nous nous faufilons entre les rangées de cintres et les portiques. Suite à l'invitation de Bradley, Julia m'a organisé une séance shopping entre filles. Et elle en a profité pour inviter sa collègue Alyssa, une grande brune sérieuse qui fait souvent entendre la voix de la raison à notre petit groupe. Au fil des mois, elle est devenue une de nos amies les plus proches.

– Admirez cette soie ! dis-je.

Sous le charme, je tâte le tissu, très fluide et d'un beau rouge rubis. Alyssa surgit aussitôt derrière moi et me montre l'étiquette.

– Admire surtout le prix ! me répond-elle, impitoyable.

Boudeuse, je hausse les épaules… et m'empare du cintre. Certes, je n'ai pas les moyens de m'offrir cette petite merveille mais j'ai bien le droit de rêver, non ? Depuis une heure, nous parcourons les boutiques à la recherche d'accessoires et bijoux pour customiser une de mes vieilles robes. Malheureusement, mon budget ne me permet pas d'acheter une de ces toilettes. Quand on n'a pas les moyens de payer son loyer, on ne peut pas craquer pour un fourreau noir rebrodé de perles de jais. En apercevant cette création, Julia se jette dessus.

– Oh, chérie ! Tu serais trop belle là-dedans !

– Tu as raison, je vais l'essayer.

– De toute manière, quand on est fichue comme toi, on rentre dans n'importe quoi ! ajoute Julia. Tu devrais aussi essayer celui-là.

Admirant le fourreau crème qu'elle me tend, je ne peux résister.

– Je l'essaie aussi !

– Tant que tu ne l'achètes pas… marmonne Alyssa dans sa barbe.

– Allons… ne sois pas rabat-joie ! Et puis ça ne coûte rien de jouer les *Pretty Woman* un après-midi !

Et sur ces bonnes paroles, je m'engouffre dans une grande cabine d'essayage au fond de la boutique. Un peu inquiète, une vendeuse très chic nous observe derrière son comptoir. Sans doute n'a-t-elle pas l'habitude de recevoir des clientes comme nous dans sa prestigieuse boutique. Elle ne lâche pas non plus des yeux Sam et sa petite main potelée tendue vers les bijoux fantaisie exposés sur des portiques. Il me rappelle un peu sa maman : Lisa adorait tout ce qui brillait. Surtout les diamants.

– J'adorerais acheter ma robe de mariée dans un magasin comme ça, déclare rêveusement Julia.

En culotte derrière la tenture noire, je retiens mon souffle. Et Alyssa ne répond rien non plus. Peut-être est-elle aussi surprise que moi ? Avec l'air fou de Jack Nicholson dans *Shining*, je sors la tête de la cabine et fixe ma meilleure amie, drapée dans le rideau.

– Julia… tu viens de parler « mariage » ou j'ai des problèmes d'audition ?

Mon amie rosit avec un petit sourire niais qui vaut toutes les réponses du monde. Moi, je m'apprête à jaillir de la cabine… quand Alyssa me rappelle d'un signe que je suis en culotte. Celle-ci semble aussi mal à l'aise que moi. Et durant une minute, je cherche les bons mots. Je ne veux surtout pas vexer ma meilleure amie. Je la considère comme ma sœur. En fait, je la connais mieux que je ne connaissais Lisa, née cinq ans avant moi du premier mariage de ma mère. Avec Julia, nous nous sommes rencontrées à l'école primaire et nous avons franchi ensemble toutes les grandes étapes de notre vie : entrée au collège, premières vacances sans les parents, permis de conduire, bal de promo, premier petit ami, inscription à l'université, déménagement à New York, recherche d'un emploi…

– Tu veux dire que Steven et toi avez des projets de mariage ?

– Non, pas encore. En tous les cas, il ne m'a pas demandé ma main, si c'est ce que tu veux dire. Mais… les filles, je suis sûre que c'est le bon !

Alyssa et moi échangeons un regard consterné. Elle aussi a rencontré l'énergumène au cours d'une soirée. Deux jours plus tôt, Steven s'est invité de force à notre table lors d'une soirée entre filles – tout en se gardant bien de partager avec nous l'addition. Durant tout le dîner, il n'a cessé de demander des comptes à Julia sur son emploi du temps… sans parler de ses fréquentations bizarres. Un verre à la main, il louche sur toutes les filles et semble à moitié ivre dès minuit. Qu'est-ce que Julia peut bien lui trouver ? Aveuglée par l'amour, elle ne semble s'apercevoir de rien.

– C'est si sérieux que ça entre vous ? dis-je d'une petite voix.

Alyssa, elle, met les pieds dans le plat.

– Tu vas un peu vite en besogne, Julia. Tu viens à peine de rencontrer ce type et tu ne sais rien de lui.

– Et alors ? Je n'ai pas besoin de connaître le nom de son

chien et l'adresse de son dentiste pour savoir que nous sommes faits l'un pour l'autre !

– Mais tu ne le trouves pas un peu… envahissant ? ajouté-je, hésitante.

Julia me lance un regard blessé, comme si je l'avais trahie, avant de se refermer comme une huître. Impossible d'en tirer quelque chose quand elle est dans cet état. Au final, je retourne dans ma cabine pour essayer mes robes de princesse, le cœur lourd. Je suis très inquiète pour elle. Depuis qu'elle fréquente Steven, elle sort moins, elle ne voit que lui, elle boit trop… Tout en réfléchissant, je me glisse dans le superbe fourreau noir et… Crac !

– Euh…

Me contorsionnant dans tous les sens, je tente d'apercevoir le dos de la robe. Je rêve ou je viens de déchirer un modèle à mille cinq cents dollars ? Avec des sueurs froides, j'appelle les filles à la rescousse.

– Houston, nous avons un problème…

Je n'ai pas le temps de terminer ma phrase qu'Alyssa se précipite déjà dans la cabine. Connaissant ma maladresse légendaire, elle est déjà verte de rage.

– Non ! Ne me dis pas que tu as osé !

– Je… tu peux regarder dans mon dos, s'il te plaît ?

M'empoignant comme un agent des stups, Alyssa me plaque face contre le mur comme si j'étais en état d'arrestation. Puis elle se met à fouiller fébrilement dans les plis satinés de la robe avant de pousser un gros, un énorme soupir.

– Ce n'est que l'agrafe de ton soutien-gorge qui s'est prise dans le tissu !

Plus de peur que de mal. Mais après cette mésaventure, nous détalons en vitesse et rentrons à l'appartement avec un petit sac contenant une pochette ivoire et de jolis bijoux en toc destinés à faire illusion. Le gardien de l'immeuble nous interpelle dans le vestibule.

– Mademoiselle Marlowe ! Y a un paquet pour vous.

Sortant de sa loge, il me tend une mystérieuse housse noire et un paquet entouré d'un magnifique ruban en satin rouge. Interloquée, j'attends d'être dans l'appartement pour les ouvrir… et pousse un cri de stupéfaction pendant que Sam joue avec les emballages – surtout le ruban, qu'il mâchonne avec enthousiasme.

– Ce… ce doit être une erreur ! dis-je, le souffle coupé.

Sous les yeux ébahis de Julia et Alyssa, je déploie devant moi la plus sublime des robes. Même dans les magasins, je n'ai jamais vu une telle merveille. C'est un enchantement. Comme un voile arachnéen sur ma peau. Me précipitant devant le miroir de la chambre, je détaille la somptueuse robe en mousseline blanche, nouée par un ruban de soie floconneux sur une seule épaule. Tombant à terre en délicats plis mousseux, elle est parsemée de paillettes d'argent sur l'ourlet. Et sa couleur laiteuse s'accorde parfaitement à mes cheveux acajou et mes yeux de chat verts.

– Elle est sublime ! siffle Julia.

Alyssa, elle, semble abasourdie. Elle se contente de brandir les chaussures assorties qu'elle a trouvées dans le paquet – des escarpins à très hauts talons argentés. Sans un mot, je me précipite vers mon sac à main et en sort la carte de visite de Bradley pour lui téléphoner.

– Monsieur Miller ?
– C'est vous, Kate ?
– Oui, je voulais vous remercier pour le cadeau. La robe est… magique ! J'en suis folle.
– La robe ? Je ne comprends pas. De quoi parlez-vous ?
– Vous ne m'avez pas envoyé une robe du soir à mon domicile ?
– Non, Kate, je suis désolé.

Médusée et un peu ridicule, je raccroche le combiné après un échange de banalités. Je viens bien de remercier mon boss pour un cadeau qu'il ne m'a pas fait, là ? Je regarde à nouveau la superbe robe avec un soupir. Le mystère reste entier. Si ce n'est pas Bradley… alors qui est mon bienfaiteur ?

***

Une foule d'invités en robes chatoyantes et costumes sur mesure se pressent dans les salons privés du *Waldorf Astoria*, le célèbre palace new-yorkais. Au-dessus de nos têtes, des lustres à pampilles déversent un flot de lumière tandis que les coupes en cristal circulent de main en main. Des serveurs empressés offrent le meilleur champagne millésimé et des petits canapés sur des plateaux d'argent. À présent, la rumeur des voix monte jusqu'au plafond en un bourdonnement. Émerveillée, j'admire les tapis d'Aubusson et les bibelots précieux exposés sur les consoles. Et j'écoute bouche bée la conversation des convives.

Je préfère m'éloigner pendant que Bradley serre les mains des innombrables inconnus désireux de lui parler. Malgré la fatigue, il reste charmant avec tout le monde. C'est une crème et je suis fière d'être à son bras. Pourtant, j'ai l'impression de détonner. Certes, ma somptueuse toilette attire tous les regards… mais je n'ai jamais joué au golf, je ne possède pas de maison dans les Hamptons et je n'ai pas étudié à Harvard. Pire, je n'ai pas reconnu le sénateur de New York lorsqu'il m'a complimentée et j'ai fui les photographes amassés derrière des barrières de sécurité devant l'hôtel.

Je ne me sens pas à ma place. Malgré la gentillesse de mon patron, qui me présente à toutes ses connaissances, j'étouffe. Après deux heures dans la fosse aux lions, je m'éloigne, laissant Brad avec le maire de la ville. À pas de loup, je monte un escalier et me dirige vers le grand balcon.

De l'air ! Vite !

Dans un frou-frou de mousseline, je sors enfin, surprise par la fraîcheur de la nuit sur ma peau. Pour l'occasion, Julia a relevé mes cheveux acajou en un joli chignon décoré de fausses perles de nacre et m'a maquillée. Pour une fois, je me trouve presque jolie. M'approchant de la balustrade, je hume l'air de la nuit et admire les étoiles dans la trame noire du ciel. C'est magnifique. Bien plus beau que tous les lustres dorés de l'hôtel.

– C'est épuisant, n'est-ce pas ?

Je sursaute. Non, en fait… je manque de tomber à la renverse et mon cœur manque dix battements. Parce que cette voix rauque, un peu cassée, je la reconnaîtrais entre mille, entre toutes. Faisant volte-face, je l'aperçois, adossé au mur de l'hôtel, les bras croisés sur la poitrine. Will Stevenson. Dans toute sa splendeur. Vêtu d'un simple smoking noir et d'une chemise blanche, il fait passer tous les autres hommes pour ridiculement trop habillés. Ses cheveux blond foncé et mi-longs frôlent son col, lui donnant des faux airs de guerrier slave. Mon cœur s'emballe. Et en ouvrant la bouche, j'émets… un couinement. Comme une souris.

Dites-moi que ce n'est pas vrai !

Le sourire étincelant de Will fend les ténèbres. Puis il sort de l'ombre et vient vers moi, traversant le balcon de son pas assuré – comme si le monde entier lui appartenait. Et moi avec ? Nos regards sont rivés l'un à l'autre. Jamais je ne pourrais me détacher de ses yeux bleu tempête.

– Moi aussi, je déteste ce genre de soirée. Je finis par étouffer au milieu de la foule.

Je déglutis avec peine, cramponnée à la balustrade.

– C'est votre monde, pourtant.

S'arrêtant près de moi, Will me répond d'un sourire énigmatique, un peu narquois.

– Vous vous trompez, Kate. Je ne viens pas de ce milieu. Mon monde, celui où je suis né, c'est la rue. Je n'ai jamais connu mon père et ma mère n'était… elle n'était pas faite pour s'occuper d'un enfant. J'ai vécu mes dix-huit premières années dans le Bronx, à seulement quelques kilomètres d'ici.

Je manque de m'étrangler. Parce qu'il me parle de sa vie intime. Parce qu'il se penche au-dessus de moi. Parce que nos épaules se frôlent. À nouveau, une bouffée de son parfum me chatouille les narines et tous mes sens s'éveillent.

– Vous êtes riche, maintenant…
– Oui, j'ai beaucoup d'argent sur mes comptes. Mais je n'appartiens pas pour autant à ce monde. La greffe n'a pas totalement pris, ajoute-t-il avec un sourire espiègle.

Pendant une minute, nous nous regardons sans rien dire. L'espace d'un instant, j'ai l'impression qu'il va se pencher vers moi, que tout peut arriver… mais il reste à me fixer, intense et ténébreux. Si ça continue, je vais prendre feu. Et au lieu d'un baiser, il tend la main pour coincer une mèche acajou derrière mon oreille. J'ouvre de grands yeux. Ce geste… ce geste tendre… Bouleversée, je détourne la tête pour qu'il ne me voie pas rougir.

– Vous êtes de loin la plus belle femme de la soirée, Kate.
– C'est grâce à la robe, dis-je tout bas.
– Elle vous plaît ?
– Je n'en ai jamais eu de plus belle…

Je m'interromps en croisant ses yeux rieurs. Alors, enfin, je comprends.

– C'est vous, n'est-ce pas ? C'est vous qui m'avez envoyé cette robe ?

Il acquiesce d'un signe de tête. À l'évidence, il n'attend pas de moi la moindre gratitude. Et c'est presque à contrecœur qu'il murmure, comme si les mots lui échappaient :

– Je voulais une parure à votre mesure, Kate Marlowe.
– Ne dites pas de bêtises…

Ce n'est pas bientôt fini, cet incendie ?

Will se tourne vers moi et plonge ses yeux dans les miens avec intensité.
– Vous êtes belle, Kate. Incroyablement jolie. Vous ne le savez donc pas ? Personne ne vous l'a jamais dit ?
– Je…

Aucun homme, en fait. À part papa. Mais ça ne compte pas.

Je rougis comme jamais dans ma vie. Je ne sais plus où me mettre et il se détourne, s'accoudant à la balustrade pour perdre son regard dans le ciel étoilé. Il observe les constellations en ignorant les rues, là, en bas. Parce que c'est un homme des hauteurs. J'ai lu sur Internet qu'il avait décroché une bourse pour entrer à Dartmouth et qu'il avait créé son agence de pub à partir de rien. Un authentique *self-made-man*.

– Alors comme ça, vous vous occupez d'un bébé.

Sa question me surprend. Will Stevenson n'est pas homme à badiner.

– Oui… et cela vous pose un problème, je me trompe ? fais-je, un peu piquée au vif.

Il me dévisage, interloqué. Aurait-il oublié notre dispute lors du tournage de la publicité ? Puis il finit par secouer la tête avec un mince sourire.

– Au contraire. J'admire les femmes qui parviennent à conjuguer vie personnelle et professionnelle. Je les trouve plus courageuses que n'importe quel homme.

– Pourtant, vous sembliez furieux l'autre jour.

– Je n'aime pas qu'on me cache des informations aussi importantes. Je réagis très mal aux surprises et j'étais…

étonné de vous voir avec un enfant.

À mon tour, je souris faiblement.

– Ce n'est pas facile tous les jours, croyez-moi !

J'ai presque parlé malgré moi. C'est sorti tout seul. Pourquoi ma langue se délie-t-elle si facilement avec lui ? Peut-être parce qu'il m'a parlé de ses origines, de son passé ? Ou juste parce que c'est lui. Avec une facilité déconcertante, je commence à lui raconter ma vie. La mort de mes parents. Ma solitude. Mes difficultés à garder Sam.

– Je me sens un peu dépassée. J'ai l'impression que je ne serai jamais à la hauteur. Je n'ai que 23 ans et j'ai déjà un petit garçon qui dépend de moi. Je me sens écrasée par les responsabilités.
– Comme si vous nagiez en pleine mer avec un boulet à la cheville ?
– Exactement.

Je me mords les lèvres… Après un petit coup d'œil dans sa direction, je m'enhardis à lui poser une question personnelle.

– Vous avez déjà ressenti ça ?
– Vous êtes bien curieuse, mademoiselle Marlowe.

À nouveau, le silence s'étire entre nous tandis que je baisse les yeux, embarrassée. Je viens quand même de confier mes problèmes à mon boss. Que va-t-il penser de moi à présent ? Hormis le fait que je devrais me payer des séances de psy ?! Ah… je parle toujours trop vite. Je me force à rire, même si ça sonne faux.

– Je ne devrais pas me plaindre comme ça. Sam est le plus attachant des petits garçons. Je l'aime à la folie et je ne pourrais pas imaginer ma vie sans lui. Simplement…

– … ce n'était pas ce que vous aviez prévu, termine-t-il à ma place.

Cessant d'observer les étoiles, il tourne la tête vers moi.

– Vous êtes une femme courageuse, Kate. Et généreuse.

– Non, je…

– Et vous avez clairement un problème avec les compliments, ajoute-t-il, malicieux. À moins que ce ne soit uniquement avec *mes* compliments ?

Et voilà ! Prise en flagrant délit ! Comment fait-il pour me comprendre si bien ? Un peu trop bien à mon goût, en fait…

Avec un demi-sourire, il me propose son bras pour mettre fin à mon embarras. Comment résister ? Je m'accroche à lui, électrisée par notre contact, tandis qu'il se raidit sous ma main. A-t-il lui aussi senti ce courant ? Je n'en sais rien. Son visage reste de marbre alors qu'il m'entraîne… vers les escaliers de secours. Je fronce les sourcils.

– Nous ne rentrons pas au salon ? Nous n'allons pas avec les autres ?

– Vous en avez envie ?

– Non, je…

– Vous êtes si pressée de me fuir ?

Et parce qu'il se met à rire, je l'imite de bon cœur tandis que nous nous enfuyons en longeant le mur, comme deux gamins en train de fuguer. Évitant un serveur de justesse, nous nous faufilons par l'entrée de service. Et nous nous retrouvons dans un escalier dérobé et étroit, à moitié plongé dans le noir. Maladroite, je trébuche alors sur une marche et me tords la cheville en tombant en avant.

– Oh ! je…

Au moment où je bascule, Will ouvre les bras et me rattrape, m'abattant contre son torse. Pour éviter la chute, je m'agrippe à lui, à ses épaules… avant de réaliser que nous sommes l'un contre l'autre. Je cesse de respirer. Ses bras sont autour de moi. Mes doigts sont cramponnés à sa chemise. Nos corps sont collés dans un espace réduit, étroit, sombre. Je sens mon pouls s'emballer tandis qu'il penche la tête vers moi.

Est-ce que… ? Est-ce qu'il va… ?

Autour de moi, tout s'arrête. Le temps, le monde, mon cœur. Nous nous regardons d'abord – ce fameux regard qui dit tout. Et lentement, il se rapproche de moi… jusqu'à ce que sa bouche effleure la mienne pour la première fois. Ce n'est d'abord qu'une caresse, douce comme la soie. Mes paupières se ferment toutes seules tandis que son haleine fraîche, au parfum de menthe, m'envahit. Puis sa bouche se fait plus insistante, plus pressante. Et j'entrouvre les lèvres. Alors, nos langues se touchent, se cherchent, s'enlacent. Il a aussi un goût de champagne alors qu'il passe une main derrière ma nuque, pour tenir ma tête, caresser mes cheveux. Son contact me donne la chair de poule, ma poitrine palpite, se durcit sous la robe.

Son baiser se prolonge, profond, intense.

Et c'est comme s'il me marquait de son sceau.

Comme si, à partir de maintenant, je lui appartenais.

Je n'ai pas le temps de réfléchir, de penser, qu'il se détache déjà de moi. Les yeux dans les yeux, il recule et me prend finalement par les mains pour me remettre sur pied… quand je pousse un petit cri. Aussitôt, Will se raidit alors que je lui broie les doigts.

– Kate ?
– C'est ma cheville…

Elle est douloureuse, un peu enflée. Comment ai-je réussi à me blesser toute seule dans des escaliers ?

– Vous vous êtes fait mal ? me demande-t-il avec une

inquiétude sourde.

Et sans me laisser le temps de répliquer, il s'agenouille devant moi, deux marches plus bas, et soulève délicatement l'ourlet de ma robe. Ses grandes mains tièdes se referment sur ma cheville, palpant avec précaution l'os. J'en perds le souffle malgré l'élancement. Parce que cette caresse, ce geste… est peut-être le plus sensuel de toute ma vie. De ses longs doigts, Will masse doucement mon articulation endolorie.

– Vous voulez que j'appelle un médecin, Kate ?
– Non. Ce n'est sûrement rien.
– Je ne peux pas vous laisser comme ça.

Nos regards se croisent dans le noir tandis que je déglutis avec peine, chamboulée par notre baiser, par sa proximité, par sa main chaude sur ma blessure.

– Je vais bien, je vous assure, dis-je d'une petite voix.
– Laissez-moi au moins vous appeler un taxi, Kate.
– Je ne peux pas partir sans dire au revoir à M. Miller…
– Je le saluerai de votre part, ne vous inquiétez pas.

Et avec mille précautions, il me soulève dans ses bras pour m'emporter dehors, à l'air frais. Indifférent aux regards des convives que nous croisons dans le hall – et qui nous suivent avec grand intérêt –, il m'emporte vers la sortie.

– Tout le monde nous regarde… fais-je, embarrassée, tandis que Will s'engage dans le tourniquet en verre.

– Parce que vous êtes très belle, me répond-il, avec ce petit sourire espiègle tellement craquant.

Dans la rue et malgré l'air frais, je ne respire toujours pas mieux. Parce que ses bras autour de moi me font chavirer, comme son parfum qui m'enveloppe d'une bouffée virile, troublante. Je ne sais plus où j'en suis. Je suis toute chose. Surtout après notre baiser. Lui me couve de son regard bleu marine comme si j'étais… *précieuse*. Utilisant à nouveau son pouvoir magique, Will parvient à arrêter un taxi d'un simple signe de tête. Sans me quitter des yeux.

– Mettez de la glace sur votre pied en rentrant chez vous.

– Ce n'est qu'un petit bobo.

– Et appelez un médecin si votre état empire.

– Je vous assure que ce n'est rien.

– Promettez-le moi ! exige-t-il avec un sérieux impressionnant, tout en m'installant sur la banquette de la voiture avec soin.

Je jure d'une voix à peine audible. Et quand le chauffeur démarre, je reste immobile sur la banquette, comme pétrifiée. J'effleure ensuite mes lèvres du bout des doigts. Je sens encore sa bouche sur la mienne. Pour longtemps, très longtemps…

5
À LUI SEUL

Une semaine s'est écoulée depuis la fameuse soirée au *Waldorf* et je n'ai aucune nouvelle de Will. Je finis par me demander si je n'ai pas rêvé la scène de l'escalier. Ma cheville est parfaitement remise mais à chaque fois que je repense à notre baiser, mon cœur s'emballe. Je n'ai jamais ressenti ça pour personne – et certainement pas pour mon seul et unique petit ami, Justin… qui a rompu avec moi lorsque Sam est entré dans ma vie. Will… c'est comme un tremblement de terre, un raz-de-marée. Suis-je amoureuse ? Je ne veux pas me poser la question. Parce que c'est impossible.

Un PDG et une assistante : et pourquoi pas un prince et une bergère ?

Je remâche mes idées noires au moment où Bradley se matérialise devant mon bureau. Je ne l'ai même pas vu approcher ! Coincée derrière mon écran d'ordinateur, je le regarde avec des yeux ronds de merlan frit. Pour le regard intelligent, on repassera ! L'associé de Will me sourit, visiblement nerveux. Lui non plus, je ne l'ai pas revu depuis la fête. Parti en voyage d'affaires, il n'a pas eu l'occasion de me croiser.

– Mademoiselle Marlowe ? m'interpelle Bradley. Je peux vous parler ?

Joan me fait un petit signe de tête depuis son bureau aux portes de verre, situé au bout de l'open space. Elle n'a pas besoin de moi pour le moment et je suis Bradley à l'étage supérieur. Pour la première fois, je découvre son cabinet de travail. La pièce est chaleureuse avec ses fauteuils cosy et ses dizaines d'articles de journaux encadrés, consacrés au succès de Stevenson Inc. Des plantes vertes croissent dans tous les recoins mais je ne repère aucun objet précieux, comme dans le bureau du big boss.

Après avoir refermé la porte, Bradley reste adossé à la cloison et me regarde. Puis il s'éclaircit la gorge.

– Je ne vous ai pas vue partir lors de la fête, samedi dernier.
– Je suis vraiment désolée, monsieur Miller. J'ai dû partir très vite…

Je rougis en repensant à la soirée. Bien sûr, Bradley n'est au courant de rien… mais c'est plus fort que moi : j'ai l'air coupable. Peut-être parce que j'ai embrassé notre supérieur hiérarchique à tous deux sur la terrasse ?

– Je me suis tordu la cheville dans les escaliers et j'ai été obligée de rentrer chez moi en taxi.

– Oui, Will m'a raconté votre mésaventure. Comment va votre blessure ?

– Je suis comme neuve ! dis-je en tapant du pied par terre.

– Alors me voilà soulagé.

Je lui souris, touchée par sa prévenance. Il est toujours si gentil avec moi que je regrette de m'être éclipsée sans même le remercier, la semaine dernière. J'ai bien essayé de le joindre le lendemain matin mais il était déjà parti à Berlin pour signer un contrat.

– Je voulais vous remercier pour m'avoir emmenée à cette fête. J'ai essayé de vous téléphoner mais…

– J'ai bien eu votre message, m'assure-t-il. Et j'étais très heureux de vous emmener là-bas. J'avais la plus belle cavalière de la soirée.

Je ne réponds pas, embarrassée par son compliment. Mais à cet instant, Bradley s'arrache de la porte où il semblait scotché et s'arrête à quelques centimètres de moi. Et avant même que je ne réagisse, il caresse brièvement ma joue de son pouce. J'en reste stupéfaite – même si ça ne dure qu'une seconde. N'est-ce pas un peu trop familier pour un patron et une employée ?

– Je dois vous avouer quelque chose, Kate.

– Je… je…

Je sens que ça ne va pas me plaire. D'un seul coup, mon visage s'empourpre jusqu'à la racine des cheveux.

– Vous me plaisez beaucoup.

Celle-là, je ne l'avais pas vue venir ! Je plais à Bradley Miller ? Est-ce pour cette raison qu'il m'a emmenée au *Waldorf* ? Le malaise m'envahit. Et lui poursuit sur sa lancée, sa main fine et élégante couvrant entièrement ma joue.

– En vérité, vous me plaisez depuis le premier jour…

Mais alors que j'ouvre la bouche, une autre voix s'élève. Une voix grave et rauque, terriblement familière. Je n'ai pas besoin de regarder par-dessus l'épaule de Bradley pour savoir qui est là : Will Stevenson en personne, les bras croisés et les yeux lançant des éclairs. Seigneur ! Personne ne m'a jamais foudroyée avec une telle colère. Je rentre la tête dans les épaules et Bradley me relâche tout de suite, comme s'il était coupable. Will ne dit rien. Il se contente de nous envelopper d'un regard furieux. Il a vraiment l'air hors de lui.

– Will, je…

Le PDG l'interrompt d'un geste impérieux.

– Je venais te demander le contrat Tannenbaum-MacAlistair mais je vois que tu es en bonne compagnie.

Son ton ironique me transperce comme une lame. D'ailleurs,

il ne daigne plus me jeter la moindre œillade. Il m'ignore royalement, comme si j'étais devenue quantité négligeable.

– Dois-je te rappeler que les locaux de l'entreprise ne sont pas un lieu pour flirter avec les employées ?

Sa voix glaciale est pire qu'une explosion de rage. Les mâchoires contractées, il contient sa colère derrière ses dents serrées et ses yeux s'assombrissent. Mon cœur a des ratés. J'aimerais l'interrompre, lui dire qu'il se trompe, mais il semble déjà avoir forgé son opinion sur la question. Et sur moi. Pour une fois, je pourrais presque lire dans ses pensées. Il me prend pour une petite intrigante prête à tout pour mettre le grappin sur l'un des deux grands patrons de Stevenson Inc.

– Je suis navré, bafouille Bradley. Je…
– Je n'ai pas envie de me retrouver avec un procès pour harcèlement sexuel sur le dos !
– Jamais je…

Avant que je ne finisse ma phrase, le PDG se détourne et part en claquant la porte. Dans le corridor, j'entends ses pas furieux résonner, puis décroître. Sans réfléchir, je m'élance à travers le bureau. Je veux le rattraper, lui parler, lui dire la vérité… mais Bradley me retient par le bras.

– Ne vous inquiétez pas, Kate. Je le connais depuis longtemps. Ça lui passera. Ne craignez surtout rien pour votre place, il ne vous renverra pas à cause de cette dispute.

Étonnée par le calme de Bradley, je fais volte-face. Dans quel pétrin me suis-je encore fourrée ? Je n'avais pas compris qu'il était attiré par moi. Je n'y comprends d'ailleurs rien : je me trouve si ordinaire ! J'ai vu des filles bien plus belles dans l'agence. Alors pourquoi moi ? Comme Bradley caresse doucement mon bras, je recule. Ce n'est pas bien. Il ne doit pas faire ça.

– Monsieur Miller, je suis désolée.

Et il comprend aussitôt. Je n'ai rien besoin d'ajouter. En vrai gentleman, il se contente de hocher la tête, embarrassé.

– Je pensais que… j'ai dû mal interpréter les signaux… je… je suis vraiment confus et gêné.
– C'est moi qui suis désolée si je vous ai laissé croire que…

Je laisse ma phrase en suspens tandis qu'il se détourne. Et d'un petit signe de la main, il me fait signe de sortir, préférant rester seul dans son bureau.

– Retournez travailler, mademoiselle Marlowe.

Je quitte son bureau le cœur lourd. Non seulement, je viens de déchaîner la colère de Will qui me prend pour une traînée ambitieuse… mais en plus, j'ai réussi à mettre en péril ma relation professionnelle avec Bradley. C'est ce que j'appelle une journée parfaite.

Je n'ai plus qu'à perdre mon job et me casser la jambe !

***

Deux jours plus tard, je rassemble mes affaires pour rentrer à l'appartement où Julia et Sam m'attendent déjà. Je n'ai aucune nouvelle de Will et Bradley. Aucun des deux grands patrons ne s'est manifesté depuis la grande scène du bureau. Et malheureusement, je n'ai aucune raison valable pour toquer à leur porte… même si je meurs d'envie de tout expliquer à Will. Enfilant ma veste et mon écharpe, je file dans le couloir et appuie sur le bouton de l'ascenseur. J'entends soudain une grosse toux rauque derrière moi.

– Linda ? fais-je, surprise.

C'est l'assistante personnelle de Will. Occupée à classer des dossiers à notre étage, la pauvre a une mine à faire peur : un teint cireux, des cernes noirs et la goutte au nez. Elle se mouche d'ailleurs bruyamment avant de m'apercevoir enfin.

– Ah, Kate ! s'écrie-t-elle d'une voix enrouée.

Se précipitant vers moi, elle descend à toute allure du petit escabeau où elle était juchée pour ranger des classeurs. On dirait un aigle en train de fondre sur sa proie. Je n'ai même pas le temps de parler qu'elle se plante devant moi, me barrant l'accès à l'ascenseur.

– J'ai besoin de ton aide.
– Tu es sûre que tu vas bien ? fais-je, inquiète.

Avant même de répondre, Linda part dans une quinte de toux déchirante. Puis elle se redresse, l'air paniqué, et plante ses longs ongles manucurés dans mes épaules. Je réprime au passage une petite grimace de douleur.

– Je suis à deux doigts de devenir folle ! Je ne suis plus bonne à rien avec cette fichue grippe… J'ai mélangé tous les dossiers aujourd'hui, j'ai envoyé les stagiaires en salle de conférences, j'ai faxé un document en allemand à Singapour, j'ai coupé la communication de M. Miller avec un associé… Je suis une catastrophe ambulante.

– Tu devrais peut-être consulter un médecin. Tu n'as vraiment pas l'air dans ton assiette, Linda.

– Comme si j'avais le temps !

Surprise par son cri, je recule d'un pas… mais elle reste agrippée à moi, telle une naufragée à sa bouée. La pendule affiche presque 20 heures au mur.

– Il faut que tu m'aides.

– Je…

– Je t'en supplie, Kate ! C'est une question de vie ou de mort.

– D'accord…

Elle semble si mal en point que je n'ose pas refuser.

– C'est vrai ? glapit-elle avant de tousser de nouveau.

Et profitant de l'aubaine, elle se traîne jusqu'à son bureau et saisit une énorme chemise cartonnée qu'elle me fourre dans les bras. Elle pèse au moins une tonne ! Et je vois une large étiquette en travers : Tannenbaum-MacAlistair. Les yeux écarquillés, je la regarde ensuite décrocher son anorak du portemanteau et mettre écharpe, bonnet et gants avant de se ruer vers l'ascenseur.

– Mais qu'est-ce que je suis supposée faire avec ça ? dis-je alors qu'elle enfonce déjà le bouton de la cabine à plusieurs reprises.

D'abord, Linda ne répond pas. Je la soupçonne de lutter contre une violente nausée avec son teint verdâtre et sa main plaquée sur la bouche. La pauvre me brise le cœur. Puis je la vois s'engouffrer en trombe dans l'ascenseur et retenir la fermeture des portes à la dernière seconde pour crier :

– Donne ce dossier à M. Stevenson. C'est le contrat de fusion-acquisition dont tout le monde parle.
– Mais je ne suis pas sûre d'avoir les compétences pour…
– J'ai déjà tout finalisé ! me dit-elle en crachant à moitié ses poumons. Toi, tu n'as plus qu'à le déposer au domicile du grand patron. Il doit à tout prix le signer avant demain matin. Son adresse est notée à l'intérieur. Bonne chance.

Moi ? Aller chez Will Stevenson ? Celle-là non plus, je ne m'y attendais pas !

***

Mon cœur bat la chamade au moment où un domestique m'ouvre la porte. Will Stevenson habite dans un immense triplex situé en face de Central Park, au sommet d'une tour de verre dont il possède aussi le toit. D'après mes renseignements, il dispose même d'une piste d'atterrissage pour son hélicoptère... Oui, je sais. Je dois arrêter de taper son nom dans Google. Mais cet homme exerce sur moi un attrait irrésistible. Je me sens comme une planète prise dans son champ de gravitation.

Le portier me guide à travers un long couloir jusqu'au salon. Fascinée, j'observe le décor à la dérobée, enregistrant le moindre détail. Sur une console du vestibule, j'ai repéré une statuette effilée de Giacometti et j'aperçois aussi une immense toile de Braque dans le corridor. À l'évidence, le milliardaire est féru d'art contemporain... mais je ne distingue aucune photo, aucun cadre avec des visages familiers.

– Mlle Kate Marlowe ! annonce le portier.

Et au seuil du salon, je le vois : il est assis dans un fauteuil Chesterfield en cuir vieilli, un verre de whisky à la main et une pile de dossiers posés devant lui. À ma grande surprise, il porte un jean et un pull à col roulé noir. J'en reste interdite. C'est la première fois que je le vois sans costume ! Sous le choc, j'ouvre la bouche alors qu'il écarquille les yeux, aussi stupéfait que moi.

– Kate ? Mais qu'est-ce que vous faites ici ?

– Je suis venue vous apporter un contrat très important, dis-je en déposant la paperasse sur la table basse devant lui. Linda est malade et elle m'a demandé de venir à sa place.
– Je vois.

Et c'est tout. Pas un mot de plus. Bêtement plantée devant lui, je reste les bras ballants et la mine défaite tandis qu'il reprend une gorgée d'alcool et replonge le nez dans sa lecture. Cet homme n'arrête-t-il donc jamais de travailler ? Autour de nous règne une semi-pénombre, seulement troublée par une petite lampe Tiffany. Dois-je partir ? Mon estomac se tord. J'aimerais tellement lui parler, lui expliquer… mais je n'ose pas. Mes lèvres restent scellées alors que Will griffonne quelques mots dans la marge d'un document.

– Bon, bah… je vais y aller !

Il ne fait rien pour me retenir. Il émet juste un vague grognement. Il est tellement impressionnant, assis près de l'immense baie vitrée avec sa vue spectaculaire sur le plus beau parc de la ville. J'ai l'impression d'être une intruse ici. Me détournant, je gagne le corridor quand il se met à rire, sarcastique.

– Vous êtes pressée, mademoiselle Marlowe ? Vous avez enfin décroché un rendez-vous avec l'un des dirigeants de l'agence ?

Je pivote, touchée en plein cœur. Lui, plante ses yeux dans les miens, impitoyable. Avec son sourire en coin et ses yeux flamboyants, il ressemble à un fauve. Un fauve prêt à mordre.

– Bravo. Vous avez fait très fort.

Le souffle court, j'ouvre la bouche pour aspirer l'air comme si j'avais reçu un coup de poing dans l'estomac. Je ne peux pas me laisser injurier comme ça. Faisant demi-tour, je le rejoins à grandes enjambées.

– De quel droit me parlez-vous sur ce ton ? Je suis peut-être une de vos employées, mais ça ne vous autorise pas à m'insulter.

À son tour, Will bondit de son fauteuil. Terriblement grand et impressionnant, il me domine d'une bonne tête et me barre la route, les mâchoires serrées. À croire qu'il est en train de perdre son légendaire self-control.

– Je vous croyais différente ! lâche-t-il.

– Et moi, je pensais que vous m'aviez un peu mieux comprise ! Il n'y a jamais rien eu entre moi et M. Miller.

– Vous aviez pourtant l'air très proche de lui dans son bureau, l'autre jour. Je vous en prie, ne me prenez pas pour un imbécile.

Nos regards croisent comme le fer. L'eau de ses yeux se mue en ténèbres. Jamais je n'ai soutenu un tel regard. Pourtant, je ne flanche pas. Et nous nous rapprochons encore, dressés face à face tels deux ennemis. L'atmosphère est électrique. Comme si l'air grésillait entre nous. Et plus il s'approche, plus j'ai chaud… Pourquoi nous disputons-nous avec une telle violence ? Nous ne sommes pas intimes, je ne suis rien pour lui.

– En m'invitant au *Waldorf*, M. Miller m'avait parlé d'une opportunité professionnelle. Je n'avais pas compris qu'il avait autre chose en tête. Et si vous voulez tout savoir, j'ai repoussé ses avances dès que vous avez refermé la porte de son bureau.

Une ombre traverse le visage de Will. Ai-je réussi à le toucher, le troubler ? Entre nous existe une tension insoutenable, insupportable, comme si nos corps se repoussaient et s'attiraient sans cesse.

– De toute manière, ma vie privée ne vous regarde pas !

– J'ai l'impression que tout ce qui te concerne me regarde ! lâche-t-il brutalement.

– Je…

Je m'interromps brutalement. Ai-je bien entendu ? Vient-il de me tutoyer ? Et de prononcer ces mots incroyables ? Abasourdie, je me fige sur place tandis qu'il me regarde intensément, lui aussi immobile. Parce que les mots lui ont échappé, il passe sa langue sur ses lèvres. Puis il ajoute tout bas, si bas que je dois tendre l'oreille.

– Je ne te partagerai avec personne, Kate.

Il fait un pas.

– Je ne comprends pas, dis-je.

À mon tour, je fais un pas vers lui, comme aimantée.

– Moi non plus, je ne comprends pas, me répond-il, troublé.

À nouveau, il se rapproche, à la fois dépassé et puissant, irradiant d'une énergie irrépressible, presque indomptable. J'ai l'impression que si je m'avance encore, je risque de me brûler. Pourtant, rien ne pourrait me retenir. Aucune force au monde.

– Mais je ne sais qu'une chose : je ne supporterais pas qu'un autre homme t'approche.

Will est maintenant proche à me toucher. Et il lève doucement la main vers moi pour caresser ma joue. De son pouce, il effleure ma pommette puis redessine ma mâchoire avant de s'arrêter sur mon menton. C'est un contact léger, doux… pourtant, je me mets à frissonner.

– Encore moins qu'il te touche.

Et lentement, il se penche vers moi tandis que je vois sa bouche se rapprocher. Je sens son souffle, sa respiration heurtée. Puis nos lèvres se joignent… et quelque chose cède au plus profond de moi. Parce que je ne suis plus seule en cet instant. Instinctivement, je pose mes deux mains à plat sur son torse tandis qu'il m'embrasse avec une passion croissante. Peu à peu, sa bouche se fait plus pressante, sa langue plus insistante. Il a un goût de menthe et d'alcool. J'en ai la tête qui tourne – à moins que ce ne soit la pièce autour de nous ? Tout tangue comme dans un bateau. Sa chaleur m'enveloppe, ses bras m'entourent.

Jusqu'à ce qu'il se détache de moi pour plonger ses yeux dans les miens :

– Pardonne-moi, Kate… je n'aurais pas dû…
– Will…

C'est la première fois que j'utilise son prénom. Lui me tient toujours dans ses bras, même si j'ai la désagréable sensation qu'il n'est jamais assez proche. Tout mon corps l'appelle – comme mon cœur. À nouveau, sa bouche s'empare de la mienne tandis que je caresse sa poitrine à travers sa chemise, intimidée.

J'en ai envie. J'ai envie de lui.

– Will… fais-je d'une voix plus forte.
Je n'ose pas prononcer les mots qui me brûlent les lèvres, me contentant de susurrer son prénom contre sa bouche, dans un souffle. Mais il est assez viril, assez homme pour comprendre ce que mon corps lui crie. Parce que je frissonne contre lui, de plus en plus fiévreuse.

– Est-ce que tu es sûre, Kate ?

Je hoche doucement la tête. En fait, je n'ai jamais été aussi sûre de quelque chose.

Je le veux. Lui.

Ouvrant la porte de sa chambre d'un coup de pied, Will entre en me portant dans ses bras, comme si j'étais aussi légère qu'une plume. Je sens son cœur battre contre ma poitrine. Et pour la première fois, je passe une main dans ses cheveux mi-longs. Depuis le temps que j'en rêve ! Ils sont doux, fins, soyeux… et pendant qu'il rejoint le lit, nous restons front contre front, presque bouche contre bouche, les yeux dans les yeux. Mon cœur bat la chamade. Si fort qu'il le sent et l'entend.

– Tu as peur ?

Je secoue la tête.

– Pas avec toi.

En réponse, il attrape ma lèvre inférieure entre ses dents pour la suçoter, l'avaler. Je sens sa salive sur ma peau. Électrisée, je frissonne et mes seins se dressent sous ma veste et ma chemise. Avec précaution, Will me dépose sur son grand lit et j'aperçois la gigantesque baie vitrée avec vue imprenable sur Central Park et son étang. C'est magique ! Mais déjà, Will me retire ma veste, une manche après l'autre. Ses gestes sont rapides, précis. Je n'arrive même plus à penser.

Je suis avec Will Stevenson.

Ses mains déboutonnent mon chemisier et il me fixe dans les yeux, sans ciller. J'avale ma salive avec peine. Et bientôt, je frissonne en sentant un léger courant d'air sur ma peau… avant de comprendre. C'est sa main. Sa main sur ma peau. Du bout de l'index, il descend le long de ma gorge, entre mes seins, vers mon nombril, mon bas-ventre… jusqu'à la ceinture de mon pantalon. Je me cambre instinctivement. Et je rougis. Ne suis-je pas en soutien-gorge devant lui ?

– Je ne te ferai jamais de mal, Kate.
– Je sais, fais-je d'une toute petite voix.

Et il ajoute, d'une voix rauque, suave, mâle :

– En fait, j'ai plutôt prévu de te faire du bien.

Je n'ai pas le temps de rougir qu'il enfouit déjà ses lèvres au creux de mon cou, suçant ma peau, la caressant de ses lèvres. Ses cheveux me chatouillent le menton alors que sa bouche descend vers ma poitrine. Vaincue, je m'allonge sur le dos et lui continue à descendre, descendre… De ses deux mains, il écarte les balconnets de mon soutien-gorge, laissant apparaître mes seins. Je me mords les lèvres. Puis je sens la pointe de sa langue redessiner l'aréole et agacer une pointe.

J'ai l'impression de fondre comme de la cire. Comme si j'étais modelée par ses doigts et sa langue. Fiévreuse, je pousse un petit gémissement. Pourtant, il est encore habillé. Et moi à demi dévêtue… ce qui me semble aussi intimidant qu'excitant. Les muscles de mon ventre se contractent quand il souffle doucement sur mes seins, qui pointent vers lui. Son souffle me donne la chair de poule. Avec un grognement, il mordille délicatement mon téton entre ses dents. J'en ferme les paupières et il émet un râle viril en pétrissant mon autre sein.

Toutes ces sensations…

C'est comme une vague…

Et cette étincelle en bas, au creux de mes cuisses…

Jamais je n'aurais imaginé qu'on puisse ressentir ça. C'est comme si tout mon corps se réveillait après un hiver interminable. Comme si la chaleur affluait d'un seul coup, irradiant en moi.

– Will…

Je ne reconnais plus ma voix. Est-ce vraiment moi qui gémis comme ça ? À présent, son corps dur et lourd pèse sur moi. La laine de son pull râpe ma peau nue, échauffant un peu plus mes sens. Et tandis que sa langue dessine un chemin jusqu'à mon nombril, je glisse mes mains sous ses vêtements et sens les muscles durs de son torse rouler sous mes paumes. Il est canon. Non, plus que canon. Il est… *parfait*.

Sans attendre, il se redresse pour retirer son pull et dégrafer mon soutien-gorge. Nos vêtements volent à travers la pièce et je me sens un peu intimidée. Émoustillée, aussi. Dans la semi-pénombre de la chambre, je contemple pour la première fois son torse puissant, parfaitement dessiné. On dirait qu'il sort des mains d'un sculpteur… Je rougis de plus belle.

Je me sens troublée, vulnérable face à cet homme. Mais déjà, il tend le bras vers moi et nos doigts se mélangent pour ne former qu'une seule main.

– Je vais m'occuper de toi, Kate.
– C'est bien ce qui…

Je me mords les lèvres. Lui se penche sur moi, de sorte que nos poitrines s'effleurent sans jamais se toucher. Et il s'amuse à souffler sur moi, dans mon cou, ma poitrine, mon ventre. De haut en bas. Je me mets à trembler sous la brise sensuelle. Je sens les petits cheveux sur ma nuque se dresser.

– … ce qui t'inquiète ? termine-t-il à ma place. Ne réfléchis pas, Kate. Abandonne-toi. Laisse-toi porter…

Nos peaux nues se touchent, s'accolent. Mes seins durcis par le plaisir, humides de ses baisers, contre son torse dur et hâlé. Il est beau à se damner. Beau comme un dieu grec. Couché sur moi, il me retire mon pantalon tandis que je laisse courir mes doigts sur les lignes puissantes de son dos. Ses épaules sont si larges, si rassurantes.

Quand soudain, Will glisse sa main entre mes cuisses. De sa large paume, il enveloppe entièrement mon sexe. Je sens ma féminité palpiter, mes profondeurs s'ouvrir. Je le veux. En moi. Et lui presse plus fort sa paume. Je m'embrase aussitôt. Je suis complètement perdue. Je ne reconnais aucune sensation. Ce n'est pourtant pas la première fois que je fais l'amour… mais tout était si différent avec Justin. Rien ne m'avait préparée à… à… ce tsunami.

Au moment où il glisse ses doigts sous la dentelle de ma culotte, je perds pied. Surtout lorsqu'il écarte la peau douce et humide de mes lèvres. Je gémis tandis qu'il contemple mon visage, guettant la moindre de mes réactions. Son regard intense me déroute. Très pudique, je me mords les lèvres pour contenir un nouveau gémissement. Je redoute de me laisser aller, gagner par le plaisir. Mais Will tend son autre main pour encadrer mon visage, ma joue.

– Je te regarde parce que tu es belle, Kate. Tu es belle quand tu prends du plaisir.

De toute manière, je ne peux plus résister : une force puissante monte en moi. C'est comme une vague, une marée qui vient lentement, prête à tout engloutir. Je vois les yeux de Will briller lorsque je creuse le dos, me tendant peu à peu comme un arc. Ses doigts trouvent bientôt le petit bouton de chair rose dissimulé entre les replis de velours. Et il le titille, le presse, l'abandonne pour y revenir sans cesse. Il décrit de petits cercles avant de s'éloigner. Je suis au supplice… mais c'est la plus délicieuse des tortures. J'aimerais qu'elle dure encore, et encore. Heureusement, mon tortionnaire n'a pas fini de jouer avec moi.

– Oh… Will… je crois…
– Chut, laisse-toi faire…
– Je…

Je resserre instinctivement les cuisses, prenant sa main au piège. J'ai presque peur de ce qui va déferler sur moi d'une seconde à l'autre, même si je l'espère aussi de toutes mes forces. Avec une infinie douceur, Will desserre l'étau de mes cuisses.

– Écoute ma voix, Kate.

Elle est chaude, grave, rauque.

– Et écoute ton corps.

Quelque chose monte au creux de moi.

Quelque chose d'immense, d'énorme.

– Laisse-toi aller…

De sa main libre, il me ferme les paupières sans me toucher, en passant juste une main au-dessus de mon visage. J'obéis, à demi consciente. Entre mes cuisses, il continue à jouer avec mon clitoris qui grossit et gonfle sous ses caresses. Et brusquement, ça déferle sur moi comme un raz-de-marée.

Ça monte du creux de mon ventre, par spasmes, pour se répandre dans tout mon corps. Un orgasme. Un orgasme d'une telle violence que je lâche un long gémissement, emmenée par Will jusqu'à l'extase.

Quand je rouvre les yeux, je ne sais plus où je suis.

Pantelante, je reviens à moi sous les yeux de mon amant magnifique, qui m'observe avec intensité. Je suis un peu embarrassée mais lui me dépose des baisers tendres sur mon front, le bout de mon nez, mes lèvres. Et à demi allongé sur moi, il se redresse sur les coudes pour détacher sa ceinture… quand mes mains viennent à sa rencontre. C'est à moi de le faire. Lentement, je dénoue la boucle et la lance par terre tandis que Will me sourit de son air malicieux. Je craque.

– Bien joué, mademoiselle Marlowe.

Je m'attaque ensuite à la braguette de son pantalon… mais sous le coup de l'émotion, de la chaleur, de la nervosité, mes doigts ripent à plusieurs reprises. Si bien que les grandes paumes tièdes de Will me rejoignent, m'aidant à baisser lentement son pantalon. Il guide tous mes gestes, ses mains pardessus les miennes. Jamais je ne me suis sentie si entourée. Presque en sécurité malgré le désir qui revient. Comme si je n'étais jamais rassasiée de lui. À deux, nous baissons son boxer noir et moulant…

Et je le vois nu. Pour la première fois. Dans toute sa splendeur. Je reste un instant bouche bée face à sa virilité triomphante – une érection impressionnante. Mon cœur bat follement. Encore sous le coup du plaisir, je le regarde avec des étoiles dans les yeux : ses hanches étroites, son sexe bandé et dur, ses cuisses solides, sa peau bronzée. D'un geste assuré, il écarte mes cuisses, exposant mon intimité… mais je n'ai plus honte. Je me sens bien avec lui. Parce qu'il a su me rassurer.

Au passage, j'aperçois une tache brune sur son poignet, comme une tache de vin. Elle a un aspect familier. Je découvre aussi une fine cicatrice sur son torse. Mais flottant dans les brumes du plaisir, aiguillonnée par le désir, je n'ai pas le temps de m'interroger. Will s'empare alors d'un préservatif dans le tiroir de son chevet et en déchire l'angle. S'en gainant d'une main experte, il me lance ensuite un regard – entre désir fou et retenu. Il ne veut pas me brusquer. Il avance à mon rythme.

Je hoche alors la tête, les yeux dans les yeux. J'en ai envie. Terriblement. Et il se couche à demi sur moi, sans m'écraser, comme si j'étais précieuse ou fragile, avant de plonger lentement en moi. Centimètre après centimètre. J'en ai le souffle coupé. Je le sens au creux de mes cuisses, dans mon corps. Je le sens dans mes profondeurs. Il me remplit entièrement. Je sens sa chaleur infuser en moi. Et allongé sur moi, il me prend dans ses bras avec une tendresse infinie, qui tranche avec l'intensité qu'il met dans son premier coup de reins.

– Kate…

Je gémis et son souffle s'accélère au rythme des va-et-vient. M'étreignant de plus en plus fort, il me ceinture alors que je serre les jambes autour de lui, nouant mes chevilles derrière son dos. Nous ne formons plus qu'un. Un seul corps.

Je suis à lui.

À lui corps et âme.

– Will !

C'est presque un sanglot.

À présent, son sexe me laboure, entrant jusqu'à la garde avant de sortir de plus en plus vite, de plus en plus fort. J'ai l'impression de perdre la tête. Tout se mélange. Son poids sur moi, si lourd, si bon. Son parfum mâle. Son souffle rauque au creux de mon oreille. Ses muscles durs contre mes seins. Et sa virilité en moi, chaude, puissante. Mon ventre se tord. Mes muscles se contractent.

Et je cède.

D'un seul coup, tout se brise en moi sous le feu du plaisir.

Puis c'est au tour de Will de tomber dans l'abîme.

Nos râles se mêlent, remplissant toute la chambre alors

que le plaisir nous inonde, nous emporte.

Je ne sais plus rien. Ni mon nom, ni mon âge, ni mon adresse. Je ne sais qu'une chose : je suis à lui.

6
RÉVÉLATIONS

Allongé à côté de moi, Will me regarde dans les yeux. J'ai l'impression de rêver tandis qu'il caresse mon bras nu du coude à l'épaule. Ses doigts dérivent ensuite vers ma poitrine et à nouveau, je sens cette langueur montée en moi. Couverte d'un drap en pur lin, je rougis. Même si nous venons de faire l'amour, je reste affreusement pudique. Lui se contente de sourire en enfouissant ses doigts dans mes cheveux acajou. Dans ses yeux, je suis belle. Pour la première fois de ma vie, je me trouve désirable, désirée… Parce qu'il me regarde, parce qu'il me touche, parce qu'il me parle.

– Tu es magnifique, Kate…
– Ne dis pas de bêtises ! dis-je en pouffant de rire.

Je m'interromps brusquement. Je le tutoie, maintenant.

Et la réalité me rattrape d'un coup, me touchant de plein fouet.

J'ai fait l'amour avec mon boss.

Déstabilisée par la situation, je refuse pourtant d'y penser pour le moment. Étendue à côté de Will, je n'ai pas encore réintégré le monde réel – ce sera pour plus tard, pour demain. Et ce sera bien assez compliqué comme ça. Pour l'heure, rien n'existe entre les murs de cette somptueuse chambre aux murs écrus. Nous sommes seuls au sommet de la tour d'ivoire de M. Will Stevenson.

Prenant mon menton entre deux doigts, il me force alors à relever la tête et soutenir son regard. Il n'a pas l'air de plaisanter. Mes paroles ne sont pas tombées dans l'oreille d'un sourd.

– Sache que je ne mens jamais, Kate.

Baissant les yeux, je fixe mes mains avec embarras tandis qu'il arrange une mèche de mes cheveux mi-longs en la coinçant derrière mon oreille. Lui est beau comme ce n'est pas permis. J'essaie de ne pas trop le regarder, histoire de ne pas passer pour une dingue. Mais comment résister ? Son torse athlétique, ses bras musclés, ses cheveux blonds de Viking en bataille, la petite cicatrice sur son nez, ses yeux bleu sombre, ses mâchoires carrées… Je fonds complètement. Traversée par les dernières ondes du plaisir, je baigne encore dans sa chaleur, molle et indolente.

– Je suis désolé, Kate. Pour tout ce que j'ai dit sur Bradley et toi. Je tenais à ce que tu le saches.
– Tu étais jaloux ? fais-je, amusée.

Il ne répond pas, se contentant d'émettre un vague grognement. Ce n'était qu'une boutade… mais apparemment, j'ai touché juste. Je manque de m'étrangler. Il était jaloux. Will Stevenson était jaloux. À cause de moi. Nos regards se croisent, sans qu'il se détourne… Mais il n'est pas du genre à rompre le silence le premier ou à ne pas assumer. Si bien que je me sens obligée de parler la première. Il a vraiment le don de rendre les silences trop intenses.

– J'espère que tu ne m'as pas trouvée trop… fais-je en cherchant mes mots, mal à l'aise. Enfin, je n'ai pas beaucoup d'expérience en la matière et… je n'ai jamais eu qu'un seul petit ami… alors…

Will pose un index sur mes lèvres.

– Chut, Kate. Tu as été telle que je t'imaginais : touchante, douce, désirable, passionnée… et impétueuse…
– Parce que tu m'as déjà imaginée en train de… avec toi ?!

Il éclate de son rire mâle, rauque et grave, qui me donne des frissons.

– Oh oui ! Et bien plus encore !

Je passe par toutes les variantes du rouge, là. Un vrai

nuancier.

– Et tu penses souvent à moi ?
– Plus que je ne le devrais. J'en ai même la preuve.

D'un geste souple, il se penche en arrière et ouvre le tiroir de son chevet. Je vois tous les muscles de son bras tendus et la tache brune à son poignet. Mon désir se réveille.

Je suis devenue insatiable !

Will, lui, fouille dans le petit meuble avant de reprendre sa place. Et avec un sourire mystérieux, il me présente un écrin.

– Will, mais…
– Tu m'as demandé si je pensais souvent à toi, Kate. Voici la réponse.

Sans attendre, il ouvre la petite boîte en velours noir, révélant le plus somptueux des pendentifs en émeraude. Jamais je n'ai vu un bijou de ce prix, à part dans les vitrines de Van Cleef & Arpels ou Cartier. Au bout d'une longue chaîne d'or blanc se balance une pierre verte à la pureté parfaite. Je pourrais presque voir au travers. Taillée en ovale, elle est entourée d'une myriade de petits diamants et surmontée d'un délicat nœud en or blanc, lui aussi. Du travail d'orfèvre.

Waouh !

– Je… je ne comprends pas.

– La dernière fois que je pensais à toi, je me trouvais devant une bijouterie et mon regard est tombé sur cette pierre. Elle est de la couleur exacte de tes yeux, Kate, un vert lumineux, profond – comme ta personnalité. Je n'ai pas pu m'empêcher d'entrer pour te l'acheter. C'était un signe du destin.

– Mais Will, c'est de la folie ! Ça doit valoir une fortune.

Il ne répond pas, se contentant de sortir le bijou de son écrin et d'en ouvrir le délicat fermoir. Moi, je suis statufiée dans le lit, incapable de bouger tandis qu'il passe la chaîne autour de moi, en soulevant délicatement mes cheveux.

– Je ne peux pas accepter, dis-je dans un souffle.

Déjà, je sens le poids de la pierre, vite réchauffée au contact de ma peau brûlante. Will m'admire en silence, comme si j'étais l'une des œuvres qu'il collectionne. Je baisse les paupières, troublée par l'intensité de son regard. Mais ce n'est pas désagréable d'être admirée comme une statue. Je crois que je pourrais très vite m'y habituer. Parce que je me sens belle dans ses yeux. Précieuse. Et unique.

– Exactement la même couleur, murmure-t-il, en allant de l'émeraude à mes yeux. C'est stupéfiant.

– Will, c'est beaucoup trop.

– Non, Kate. C'est à peine assez.

Et sur ces mots, il sort du lit d'un mouvement souple sans se soucier de sa nudité. En tenue d'Adam, le torse taillé à la serpe et la peau hâlée, il traverse la chambre pour se diriger vers une porte cachée derrière un paravent japonais. Il est tellement canon ! Malgré mes joues en feu, je m'attarde sur la cambrure de son dos et ses fesses musclées.

Ah… il est en train de me transformer en obsédée !

– Je vais me doucher. Je reviens tout de suite.

Au moment où il referme la porte, c'est comme si l'oxygène entrait à nouveau dans la chambre. J'ai le souffle coupé en permanence à ses côtés : je ne respire plus, je ne pense plus. Je me contente de… de l'aimer ? Je secoue la tête. Non, je ne dois pas penser un truc pareil. Pas maintenant, pas si vite. D'autant que j'ignore ce qu'il éprouve vraiment pour moi – à part de l'attirance, bien sûr… Je préfère vivre le moment présent. Et avec un rire de gamine, je prends mon bijou au creux de ma paume.

– C'est trop beau !

Je ne devrais pas l'accepter mais… je ne veux pas vexer Will. Il est si fier et orgueilleux ! Si je m'admirais plutôt dans une glace ? Sortant à mon tour du douillet cocon du lit, je ramasse ma culotte et repère une chemise de Will, posée sur le dossier d'une chaise. Je l'enfile avec délice, même si elle est trop grande et flotte sur mes cuisses. Au passage, je roulotte aussi les manches. Puis j'attrape son pull à col roulé pour humer son parfum. Ça sent l'homme. Ça sent *lui*.

Si je faisais le tour de la somptueuse chambre ? Il y a forcément un miroir quelque part… et je suis aussi un peu – non, très – curieuse. C'est l'occasion où jamais de découvrir l'habitat naturel du plus mystérieux des milliardaires. Comme au salon, les objets d'art pullulent et un somptueux tableau de Monet avoisine une délicate orchidée noire, au charme vénéneux, posée sur une commode aux poignées d'or. Tout respire le luxe, l'élégance… mais je trouve les lieux froids, sans vie. Je ne vois rien de personnel. Aucun bibelot, aucune photo.

Je passe dans la pièce voisine avec un frisson. Oh ! je ne fais rien de mal… je me contente d'admirer le décor. Pourtant, le malaise m'envahit. J'ai l'impression que Will a accumulé toutes ces merveilles pour… pour lui tenir compagnie. Ou pour remplir le vide. Il fait froid ici. Dans sa chambre comme dans le bureau qui domine aussi Central Park. Il règne entre ces murs un hiver permanent et je resserre les pans de sa chemise autour de moi. Quand soudain, je repère un miroir Art déco encadré de fer forgé.

Je m'élance tout de suite… et cogne par mégarde la table de travail. Et là… le désastre ! Tout tombe par terre. Deux piles de dossiers s'effondrent dans un bruit de tonnerre. Patatras ! Les dents serrées et les yeux fermés, je me fige au milieu des décombres.

Miss Catastrophe a encore frappé.

J'attends une seconde pour m'assurer que Will n'a rien

entendu, puis je me précipite vers les papiers en vrac. Il y en a partout. Pourvu qu'il ne me prenne pas pour une petite fouineuse. Je ne suis pas là pour fouiller ses affaires. À grand-peine, je reforme les deux tas bringuebalants sur son bureau quand j'aperçois une enveloppe en kraft sous un meuble. Génial. Elle a dû glisser là. À quatre pattes, je tends le bras et parviens à la rattraper mais son contenu se répand par terre. Fermée par une ficelle, elle s'est ouverte toute seule.

– Eh m… !

Ce n'est vraiment pas mon jour de chance. À toute allure, je ramasse les innombrables photos en grand format, la plupart en noir et blanc. Quand soudain… je reconnais la fille dessus. Je l'ai déjà vue.

– Non…

Ce n'est pas possible. C'est forcément une erreur. Les mains tremblantes, j'allume la petite lampe en verre fumé pour observer les tirages. Aucun doute possible. Il… il s'agit de Lisa, ma demi-sœur. Je me laisse tomber dans un fauteuil comme si j'avais reçu un coup sur la tête. Que font des photos de Lisa dans le bureau de Will ? Après une brève hésitation, j'inspecte le contenu de l'enveloppe.

Je découvre un rapport d'investigation sur Lisa Jenkins et son fils Samuel Jenkins. Le petit Sam, mon neveu. Un détective privé a enquêté pour le compte de Will Stevenson, comme le confirme une facture au montant vertigineux. Je suis complètement perdue et au fil des secondes, mon visage se décompose. Parce qu'une photo en gros plan présente la tache brune sur le poignet de Sam. Une tache que j'ai déjà vue ailleurs… sur le poignet de Will, bien sûr ! Je l'ai remarquée pendant que nous faisions l'amour, sans y prêter plus d'attention que ça. Mais impossible de se tromper, elle a un peu la forme de l'Australie.

– Non, non, non, non…

Je feuillette tous les papiers, je les parcours en diagonale tandis qu'une horrible idée commence à germer dans ma tête. Personne n'a jamais su qui était le père de Sam. Lors de notre dernière rencontre, Lisa était enceinte et clamait que le géniteur de son fils était… un milliardaire. Elle m'avait juré qu'elle était désormais à l'abri du besoin et des aléas de sa profession de chanteuse. Mais après l'accouchement, ma demi-sœur, chanteuse de piano-bar, avait repris sa tournée à travers les États-Unis avant de succomber à un accident de voiture. Sans toucher de pension pharaonique.

Et si…

Et si Will était le père du bébé ?

Tout concorde. Pourquoi aurait-il enquêté sur Lisa et Sam autrement ? Et pourquoi a-t-il la même tache de naissance que Sam ? Toutes les pièces du puzzle se mettent en place. Je songe aux yeux bleu sombre de mon neveu. Exactement la même couleur que celle du PDG. En même temps, je contemple le certificat de décès de Lisa. Will Stevenson a demandé à un détective de retrouver ma sœur… seulement deux mois après la naissance de Sam. Savait-il qu'il était le père ? Que s'est-il passé ? Je repense à sa réaction lors du tournage de la publicité, un mois plus tôt. Il est parti très vite en voyant la tache de Sam sur son poignet.

Je me lève d'un bond, dégoûtée. Quelle idiote ! Comment ai-je pu croire qu'un homme pareil s'intéressait à moi ? Prenant l'enveloppe avec moi, je me rue dans la chambre et me rhabille à toute allure. Hors de question que je reste ici une seconde de plus, chez cet homme qui a sans doute couché avec moi pour se rapprocher de Sam ou pour les besoins de son enquête ! Comment a-t-il pu me toucher alors que je suis la tante de son fils ? La sœur de son ex ? Il m'a menti. Il connaît ma famille, il connaît Sam et Lisa…

Menteur ! Sale menteur !

La veste de travers, je dévale les escaliers en courant… au moment où la voix de Will retentit :

– Kate ?

Trop tard, je m'élance dans le salon, remonte le couloir et gagne le vestibule dallé de marbre.

– Kate ? Kate, où es-tu ?

Des larmes ruissellent sur mes joues. Je pleure sans m'en

rendre compte. Et d'un geste rageur, j'arrache le pendentif qu'il m'a offert, brisant sa chaîne avant de le balancer sur son paillasson. J'ai été trompée, utilisée, manipulée. Réprimant un gros sanglot, j'enfonce le bouton d'appel de l'ascenseur à dix reprises. Vite, vite ! Puis je m'engouffre dans la cabine, le cœur affolé. J'ai l'impression d'étouffer. Et une fois dehors, j'aspire l'air frais de la rue à grosses goulées, comme une noyée qui remonte à la surface. Mon cœur est brisé en mille morceaux.

C'est fini.

Tout est fini.

Plus jamais je ne veux entendre parler de Will Stevenson.

II

AU-DELÀ DES REPROCHES

7

LE JOURNAL DE LISA

Mon cœur bat la chamade alors que l'aube pointe à l'horizon, modelant le ciel de ses doigts roses. Jamais je ne me suis sentie aussi seule, aussi triste. Enfin… « trahie » serait le mot le plus approprié. Au volant de ma voiture, je m'engage sur une bretelle de l'autoroute en guettant la prochaine sortie. Sur le côté, un panneau annonce la frontière du Connecticut – l'État de mon enfance, l'État où j'ai grandi jusqu'à mes 18 ans. Des larmes dévalent mes joues et s'écrasent sur mon jean tandis que je me cramponne farouchement à mon volant. J'étouffe un gros sanglot.

Pas facile de pleurer et de conduire en même temps !

Will est un menteur.

Non, Will est le pire menteur de la création.

Une énorme boule se forme dans ma gorge. Quelle gourde ! Je n'ai rien vu venir : rien, rien, rien. Aveuglée par mon attirance, par la tension électrique entre nous, je n'ai pas su lire les signes avant-coureurs. Je m'en veux tellement. Je n'ose même plus regarder mon neveu en face. Installé dans son siège bébé sur la banquette arrière, Sam somnole tranquillement. Le pauvre ignore que je viens de coucher avec son père ! Moi, sa tante ! Parce que je suis sûre et certaine que Will est le géniteur de mon neveu. Sans cela, pourquoi aurait-il enquêté sur Lisa et sa mort ? Je songe aux documents qui se trouvent dans mon sac, l'enveloppe que j'ai trouvée par hasard chez lui, remplie des photos de ma demi-sœur et de son fils. Sans parler des deux taches identiques sur les poignets de Sam et de Will.

Trop de coïncidences, ce n'est plus un hasard !

Je me mords les lèvres. Je me suis rarement sentie aussi mal. D'un geste rageur, j'enclenche le clignotant. Dire que j'étais à deux doigts de tomber amoureuse ! Non, j'étais amoureuse. Voilà la vérité ! J'étais en train de tomber amoureuse de ce maudit milliardaire. Mais on ne m'y reprendra plus. Derrière moi, un camion lancé à pleine vitesse me klaxonne et me double avec des appels de phares. Je hausse les épaules, consciente de me traîner dans ma vieille guimbarde, récupérée la semaine dernière à la fourrière. Grâce à mon premier salaire, je me suis finalement acquittée de l'amende suite à son enlèvement – le jour de ma rencontre avec Will, justement.

Grrrrr ! Pourquoi tout me ramène à lui ?!

Avec un gros reniflement, je m'essuie le nez d'un revers du bras. Sur le tableau de bord, la pendulette affiche 7 h 30 du matin. Nous sommes presque arrivés. À peine sortie du loft de Will, j'ai directement filé à mon appartement pour embarquer Sam dans mon périple. Hors de question que je le laisse à Julia. Oh ! j'ai toujours confiance en mon amie… mais je redoute de plus en plus les visites inopinées de Steven. Il est toujours là, celui-là. Surtout quand il ne faut pas. À moitié ivre à midi, il entre et sort comme dans un moulin de notre deux-pièces… parce que Julia a eu l'idée géniale de lui donner les clés. Sans me demander mon avis.

Super. Comme si je n'avais pas assez de problèmes comme ça.

Son petit ami ne m'inspire pas confiance. Un soir où Julia ne répondait pas au téléphone, il a sonné à notre porte, les poings serrés et blême de rage, en l'accusant de voir un autre mec. Alors qu'elle était sous la douche ! J'ai la nette impression qu'il surveille ses moindres faits et gestes. Je soupire. Tout va de travers en ce moment. À l'arrière, Sam émet un petit gazouillement et je lui jette un coup d'œil dans le rétroviseur.

– On est presque arrivés, mon poussin.

J'essaie de faire bonne figure, même si mon sourire se transforme en grimace. En vitesse, je me détourne du miroir, gênée par mes yeux rouges et mes joues bouffies. En plus, je suis toute barbouillée de Rimmel à cause des larmes.

On dirait Bozo le clown au bord du suicide.

Je manque de rire… et me mets finalement à sangloter bouche ouverte. Charmant. Très classe, aussi. Mais pourquoi ai-je aussi mal ? Dans ma poitrine, mon cœur s'est brisé en mille éclats de verre. J'ai tout donné à Will : mon corps mais aussi mon cœur. Et lui m'a manipulée pour se rapprocher de son fils. Dans quel but ? Je l'ignore. Mais je devrais trouver des réponses dans les affaires de Lisa. À sa mort, j'ai transporté tous les effets personnels de ma demi-sœur dans notre maison familiale. Aujourd'hui, c'est tante Maggie qui l'occupe suite à la disparition de mes parents.

Au moment de vider le studio de Lisa, j'ai bien vu qu'elle ne possédait pas grand-chose, mais je sais qu'elle rédigeait un journal intime depuis ses 15 ans. Elle a toujours aimé raconter sa vie – elle me retenait des heures en otage au téléphone, même les veilles de partiels à l'université. Alors qui sait ? Peut-être trouverai-je des documents intéressants dans ses vieilles malles ? Après son décès, je n'ai pas eu le cœur de les ouvrir. J'ai tout laissé au grenier, trop traumatisée par son accident.

– On va voir tata Maggie ! dis-je à Sam, faussement enjouée.

Pas dupe pour un sou, mon neveu me dévisage de ses grands yeux bleu marine. J'ai l'impression qu'une flèche me transperce le cœur. Ça fait trop mal. Parce que ce sont les yeux de Will. Exactement ses yeux bleu océan. Par flashes, je nous revois au lit. Ses mains sur moi. Sa bouche sur mon sein. Nos jambes emmêlées. Ses râles. Son sexe en moi. Proche de suffoquer, j'ouvre la fenêtre, laissant entrer une bouffée d'air frais dans l'habitacle. J'inspire à pleins poumons.

Merde ! Ce n'était qu'un homme.

Non, ce n'était pas qu'un homme : c'était Will Stevenson, l'homme le plus beau, le plus impressionnant, le plus attirant, le plus énigmatique de la Terre. Et le plus fourbe, aussi. Tout en pleurant à chaudes larmes, je m'engage sur une petite route de campagne. J'ai enfin quitté l'autoroute et son bitume. Aujourd'hui, mes parents me manquent affreusement. Comme j'aimerais me réfugier dans les bras de maman ! Elle était toujours si tendre, si prévenante. Et ses lasagnes au poulet étaient un vrai délice.

Pourquoi je pense à ses lasagnes au poulet dans un moment pareil ?!

Sûrement parce que rien ne me réconfortait mieux que ses bons petits plats. Maman était un vrai cordon-bleu. Elle laissait toujours un gratin ou un gâteau pour moi au réfrigérateur. J'adorais aussi sa manie de coller des Post-it partout : sur le téléphone, sur la porte de la salle de bains ou sur la machine à laver. Elle les signait toujours d'un cœur ou d'un petit mot tendre. Mes larmes redoublent. Au contraire, mon père était un grand taiseux, même s'il avait sa façon bien à lui de me montrer son amour. Il me laissait faire mes erreurs pour que j'apprenne à voler de mes propres ailes. Il me faisait confiance.

Et aujourd'hui, ils ne sont plus là.

***

Dans la grande cuisine aux placards rouges, ma tante s'active devant les fourneaux pour le petit déjeuner, une manique à la main.

– Tu aurais dû me dire que tu venais, ma chérie.
– Je suis désolée. Je me suis décidée à la dernière minute.
– Et tu as bien fait ! Tu es toujours la bienvenue. Simplement, j'aurais fait un peu de rangement pour que tu ne voies pas ce bazar. Je suis loin d'être une fée du logis.
– Ne t'inquiète pas, le gène « fée du logis » n'est pas dans notre ADN !

Maggie éclate de rire en allumant le vieux fourneau. Ce poêle date de mon enfance et de la période *La Petite Maison dans la prairie* de maman, qui adorait l'idée de se chauffer au bois et faire elle-même son pain. Submergée par les vieux souvenirs, je me serre dans le plaid écossais que j'ai piqué sur le canapé. Malgré la douce chaleur de la maison, je n'arrête pas de trembler.

Je dois avoir l'air normale. Enfin, aussi normale que

je peux !

Tout en posant deux tasses ébréchées sur la table, ma tante m'examine de son regard d'aigle. Elle ne dit rien mais elle n'en pense pas moins. Puis elle se tourne vers Sam, assis dans son siège, et malgré ses mains déformées par l'arthrite, elle le soulève pour le dorloter. Toujours sans me quitter des yeux.

– Tu as une petite mine, Katie.
– C'est à cause de mon nouveau boulot.
– Dans ton agence de pub ?

Je hoche péniblement la tête en essayant de ravaler mes larmes et de sourire bravement. Je raconte toutes mes aventures à ma tante lors de notre coup de fil hebdomadaire. Mais il y a certaines choses que je n'ai pas envie de partager avec elle… Comme ce poids monstrueux sur mes épaules. Ce fardeau appelé Will Stevenson. Malheureusement, Maggie n'est pas née de la dernière pluie.

– Tu es sûre qu'il n'y a pas un homme derrière ces grands yeux tristes ?

J'éclate de rire, consciente que ça sonne horriblement faux.

– Où vas-tu chercher un truc pareil ? Tu sais bien que je n'ai plus de petit copain depuis ma rupture avec Justin.
– Il ne me manque pas, celui-là.
– À moi non plus !

Maggie secoue la tête, encore outrée par ma séparation musclée avec Justin. Dans ses bras, Sam agite ses jambes potelées, au comble de la félicité.

– Un homme qui refuse d'assumer ses responsabilités n'est pas un homme convenable. Encore moins un homme pour toi.
– Justin se trouvait trop jeune pour devenir père.
– Toi, tu n'as pas eu le choix à la mort de Lisa ! répond Maggie, l'air grave. Sam a chamboulé ton existence mais tu t'en es admirablement tirée, ma chérie. Avec ou sans homme.
– Merci.

Gênée par le regard insistant de ma tante, je finis par me lever. De toute manière, je n'y tiens plus.

– Ça te dérange si je monte au grenier ?
– Pas du tout. Le thé sera prêt dans cinq minutes. Mais qu'est-ce que tu vas chercher dans ces vieilleries ?
– Rien ! fais-je par-dessus mon épaule.

Déjà, je gravis le vieil escalier branlant au pas de course. J'évite la dernière marche – trop glissante – et fonce vers les combles. Je n'entends même pas les dernières paroles de Maggie alors que je traverse la grande salle poussiéreuse qui couvre toute la surface de la maison. Et d'un seul coup, je me retrouve entourée d'objets familiers… Mais je dois me concentrer sur les grosses malles en métal de Lisa. Elles pèsent une tonne. Je me rappelle que j'avais eu un mal de chien à les monter à l'étage ! M'agenouillant sur un tapis en crochet digne de Woodstock, j'ouvre le premier coffre.

Ils sont là. Ses journaux intimes. Je les reconnais tout de suite à leur couverture à fleurs. Et malgré mes mains tremblantes, je pioche un volume au hasard et commence ma lecture. Au point que j'en oublie le temps, le thé, Sam et ma tante. J'oublie tout à l'exception des pattes de mouche de Lisa, qui raconte d'abord ses grandes ambitions. Dès son plus jeune âge, ma demi-sœur rêvait d'une grande carrière dans la chanson, avec passage à la télé et millions d'admirateurs à la clé. Elle avait une jolie voix, d'ailleurs. Douce, chaude, sexy. Mais à son grand désarroi, elle est seulement devenue chanteuse de piano-bar.

Soudain, je me fige et le journal manque de m'échapper des mains.

Parce que je vois des initiales. Des initiales familières. Des initiales marquées au fer rouge dans mon cœur.

W.S.

Ça ne peut pas être une coïncidence.

W.S… pour Will Stevenson ? Le cœur battant la chamade, je continue ma lecture, effrayée par ce que je risque de découvrir. Car Lisa raconte maintenant sa rencontre avec un mystérieux W.S. dans un bar de Los Angeles : « Le genre qui pue le blé à des miles à la ronde. » J'inspire un grand coup tandis que Lisa décrit en détail sa soirée avec « le spécimen le plus sexy de la planète ». J'ai la bouche sèche, les yeux humides. « Avec sa gueule de Viking et ses costumes Armani, j'ai tout de suite deviné que je pourrais en tirer quelque chose ! »

– Lisa ! fais-je, horrifiée.

Lisa et W.S. ont couché ensemble ce soir-là, dans la suite panoramique du palace où elle se produisait. « Quand le préservatif a craqué, j'ai su que j'avais touché le jackpot ! » Un instant, je me retiens de jeter le journal par terre avec dégoût. Je n'aime pas cette facette de ma demi-sœur, à la recherche d'argent facile et de riches proies à escroquer. Surtout, je ne supporte pas l'idée de Lisa et Will… tous les deux… ensemble… nus… dans un lit…

– Non ! Non ! gémis-je.

Et pourtant si…

Pendant un moment, Lisa ne parle plus de W.S. Après leur nuit, le mystérieux homme d'affaires aux yeux bleu marine disparaît pour retourner travailler à New York. Le doute n'est plus permis. C'est Will. C'est mon Will. Même la couleur des yeux correspond. Lisa, elle, ne sait presque rien de son amant d'un soir, à part qu'« il gère un gros business à New York ». Je gémis de plus belle en lisant le récit du jour où Lisa découvre sa grossesse. Il n'y a que deux phrases écrites en énorme, à l'encre rouge, à la date du 13 juin 2013 : « Test positif. BINGO ! »

Sam.

Sam est le fils de Will.

Le plaid écossais glisse de mes épaules alors que je tourne les pages à toute allure. J'en déchire deux au passage. Dites-moi que ce n'est pas vrai ! Dites-moi que c'est un autre W.S. ! Mes larmes coulent à nouveau, faisant de grosses taches sur le papier. Et le 10 février 2014, ma demi-sœur raconte sa confrontation avec le père de son enfant. Elle semble si furieuse que son stylo a transpercé les feuilles.

« Quel salaud ! Il m'a dit que Sam n'était pas son fils, que c'était impossible et qu'il ne me verserait pas un dollar ! Avec tout le fric qu'il a ! »

Le père de Sam l'a reçue en dix minutes dans son bureau à New York, expédiant leur entrevue entre deux rendez-vous d'affaires. J'en ai des frissons dans le dos. Apparemment, le milliardaire a cru qu'elle mentait pour lui soutirer de l'argent. Mais plus étrange, il a refusé de se soumettre à un test de paternité.

« Il m'a assuré que ce n'était pas utile. Tu parles ! Il a la trouille, oui ! S'il croit que je vais me laisser faire, il se fourre le doigt dans l'œil jusqu'au cerveau ! »

Puis plus rien. Lisa a seulement griffonné le nom d'un avocat et des estimations de pensions alimentaires vertigineuses. Ensuite, une série de pages blanches. Jusqu'à la date du

5 avril 2014 : « RDV 15 heures – Maître Rowe. » Elle avait rendez-vous avec un homme de loi… le lendemain de sa mort. Mon cœur s'arrête de battre. L'espace d'un instant, je ne respire plus, je ne pense plus, je ne vis plus.

C'est un cauchemar.

Will Stevenson est le père de Sam. Et la pire des ordures.

Moi qui espérais me tromper, trouver des preuves pour l'innocenter !

BINGO ! comme dirait Lisa.

Avec un cri, j'envoie voler le journal de ma sœur à l'autre bout de la pièce et m'affale sur la malle en fer. Secouée de gros sanglots, j'enfouis mon visage entre mes bras. Je suis ridicule, je sais.

Et c'est parti pour les chutes du Niagara en cinémascope !

Je n'ai pas pleuré comme ça depuis des années. Agitée de soubresauts, je gémis en avalant des touffes de cheveux. Je suis tombée dans un piège. Will s'est rapproché de moi à cause de Lisa et Sam… mais dans quel but ? Nourrit-il des remords ? Cherchait-il à mieux me connaître pour me neutraliser ? Pour le moment, je n'ai ni la force ni l'envie d'y penser. Je suis cassée en mille morceaux. Quand soudain… je sens quelque chose. Une main sur mon épaule.

– Ma chérie…

Tante Maggie.

Elle est montée, alertée par mon raffut.

– Ma chérie, qu'est-ce qui se passe ? me demande-t-elle doucement.

Comme une petite souris, elle s'agenouille à mes côtés. Et aussitôt, je me jette dans ses bras. Incapable de parler à cause de la grosse boule dans ma gorge, je laisse Maggie me bercer, la tête appuyée sur sa poitrine. Son parfum de vanille m'enveloppe, rassurant.

– Là, là… Ça va aller, mon cœur.
– Non, ça n'ira jamais ! dis-je d'une voix hachée.
– On dit ce genre de bêtises à ton âge… et puis on se rend compte que le temps guérit tout. Crois-moi, ma chérie.

Muette, je m'abandonne dans ses bras. D'autant qu'elle ne me pose aucune question. Elle se contente d'être là, avec moi, et de panser mon chagrin. Jamais je ne pourrai m'en relever. Parce jamais je ne me remettrai de Will Stevenson. Et je sais déjà que le temps n'y changera rien. Même s'il me mentait, même s'il m'utilisait.

Quand soudain, une sonnerie retentit.

C'est mon téléphone… et c'est peut-être important.

À grand-peine, je quitte les bras de Maggie pour me diriger vers mon sac à main, telle une somnambule.

Je serais parfaite dans une marche des zombies.

M'emparant de mon portable, je jette un coup d'œil à l'écran et me fige. Je reconnais le numéro : c'est celui du boulot. Ou plus précisément, c'est le numéro attribué au grand patron. C'est Will qui m'appelle. Mais je refuse de décrocher.

– Laisse-moi tranquille ! crié-je, furieuse.

Et après le journal de Lisa, je balance mon portable à travers les combles. Se fracassant contre le mur, mon smartphone se tait enfin, interrompu en plein milieu d'une sonnerie, avant de finir en morceaux. Comme mon cœur.

8
FACE-À-FACE

En traversant les couloirs de l'agence de pub, je me sens comme une étrangère. J'ai l'impression d'être partie depuis des jours, même si j'ai seulement manqué une journée de travail à cause de ma visite à tante Maggie. Alors pourquoi tout semble changé, différent ? Pourquoi je ne reconnais rien ? Les mains tremblantes, je froisse la lettre que j'ai écrite et m'arrête devant le bureau de Linda. À cause de sa grippe carabinée, la secrétaire particulière de Will n'est pas là et je découvre sa remplaçante, une femme athlétique au fort accent canadien :

– Que puis-je pour vous ?
– J'aimerais…

Je m'arrête une seconde, surprise par le son de ma voix. Je ne la reconnais plus. Par-dessus le marché, mon cœur joue des cymbales et mes genoux des castagnettes. Une femme-orchestre à moi toute seule. Je me force à sourire dans mon tailleur beige passe-partout, acheté spécialement pour le boulot. À l'époque, je pensais rester des années chez Stevenson Inc. Je me voyais gravir les échelons un à un. Mais ça, c'était avant de découvrir la vérité…

– J'aimerais parler à… au patron.

– Vous avez rendez-vous ?

– C'est urgent. Vraiment très urgent. Dites que c'est de la part de Kate Marlowe.

Surprise par ma nervosité, la jeune femme s'exécute. Tendue comme la corde d'un arc, je triture ma malheureuse lettre, quitte à la transformer en charpie. Si ça continue, il n'en restera plus rien dans trente secondes. Pendant ce temps, la Canadienne appuie sur un bouton de l'interphone, prononce quelques mots et me désigne poliment la porte au bout du couloir. Mon cœur s'arrête de battre. Bon. Nous y voilà. Je vais enfin revoir Will Stevenson pour la première fois depuis que… que nous avons… lui et moi…

Bref.

Dans un état second, je me dirige vers son bureau. Je dois affronter Will une dernière fois afin de lui remettre ma démission. Hors de question que je travaille pour lui maintenant. Je n'ai pas d'ordre à recevoir d'un homme qui a froidement abandonné son fils… et qui enquête dans mon dos sur ma famille. Dans le rapport d'enquête que j'ai chipé chez lui, j'ai bien remarqué les photos récentes de mon neveu, prises deux semaines plus tôt. Apparemment, Will a demandé à son détective de reprendre son boulot et de trouver de nouvelles infos sur Sam suite au tournage de la pub pour petits pots.

En plus de ma tristesse, je suis en colère. Non, furieuse ! Voire carrément furax. Levant le poing pour frapper à sa porte… elle s'ouvre toute seule devant moi.

– Monsieur Miller ?

Euh… il y a une erreur de casting.

L'associé de Will me lance un franc sourire avant de me tendre la main. Cela dit, n'ai-je pas demandé à voir le boss ? Techniquement, Bradley est aussi mon supérieur hiérarchique.

– Vous espériez parler à Will ?

Je rougis, très mauvaise comédienne.

L'Actors Studio, ce n'est pas pour tout de suite.

– Non, pas du tout…
– Je le remplace durant son voyage d'affaires à Tokyo.
– Il… il est parti ? fais-je d'une voix blanche.
– Oui et il ne rentrera pas avant une semaine. Je suis juste passé prendre quelques dossiers dans son bureau.

Je hoche bêtement la tête, sans savoir si j'éprouve du soulagement… ou de la déception. Après tout, c'est peut-être mieux comme ça. Je n'aurais pas à affronter l'homme qui m'impressionne le plus au monde. J'aurais sûrement perdu tous mes moyens face à lui. Avouons-le : je ne suis jamais dans mon état normal devant Will Stevenson.

– Pamela m'a dit que vous vouliez me voir…

Je mets quelques secondes à réagir, comme si je tournais au ralenti. Puis je lui tends ma lettre toute froissée. Il s'en empare, un peu surpris.

– Qu'est-ce que c'est ?

Je préfère ne pas répondre, le laissant ouvrir l'enveloppe. Mais à mesure qu'il parcourt ma brève missive, sa figure se décompose.

– Vous voulez démissionner, Kate ?
– Oui.
– Mais… mais pourquoi ? s'écrie-t-il en écrasant ma lettre en boulette sous l'effet de la colère.

Tenir bon. Ne pas flancher. Et surtout, ne rien dire !

– Je m'en vais pour… pour des raisons personnelles.
– Vous ne vous plaisez pas chez Stevenson Inc. ? Vous ne vous entendez pas avec le reste de l'équipe ?
– Pas du tout ! J'ai beaucoup appris aux côtés de Mme Brookes… et Frank et moi sommes très proches.

– Alors où est le problème ? Est-ce à cause du rythme de travail ?

– Non ! Les heures supplémentaires ne m'ont jamais fait peur… Seulement…

Incapable de terminer ma phrase, je me mords les lèvres, rouge pivoine. Si seulement j'avais une peau normale. Du genre qui ne prend pas feu à la moindre gêne. Je ressemble à un phare dans la nuit tandis que Bradley me scrute longuement, comme si la réponse à ses questions était inscrite sur mon front. Écrasant ma lettre réduite en boule au creux de sa paume, il semble très préoccupé.

– C'est ma faute, n'est-ce pas ?

J'en reste interdite. Qu'est-ce que Bradley Miller vient faire dans cette histoire ?

– C'est à cause des avances que je vous ai faites ?

Prise de court, j'ouvre la bouche… mais mon patron me coupe l'herbe sous le pied. Se détournant brutalement, il ne me présente plus que son dos et se met à tourner dans le vaste bureau de Will comme un lion en cage. Un moment, il fait les cent pas entre les superbes œuvres d'art exposées dans la pièce. Je respecte son silence jusqu'à ce qu'il revienne vers moi et me prenne par les épaules.

– Je tiens à m'excuser pour mon comportement, Kate. Jamais je n'aurais dû vous emmener à cette fête, encore moins vous révéler mes sentiments. J'ai oublié qui j'étais : votre supérieur. Et je n'ai pas su rester à ma place.

– Vous vous êtes comporté en parfait gentleman.

– Vous êtes une de mes employées, Kate ! C'est moi qui ai commis une erreur. Alors je vous en prie, ne quittez pas l'agence à cause de cette regrettable histoire. Sans cela, je m'en voudrais toute ma vie.

– Mais…

– Je vous promets que notre relation ne sortira plus jamais du cadre professionnel.

Argh ! Pourquoi ne me laisse-t-il pas en placer une ?

– Vous n'y êtes pour rien, monsieur Miller ! crié-je soudain.

– Pa… pardon ?

Devant mon évidente sincérité, il semble déstabilisé et me relâche enfin.

– C'est vrai ?

– Oui. Promis.

– Dans ce cas… je ne comprends pas. Pourquoi désirez-vous quitter l'agence ?

– Pour…

Je cherche mes mots, la bouche sèche, la gorge nouée.

– Pour des raisons personnelles.

– Voyons, vous ne pouvez pas partir sur un coup de tête.

Ce poste d'assistante est une chance inouïe pour lancer votre carrière.

– J'en ai conscience… mais je ne peux pas rester.

Et sur ces mots, je me mets à reculer vers la porte tandis que Bradley me fixe avec intensité, comme s'il cherchait à percer mes secrets. Il ne comprend pas. Mais que pourrais-je lui dire ? La vérité ? Je vois ça d'ici : « Écoutez, monsieur Miller, je suis tombée amoureuse de Will Stevenson et j'ai couché avec lui. Malheureusement, j'ai découvert qu'il avait eu une liaison avec ma demi-sœur Lisa et qu'il est par conséquent le père de Sam, mon neveu dont j'ai la garde depuis la mort de sa mère. »

Gloups. Aucun risque qu'il gobe ça.

– Kate, vous faites une grosse erreur.

– Je sais.

– Vous ne trouverez jamais un poste équivalent dans une autre agence. Stevenson Inc. est le tremplin idéal pour votre avenir.

– Je le sais aussi.

– Si vous avez des ennuis familiaux ou personnels, je peux peut-être vous aider ?

– Non, monsieur Miller, dis-je en secouant farouchement la tête. Je vous remercie mais ma décision est prise. Je démissionne.

Et tournant les talons, je m'enfuis dans le couloir, sûre de ne jamais revenir.

***

– Encore un bouquet pour toi !

Je relève la tête au moment où Julia referme la porte de notre appartement après avoir donné un billet au livreur – le troisième de la journée. C'est un vrai défilé depuis ce matin. Nous allons être ruinées par les pourboires !

– Et il y a une petite carte signée Will Stevenson… dit-elle en agitant le bout de carton blanc entouré d'un fin liseré d'or.

Oh, non… même ses petites cartes ont une classe folle !

Dans ses bras, c'est une explosion de couleurs éclatantes et de fleurs des îles : rouge, orange, rose, jaune… comme si le soleil s'était glissé entre les pétales de soie des heliconias et des anthuriums. Très bien. Je vois ce que c'est. Arrêtant de lire, je balance mon bouquin sur le canapé et fonce sur Julia pour lui arracher le bouquet des mains. Puis je fonce en cuisine. Derrière moi, ma meilleure amie trottine comme une petite souris. Pour une fois, elle n'est pas avec Steven – même si elle s'apprête à sortir avec lui.

– Tu vas les jeter ?
– Oui !
– Encore ?
– Oui ! Et je balancerai toutes ses fleurs à chaque fois qu'il m'enverra l'un de ces maudits coursiers.

Du pied, j'actionne le couvercle de la poubelle qui révèle son contenu : des orchidées blanches et noires enroulées autour de lianes et en dessous, une énorme brassée de roses blanches. Furieuse, je commence mon travail de sape, balançant une à une les fleurs tropicales du troisième bouquet dans la corbeille.

Ça me fait un bien fou. Comme si je lui arrachais les poils du torse un à un.

– Tu as perdu la tête, Katie.
– Je ne veux rien de lui.
– Alors tu te venges sur ces pauvres fleurs…

C'est vrai que ça me fait mal au cœur mais je ne supporterais pas de les regarder à longueur de journée. Derrière moi, Julia continue :

– Je t'assure que si un type m'offrait un bouquet pareil, j'y réfléchirais à deux fois avant de le quitter.
– Nous n'avons jamais été ensemble ! dis-je en cassant une tige entre mes mains. Techniquement, je ne peux donc pas le quitter.
– Mais vous avez couché ensemble.

Pourquoi faut-il qu'elle remue le couteau dans la plaie ?

– Ça ne voulait rien dire… Pour lui, en tout cas. Il n'a jamais eu l'intention de sortir sérieusement avec moi. Je n'étais qu'un moyen de parvenir à ses fins.

Julia m'observe en silence tandis que je m'acharne sur le bouquet. Je lui ai tout raconté à mon retour du Connecticut : ma nuit d'amour gâchée, ma visite à Maggie, les journaux intimes de Lisa… Elle sait tout. Malheureusement, elle n'a pas vraiment eu l'occasion de m'aider : depuis quelque temps, elle joue les filles de l'air. C'est à peine si nous nous croisons dans l'appartement. Elle va et vient, entièrement accaparée par son petit ami.

Le cœur serré, je jette les dernières fleurs. Je ne veux pas la moindre particule de Will chez moi. À l'exception de Sam. Pile à cet instant, le petit pousse un cri, énervé par nos éclats de voix. Il est sensible à la tension qui règne dans l'appartement depuis ma démission, une semaine plus tôt.

– Tu devrais parler avec lui, Kate.
– Non merci ! Pour qu'il me mente encore…

Avec un gros soupir, Julia me prend les derniers feuillages tropicaux des mains, les balance à la poubelle et s'essuie les mains sur son jean, satisfaite. Libérée de ma besogne, je reste bêtement plantée devant elle. Elle a mauvaise mine, elle aussi. Je le vois malgré son maquillage impeccable. Et que dire de moi ? Avec mes yeux rouges, ma tête bouffie et ma goutte au nez, je ne risque pas de remporter un premier prix de beauté.

– Je ne connais pas ton milliardaire, chérie.
– Tant mieux pour toi ! marmonné-je en croisant les bras sur ma poitrine, boudeuse.

– Mais je pense que vous avez besoin d'une sérieuse conversation. Ne serait-ce que pour éclaircir cette histoire.

– Je ne veux plus jamais le voir.

– J'ai surtout l'impression que tu le fuis, Kate.

Un point pour elle.

Me laissant tomber sur une chaise, je pose mes coudes sur la table et prends ma tête entre mes mains. Et j'étire mes joues au point de ressembler à notre voisine du rez-de-chaussée après son lifting. Julia se retient de rire à cause de mon regard désemparé. J'ignore si je survivrais à une confrontation avec Will. Je ne peux pas prédire mes réactions face à lui.

– Il a une telle emprise sur moi… Je ne veux pas courir le risque.

– Quel risque ?

– Le risque de retomber dans son piège. S'il me fait le coup du sourire *ultra-bright* et des yeux revolver… je vais me laisser embobiner, je le sais déjà. Or, je dois avant tout penser à Sam et le protéger.

– Tu dois aussi découvrir la vérité. Peut-être que tu ne connais pas toute l'histoire ? Tu pourrais être surprise par sa version des faits…

Comment fait-elle pour toujours me remonter le moral, même quand je suis au fond du trou ? Je m'apprête à l'embrasser sur la joue… quand elle recule d'un bond, paniquée, les yeux braqués sur la pendule.

– Oh mon Dieu ! Je suis super en retard.

Et complètement affolée, elle se précipite dans l'entrée sous mes yeux écarquillés. Elle n'irait pas plus vite si l'appartement était en flammes. Décrochant son manteau de la patère, elle s'habille aussi vite que Wonder Woman.

– Tu vas dîner avec Steven ?
– Je dois le retrouver au *Looper* – tu sais, le bar où il travaille ! s'écrie-t-elle en enfilant ses ballerines.
– À mon avis, il peut t'attendre cinq minutes. Tante Maggie assure que toutes les femmes doivent se faire désirer…

Julia ne répond pas, trop occupée à taper un texto à la vitesse de l'éclair. Son pouce vole sur le clavier tandis que je la contemple, étonnée. On dirait que sa vie dépend de ce rendez-vous.

– Tout va bien entre Steven et toi ?

Sans un mot, mon amie s'empare de son sac à main, ouvre la porte d'entrée et s'engouffre sur le palier.

– Ne t'inquiète pas pour moi et occupe-toi de ton milliardaire ! lance-t-elle par-dessus son épaule avant de claquer la porte.

Et pouf ! elle a disparu.

***

Une heure plus tard, je squatte le canapé dans mon vieux pyjama bleu en pilou. Sur le sommet de ma tête, un crayon maintient mes cheveux acajou en un chignon bringuebalant qui menace de se défaire à chaque fois que je zappe. À la recherche d'émissions idiotes, j'engloutis un pot de glace au chocolat avec des morceaux de brownie dedans, à l'aide d'une cuillère grosse comme une louche. Je pousse un profond soupir.

Je ressemble à une vieille fille désespérée. Super.

Soudain, on sonne à la porte. Je me redresse mollement, surprise. La pendule de la cuisine affiche 21 heures. Nouveau coup de sonnette, plus insistant. Inquiète à l'idée que Sam ne se réveille dans la chambre, je me traîne dans le couloir, enveloppée dans mon vieux peignoir en éponge. C'est sans doute Julia qui a oublié ses clés. Ou le propriétaire de l'appartement. J'espère qu'il a bien reçu mon chèque pour les loyers impayés… Une troisième fois, la sonnette s'égosille.

– C'est bon, j'arrive ! marmonné-je.

Ôtant la chaîne de sécurité, j'ouvre la porte… et manque de tomber à la renverse.

Pincez-moi, je rêve !

– W… Will ?

Will Stevenson se trouve sur mon palier, vêtu d'un costume noir un peu froissé. D'ordinaire tiré à quatre épingles, *the master of control* a même retiré sa cravate et ouvert un bouton de sa chemise. Pire, une petite barbe de trois jours diablement sexy ombre sa mâchoire alors qu'il me transperce de ses yeux saphir.

Je suis perdue, là. SOS. Mayday mayday.

Figée sur place, je le regarde bêtement. Et le souffle court, la poitrine prise dans un étau, je laisse tomber ma cuillère par terre. Au son du cliquetis, la réalité me revient alors en pleine figure.

Je porte un pyjama en pilou et des pantoufles à tête de chien devant Will Stevenson. Tuez-moi tout de suite, s'il vous plaît. Quelqu'un. N'importe qui.

– Bonsoir, Kate.

Cette voix suave, rauque et mâle… elle me donne des frissons partout. Bouche bée, je reste à le dévisager un moment comme s'il débarquait d'une autre planète. Lui passe une main dans ses cheveux blonds trop longs, dégageant son front hâlé. Il est beau à se damner.

Une véritable incitation au crime. Au péché. De luxure, de préférence.

– Je ne te dérange pas ?

Je secoue la tête. Ni oui, ni non.

– Je viens directement de l'aéroport. Je suis rentré de Tokyo il y a une heure.

Je dois me reprendre ! C'est mon ennemi maintenant !

Et brutalement, j'ai l'impression de recevoir une gifle en pleine figure alors qu'il tend la main devant lui, laissant pendre une longue chaîne en or blanc où se balance une magnifique émeraude entourée de diamants. Le pendentif qu'il m'a offert une semaine plus tôt, lors de notre nuit magique. Magique… ou maudite. Car depuis ce moment, je ne vis plus. C'est l'électrochoc dont j'avais besoin.

– Tu n'aurais pas oublié quelque chose chez moi ? me demande-t-il. Je l'ai retrouvé sur le paillasson.
– Je n'en veux pas.

Il soupire.

– On a déjà parlé de ça, Kate. C'est juste un cadeau. Je te demande de l'accepter.

Il croit que je le refuse à cause de sa valeur, comme lorsqu'il me l'a offert dans sa chambre à coucher. Mon cœur bat plus vite, même si je tente de barrer la route à ce souvenir, de l'enfermer dans une boîte noire au fond de mon esprit. Ce n'est pas le moment ! Et il enchaîne déjà, le bijou toujours entre les doigts.

– Au fait, tu as reçu mes fleurs ?
– Oui.

Bref silence.

Et contre-attaque.

– Si tu pouvais arrêter de m'en envoyer, ça m'arrangerait.

Le demi-sourire de Will s'efface tandis qu'il fronce les sourcils, déstabilisé par mon agressivité. Apparemment, Bradley ne lui a pas encore parlé de ma démission. Cela dit, je ne suis qu'une petite assistante. Pourquoi préviendrait-il le PDG de Stevenson Inc. de mon départ ? Cachant le tremblement de mes mains dans mon dos, je relève fièrement le menton. De son côté, Will m'enveloppe d'un long regard tandis que le pendentif se balance toujours au bout de ses doigts.

– Que se passe-t-il, Kate ? Pourquoi es-tu partie si vite l'autre nuit ? Je ne m'attendais pas à ce que tu disparaisses.
– Et moi, il y a d'autres choses auxquelles je ne m'attendais pas !

Piqué au vif par mon ton, Will plisse les yeux et son regard bleu océan vire au noir tempête tandis qu'il pince les lèvres. Toujours sur le palier, je l'empêche d'entrer en serrant d'une main le chambranle de la porte. Mon bras lui barre l'accès à l'appartement. Je ne veux pas qu'il entre – chez moi et dans ma vie. Même si ça fait très mal.

– Pourquoi es-tu partie comme une voleuse ? Et pourquoi ne réponds-tu à aucun de mes appels depuis une semaine ?
– J'ai cassé mon téléphone.

J'inspire un bon coup. C'est le moment de vérité.

– Et de toute manière, je n'avais aucune envie de te parler.
– Pardon ? Je ne comprends pas, Kate. En fait, je ne comprends rien et je ne te reconnais pas. Quelle mouche t'a piquée ?
– Quelle mouche m'a piquée ? dis-je, suffoquant à moitié. Tu oses me demander quelle mouche m'a piquée ?

D'un seul coup, je me détourne et fonce vers la petite commode dans l'entrée. Ouvrant un tiroir, j'en sors la longue enveloppe kraft trouvée par hasard chez lui et qui contient l'enquête sur Sam et Lisa. Il y a également un papier plus récent qui évoque mon rôle de tutrice auprès du petit garçon.

– Je crois qu'il est temps de te rafraîchir la mémoire ! Lisa Jenkins, ça te dit quelque chose ? fais-je en brandissant une photo de ma demi-sœur. Et Sam Jenkins, tu le connais aussi, il me semble…

Interdit, Will ne bouge pas au moment où j'écrase la photo de mon neveu sur sa poitrine. Parce qu'il ne le prend pas, le cliché tombe finalement par terre, entre nous, révélant l'adorable bouille de mon bébé et sa tache brune au poignet. À présent, il y a de l'électricité dans l'air. Et quand nos regards se croisent, je me sens irrésistiblement attirée par lui, par son corps… comme si nos peaux s'appelaient par-delà la colère.

– Où as-tu trouvé ces papiers, Kate ?
– Ça n'a aucune importance !
– OÙ ?

Son cri explose si fort que je sursaute et déglutis avec peine.

– Dans… dans ton bureau. J'ai fait tomber ton courrier sans le faire exprès et j'ai tout découvert.

Je soutiens son regard brûlant – si loin, si différent des yeux qu'il posait sur moi durant notre étreinte, dans sa chambre avec vue sur Central Park.

– Tu as fouillé mes affaires ?
– C'était un accident ! Et une chance… car sans cela je n'aurais jamais découvert tous tes mensonges. Tu m'as manipulée, Will ! Tu t'es servie de moi ! Comment as-tu pu me faire ça après avoir abandonné ma demi-sœur ?

Cette fois, Will ne réagit pas. Il semble juste… abasourdi.

Ou perdu. Comme s'il ne comprenait pas mes paroles. De ma vie, je n'ai jamais vu un si bon acteur.

– Ta demi-sœur ?

– Je t'en prie, ne joue pas les innocents. Tu sais très bien que je suis la demi-sœur de Lisa Jenkins, la mère de Sam.

– Pardon ?

– Et je suis certaine que tu connais également mon rôle de tutrice auprès de Sam ! C'est moi qui m'occupe de lui depuis la mort de Lisa.

Will ne dit rien, blanc comme un linge. Changé en statue de sel, il encaisse mon attaque sans rien dire – ce qui ne lui ressemble pas du tout. D'ailleurs, j'hésite à continuer. Jamais encore je n'avais vu le grand, le tout-puissant et orgueilleux Will Stevenson avoir la chique coupée. Les larmes aux yeux, je secoue la tête, écœurée par cette affaire.

– Sam… souffle Will, incrédule. Tu veux dire que… que le petit garçon a survécu à l'accident de voiture ?

À mon tour de le regarder avec des yeux ronds.

– Sam n'était pas là lors de l'accident.

– Je ne comprends pas. Le détective m'a montré un certificat de décès pour la mère ET le bébé… Je croyais qu'ils étaient morts ensemble.

– Pas du tout ! Sam était à l'hôtel avec sa baby-sitter ce soir-là. Lisa devait se rendre dans un bar de Miami pour chanter. Elle avait trop bu et elle a percuté une autre voiture. Elle est morte sur le coup, comme la mère et le petit garçon dans l'autre véhicule. Une véritable tragédie.

– Il a dû y avoir une confusion entre les enfants dans le dossier administratif…

Une larme roule sur ma joue. Je ne veux plus repenser à cet accident monstrueux. En fait, j'aimerais oublier toute cette histoire, tout ce que j'ai lu dans les journaux intimes de ma demi-sœur. Et brutalement, je me mets à crier, nous surprenant tous deux :

– Comment est-ce que tu as pu me faire ça ? Coucher avec moi après Lisa ?

– J'ignorais que vous étiez demi-sœurs, Kate !

– Menteur !

– Je n'ai jamais pris connaissance du nouveau rapport de mon détective ! riposte Will en m'arrachant l'enveloppe des mains. Je te signale que tu l'as volé dans mon bureau avant que je ne le lise.

– De toute manière, ça ne change rien, fais-je en haussant les épaules. Parce que tu as abandonné ton propre fils. Comment as-tu pu refuser de l'aide à Lisa quand elle est venue te voir avec Sam ?

– Tu crois vraiment qu'elle est la première femme à essayer de me jouer ce sale tour ? D'autres filles ont essayé de me faire endosser la paternité de leurs enfants au cours des dix dernières années. À chaque fois, elles n'en voulaient qu'à mon argent.

Ses yeux lancent des éclairs maintenant.

– Si tu étais si sûr que Sam n'était pas ton fils, pourquoi as-tu refusé de te soumettre à un test de paternité ?

Will ouvre la bouche, avant de la refermer dans un bruit sec. Et il a une expression si terrible, si sombre sur le visage, que je recule d'un pas – avec l'impression qu'il me crucifie du regard. Quand il reprend la parole, je ne reconnais plus sa voix, devenue froide et métallique, coupante comme du verre.

– Je n'ai pas à me justifier devant toi. Ni devant personne.
– Comme c'est pratique !
– Tais-toi, Kate. Tu ne sais pas de quoi tu parles.

Il a parlé tout bas… et c'est pire qu'un hurlement. J'ai l'impression d'avoir reçu un coup de poing dans l'estomac. Lui plonge ses yeux dans les miens, dévoré par la colère. C'est comme si un vent glacé soufflait en moi, comme si la bise entrait dans l'appartement. Transie de froid, je me serre dans mon affreux pyjama en pilou.

Je l'avais oublié, celui-là…

– Je t'interdis de me juger, Kate. Tu ne sais strictement rien de moi.
– J'en sais assez pour ne plus jamais avoir envie de te revoir.

Il serre les dents comme s'il encaissait un uppercut. Puis aussitôt, il riposte, en combattant habitué à rendre coup pour coup.

– Et toi, Kate ? À quel jeu joues-tu ? Qui me prouve que tu ne t'es pas rapprochée de moi pour les mêmes raisons que Lisa ? Qui me dit que tu n'as pas tenté ta chance après elle, appâtée par l'argent ?

– Quoi ? Tu penses vraiment que j'en veux à tes millions ?

Le souffle coupé, je me raccroche au meuble de l'entrée. Mes jambes flageolent. Et des larmes roulent sur mes joues. Je ne peux plus les retenir. Surtout, je n'ai plus la force ni l'envie de me défendre.

– Tu n'as qu'à penser ce que tu veux…

Cachant mon visage dans mes mains, je sens le regard du milliardaire sur moi. Et brièvement, j'ai l'intuition qu'il se retient de dire ou de faire quelque chose. Mais que pourrait-il ajouter ? Me détournant, j'essuie ma figure dans mon peignoir… avant de découvrir qu'il a disparu. Le palier est désert tandis que ses pas décroissent dans l'escalier. Il ne reste rien de lui – à part son parfum… et le pendentif en émeraude accroché à la poignée de ma porte. M'en emparant, je me laisse glisser à terre, en pleurs. La pierre est glacée.

Comme mon cœur.

Ou ce qu'il en reste.

Parce que quoi qu'il arrive, je suis encore amoureuse de cet homme.

9
COUPS ET BLESSURES

« Ding ! »

En entendant la sonnerie d'un e-mail, je relève la tête et me tourne vers mon ordinateur portable, posé sur la table basse du salon. Assise par terre sur un coussin, j'ouvre immédiatement le message venant d'une grande agence de pub. J'en ai les mains qui tremblent.

De : Hilbert & Sons
À : Kate Marlowe
Objet : Candidature au poste d'assistante marketing

Mademoiselle,
Nous vous remercions de l'intérêt porté à notre société mais

nous ne proposons actuellement aucun poste au service communication de notre agence. Nous gardons néanmoins votre candidature…

Message reçu. Pas besoin d'en lire plus.

D'un clic, je jette le message dans la corbeille et rabaisse l'écran. Je connais par cœur ce genre de lettres. J'en faisais collection avant d'être engagée chez Stevenson Inc. De toute manière, il y a toujours un truc qui cloche chez moi : trop jeune, pas assez expérimentée… et j'en passe ! En plus, mon passage éclair dans l'agence de Will ne joue pas en ma faveur. Les rares employeurs qui me rappellent demandent invariablement pourquoi je ne suis restée qu'un mois chez le géant de la publicité.

J'ai couché avec le PDG avant de découvrir qu'il était le père de mon neveu… mais ne vous inquiétez pas, ça ne se reproduira pas chez vous.

J'imagine la tête des recruteurs. Avec un soupir désabusé, je jette un coup d'œil à la pile d'enveloppes posées devant moi. Où en étais-je ? M'emparant d'un CV imprimé à la chaîne, je le fourre dans une enveloppe avant d'écrire l'adresse d'une énième agence de communication. J'ai déjà posté une cinquantaine de lettres sans recevoir plus de trois réponses. J'ai l'impression d'être revenue en arrière. Je suis devenue une vraie machine à candidatures spontanées… et je frise l'entorse du poignet.

– Et toi, mon cœur ?

Assis sur le canapé, mon bout de chou me fixe de ses immenses yeux bleu océan. Pour un peu, je détournerais le regard. C'est déchirant, cette ressemblance avec Will ! Comment ne l'ai-je pas tout de suite remarquée ? J'attrape un pied potelé de Sam. Il est craquant avec ses petites chaussettes blanches. Et renversé comme un pacha dans les coussins, il me sourit gaiement. Je le dévorerais bien tout cru, celui-là.

– Qu'est-ce que tu en penses ? Tu crois que tata Kate va retrouver un job ?

Il me regarde avec le plus grand sérieux, comme s'il réfléchissait à la question. Avec un sourire, je consulte la pendule. Il est 16 heures – presque l'heure du bain. Je vois enfin venir le bout de cette interminable journée inutile. Que le temps est long ! Je dois ensuite le déposer chez Erica, sa baby-sitter. Julia et moi avons prévu une petite soirée entre filles. Cela fait une éternité que nous n'avons pas trinqué ensemble dans un bar sympa. Depuis sa rencontre avec Steven, elle découche presque tous les soirs et elle est à peine joignable au téléphone. Même à l'agence de voyages où elle bosse, elle me répond par monosyllabes et s'empresse de raccrocher.

– J'ai intérêt à trouver un job fissa si je ne veux pas devenir dingue. Et puis, je ne veux pas la mort d'Erica sur la conscience.

Depuis que j'ai démissionné, je suis harcelée de coups de fil par la nourrice de Sam. À cause de moi, la pauvre est au chômage aussi… Même si je lui confie Sam de temps en temps. D'ailleurs, je suis sûre qu'elle ne se privera pas de me le rappeler tout à l'heure sur tous les tons : « Ce sera votre faute si je termine sous un pont, Kate ! Quand je serai morte de faim, je reviendrai vous hanter. Vous ne pourrez plus vous débarrasser de moi. » Avec sa voix lugubre, elle essaie de me faire culpabiliser. Ça marche plutôt pas mal, d'ailleurs…

– Viens par là, mon bonhomme ! Je vais te débarbouiller un peu.

Soulevant Sam dans mes bras, je le cale sur une de mes hanches et retrousse les manches de mon chemisier blanc. Mais au moment où j'entre dans la salle de bains, le téléphone sonne. Et si c'était un employeur ? Pivotant à toute allure, je repose Sam sur le canapé et plonge vers l'appareil comme un rugbyman en plein plaquage.

– Kate Marlowe ! fais-je, en décrochant, hors d'haleine.
– Tiens, une revenante !

Je reconnais aussitôt la voix de Frank Boyd, mon ancien collègue au sein de Stevenson Inc. Toujours vêtu de jeans moulants aux couleurs flashy et de chemises au col déboutonné et ouvertes sur le torse, il ne passait pas inaperçu dans les couloirs. Je crois que nous serions devenus bons amis si je n'étais pas partie.

Et hop ! Un nouveau regret sur ma liste !

– Frank ?

– Wow ! Tu te souviens encore de mon prénom ? Je suis très flatté.

Long silence. Puis il reprend, sur le ton du reproche :

– Tu aurais pu passer un petit coup de fil pour m'avertir.

– Tu as raison. Je suis désolée, Frank.

– Imagine ma tête quand Joan nous a annoncé que tu ne reviendrais pas ! Elle était hors d'elle, d'ailleurs. Une vraie furie ! Elle commençait à s'habituer à toi et tu sais comme elle a horreur des nouvelles têtes.

– Elle m'a déjà remplacée ?

– Pas encore ! Ce qui fait que je me tape le double de travail. Par ta faute…

– Oh, non ! Je suis vraiment désolée.

– Tu l'as déjà dit. Change de disque et explique plutôt pourquoi tu es partie comme une voleuse de l'agence.

Je me mords les lèvres. À nouveau, je suis au pied du mur et incapable de répondre. Brièvement, le visage de Will apparaît devant moi et je ferme les paupières. Toute cette histoire me crève le cœur.

– Je ne peux rien te dire, Frank.

– Je m'en doutais un peu.

– Ne te vexe pas. Je sais que je peux te faire confiance… mais j'ai eu des soucis personnels.

– À cause de Sam ?

Suite au tournage de la publicité, tout le monde a appris mon rôle de tutrice auprès de mon neveu, bien sûr. Mais Frank a été le premier à être au courant. Passant une main sur mon front, je chasse les mèches folles de ma chevelure.

– Oui. Enfin, en partie. C'est compliqué.

À l'autre bout du fil, Frank soupire. Puis il fait claquer sa langue contre son palais, désapprobateur.

– Écoute, je n'ai pas de leçon à te donner sur la manière dont tu gères ta vie. Tu es grande, tu fais ce que tu veux. Mais à mon avis, tu viens de faire une grosse, une énorme connerie en démissionnant.

– Je sais. N'en rajoute pas une couche.

– Tu as raison. Je ne veux pas jouer les peaux de vache avec toi.

– Frank…

– Oui ?

– Merci d'avoir appelé.

– De rien, ma belle. Si un jour tu as besoin de quelqu'un pour parler, tu sais où me joindre.

Le combiné plaqué à l'oreille, je reste un long moment à écouter la tonalité. Pour la première fois depuis des jours, je me sens un peu moins seule. Comme si mon fardeau s'était allégé, même si ma blessure saigne toujours.

***

Toujours aucun signe de Julia. À l'évidence, elle a complètement zappé notre soirée. Assise sur le canapé, je dîne d'un plat micro-ondes réchauffé à la va-vite devant un épisode de *The Walking Dead*. Avec ma tête, j'envisage d'intégrer le casting. En plus, je cherche un job… La barquette posée en équilibre sur mes genoux, j'avale une bouchée pendant que les zombies attaquent un immeuble. Tiens, la fille zombie du fond a ma coupe de cheveux ! J'entends soudain un bruit de clés dans la serrure de l'entrée. Enfin Julia ? Instinctivement, je regarde ma montre : 21 h 03. Pour la sortie, c'est raté. Je vois la porte s'ouvrir sur ma meilleure amie.

– Julia ?

Elle ne me répond pas. En fait, elle ne tourne même pas la tête et passe en coup de vent. Retirant ses ballerines en vitesse, elle les envoie valser dans l'entrée et file dans le couloir au pas de course. Dans une bouffée de parfum et une envolée de cheveux blonds, elle s'engouffre dans la salle de bains. Sans un mot. Comme si je n'étais pas là.

– Tout va bien ?

Une minute s'écoule en silence. Puis je perçois l'eau du robinet qui coule. C'est moi ou j'ai manqué un épisode ?

– Julia, ça va ?

Abandonnant mon repas, je quitte le canapé et passe devant

la chambre vide. À cette heure, Sam doit tranquillement dormir chez sa nounou. En m'approchant, j'entends un bruit d'enfer dans la salle de bains. Quel raffut ! Après avoir ouvert la douche à fond, elle claque tous les placards à la recherche de quelque chose. Des trucs tombent dans le lavabo. Je toque doucement à la porte. Aucune réponse.

Après une brève hésitation, je me décide à entrer et à passer la tête dans l'entrebâillement, très inquiète. Et ce que je vois me coupe le souffle. Non ! Dites-moi que ce n'est pas possible ! Incrédule, j'ouvre la porte en grand et me précipite à l'intérieur.

– Julia ! fais-je, horrifiée.

En soutien-gorge devant le lavabo, elle pivote vers moi, épouvantée. Puis elle croise en vitesse les bras pour cacher… ses innombrables hématomes. Son buste est couvert d'ecchymoses qu'elle tente de dissimuler tant bien que mal avec ses mains. Peine perdue : on ne voit que ça ! En désespoir de cause, elle arrache une serviette du portique et s'abrite derrière.

– Kate ! Qu'est-ce que tu fais là ?
– Julia, c'est terrible…
– Sors d'ici tout de suite !

Sans l'écouter, je lui arrache la serviette des mains et la balance sur le carrelage. À ma droite, l'eau de la douche continue de couler, produisant un son continu. Mais je n'ai d'yeux que pour ma meilleure amie et ses joues barbouillées de larmes et de Rimmel.

– Qu'est-ce qui t'es arrivé, Julia ?

Pas de réponse. Seulement le regard accusateur de ma meilleure amie. Elle semble fâchée contre moi.

– Tu ne peux pas me laisser tranquille deux minutes ? Sors de cette salle de bains, Kate ! J'ai besoin d'être seule, me dit-elle en essuyant ses larmes avec ses doigts.
– Tu as surtout besoin d'un bon médecin.
– Pas question !

Elle a crié si fort que j'en reste abasourdie. Elle n'est pas seulement furieuse… elle a aussi l'air terrifiée. C'est bien de l'épouvante que je vois dans ses yeux. De la peur à l'état pur. Gagnée par la panique, je veux la prendre par les épaules mais elle sursaute… à cause d'un énorme bleu sur l'omoplate.

– Pardon ! fais-je, paniquée. Je ne l'avais pas vu.
– Ce n'est rien, Kate. Maintenant, si tu pouvais sortir…
– Pas avant de savoir ce qui s'est passé. Tu as été passée à tabac ? Un homme t'a agressée dans le métro ?
– Quelle idée !

Elle se force à rire malgré les sanglots coincés dans sa gorge. Je sens alors la colère s'emparer de moi, mêlée à la peur. Je suis furieuse. Furieuse contre ceux qui ont osé lever la main sur elle.

– Tu as été agressée ?

– Bien sûr que non !

– Alors pourquoi es-tu couverte de plaies et de bosses ?

Nous crions toutes les deux, maintenant. Je ne comprends pas son entêtement et de son côté, elle ne rêve que d'une chose : me voir déguerpir au plus vite. Je remarque ensuite un hématome jauni au niveau de son abdomen. De toute évidence, celui-là ne date pas d'aujourd'hui. Tout comme la grosse marque sur son avant-bras, qui ressemble à… un coup de ceinture. Je me mets à trembler.

– Qui te bat, Julia ?

Parce qu'un type la frappe. Régulièrement. Ça crève les yeux. Un éclair de panique traverse son regard.

– Ne dis pas n'importe quoi. Personne ne me bat, Kate. Je suis simplement tombée sur le trottoir à la sortie du bar. J'étais un peu ivre, je ne tenais plus sur mes jambes et voilà le résultat !

– Tu te fiches de moi ? Tu es couverte de bleus ! Si tu avais trébuché, tu n'aurais qu'une seule marque.

– Je suis aussi tombée dans les escaliers, hier. Je suis super maladroite en ce moment. Alors aide-moi plutôt à trouver de la pommade au lieu de dramatiser.

Évitant soigneusement mon regard, elle se met à fouiller

fébrilement dans l'armoire à pharmacie à la recherche de notre baume à l'arnica. Moi, j'ai l'impression d'avoir reçu un seau d'eau glacée sur la tête.

– C'est Steven ? dis-je, très calme.

Julia réagit au quart de tour, tournant vers moi ses yeux de panda. Et je vois à nouveau la peur dans son regard – une peur viscérale.

– N'importe quoi ! Steven ne ferait jamais un truc pareil.
– Depuis combien de temps cette ordure te frappe ?
– Arrête, Kate ! Steven ne m'a pas touchée. De toute manière, tu ne l'as jamais aimé.

Ça sonne presque comme un reproche. J'en reste abasourdie tandis qu'elle ajoute avec un débit de mitraillette :

– Je te répète que je suis tombée. Alors ne monte pas cet accident en épingle, s'il te plaît. Ça devient ridicule.
– Steven te frappe et tu voudrais que je reste les bras croisés à faire comme si je ne voyais rien ! Très peu pour moi…

Je quitte la salle de bains sur un coup de tête. Je sais que j'ai visé juste. Je l'ai vu sur son visage, même si elle cherche à le protéger, à le couvrir. Comment ai-je pu passer à côté d'un drame aussi énorme ? Obnubilée par la trahison de Will et mon amour impossible, je n'ai pas vu que ma meilleure amie sombrait. J'aurais pourtant dû réagir tout de suite. Je n'aurais pas dû la laisser sortir avec cette petite frappe.

– Kate ! crie Julia dans le couloir.

J'enfile déjà mon manteau par-dessus mon jean et mon vieux gilet. Ma meilleure amie se traîne en clopinant jusqu'à moi. Visiblement, elle a également une blessure et boitille. Ma colère redouble tandis que j'enroule mon écharpe autour de mon cou et que j'attrape mes clés.

– Qu'est-ce que tu fais, Kate ?

Je ne réponds pas à sa question et jette mon grand sac en toile sur mon épaule avant de me tourner vers elle.

– Je ne veux pas que tu restes seule ici, Julia.

– Mais…

– Fonce chez Alyssa ! Je te rappelle que Steven a les clés de notre appart et qu'il peut passer à l'improviste quand ça lui chante.

Devenue livide, elle attrape le manteau que je lui tends et remet en vitesse son pull. La voyant grimacer à chaque contorsion, je sens ma colère redoubler. Comme si j'avais besoin de plus de carburant ! Je suis une vraie pile électrique.

– Où tu vas, Katie ? répète-t-elle alors que je sors sur le palier.

***

En quittant l'immeuble, je fonce vers ma voiture, trop bouleversée pour réfléchir à un plan de bataille. Je ne sais qu'une chose : je dois trouver Steven et lui parler. Au bout de la rue, j'aperçois brièvement des phares briller, comme si un véhicule stationnait dans l'ombre. Puis je monte dans mon vieux tacot et démarre en trombe. Flirtant avec l'excès de vitesse, je fonce vers le bar où travaille Steven et me retrouve dans un quartier malfamé. Pourquoi Julia ne m'a-t-elle jamais dit qu'il bossait à la frontière du Bronx ? En voyant l'enseigne rouge du *Looper* briller dans la nuit, je me gare le long du trottoir.

À nous deux, Steven White !

Descendant de voiture, je me dirige vers l'établissement avec appréhension. Sur le trottoir d'en face, trois types me sifflent avec des gestes obscènes. Je presse le pas. Ce n'est pas vraiment le genre d'endroit où j'ai envie de traîner en pleine nuit… mais ai-je seulement le choix ? Mue par la colère, je presse le pas. L'adrénaline me donne du courage, comme si j'étais branchée sur cent mille volts. Devant la porte, un videur m'arrête et me détaille des pieds à la tête, comme s'il évaluait la marchandise. Le malabar ne m'inspire pas confiance, avec sa boule à zéro et son collier de pitbull avec des piques en métal.

– Salut, chérie.

– Je ne suis pas votre chérie, dis-je en relevant le menton.

– Oh là ! Mais c'est qu'elle mord, celle-là… Qu'est-ce que tu fais par là ? Tu t'es perdue sur le chemin de l'église ? Parce que t'es fringuée comme une bonne sœur !

– Je suis venue voir Steven White.

J'essaie de prendre un air aussi naturel et détaché que possible malgré ma peur. Le gros tas de muscles couvert de tatouages hoche la tête. Puis après une brève hésitation, il s'efface pour me laisser entrer.

– T'es pas la première de la soirée ! me dit-il. Bientôt, faudra prendre un ticket.

Dès l'entrée, je suis assaillie par les vapeurs d'alcool et les volutes de tabac qui flottent dans l'air. Étouffant une grosse toux derrière mon poing, je traverse la salle où règnent une musique assourdissante et des cris. La musique a été poussée au maximum et les guitares se déchaînent sur du heavy metal. À l'autre bout de la pièce, des types bizarres jouent au billard tandis qu'une fille danse langoureusement sur un podium, à peine vêtue d'un string à paillettes.

Je suis tombée où, moi ?

Je repère Steven en train de lever le coude derrière le comptoir. Occupé à servir des clients, il avale en même temps un shooter de vodka avant d'envoyer voler son shaker. On dirait une mauvaise imitation de Tom Cruise dans *Cocktail*. Je le regarde jongler avec ses bouteilles pour impressionner une blonde siliconée assise à une table. On dirait un petit coq dans sa basse-cour. Mon sang ne fait qu'un tour et je fonce sur lui… ralentie par la crasse du sol. Beurk ! Mes semelles collent au carrelage. Tout est sale, ici. Même les vieux flippers abandonnés dans un coin. Comment Julia pouvait-elle supporter ce lieu infâme tous les soirs ?

– Viens par là, toi !
– Ouais, viens m'astiquer un peu, chérie !

Ignorant les rires gras provoqués par mon apparition, je m'arrête devant le comptoir poussiéreux. Et j'attrape Steven par un bout de son T-shirt dès qu'il passe à ma portée.

– Steven !
– Kate ? grogne-t-il, surpris. Qu'est-ce que tu fous là ?
– Elle aussi, c'est ta copine ? demande un grand type barbu assis sur un haut tabouret.

Aucun doute possible, Julia était bien là ce soir. Et je suis certaine que tous ces cochons ont assisté à sa bagarre avec Steven sans lever le petit doigt. D'ailleurs, certains me regardent bizarrement au fond de la salle.

– Non, je ne suis pas sa copine, dis-je au barbu avant de me tourner vers Steven. Je pourrais te parler deux minutes ?
– Maintenant ?
– Oui. Maintenant. En privé.

Guettant l'accord de l'autre type, qui finit par hocher la tête, Steven quitte son poste et m'attrape méchamment par le poignet. Ce qu'il est brutal ! Et sous les sifflements moqueurs, il m'entraîne à travers le bar et ouvre d'un coup de pied une porte dérobée. L'instant d'après, je me retrouve avec lui dans une obscure ruelle. Nous sommes derrière le *Looper*. Un seul lampadaire nous éclaire d'un timide halo orangé.

C'est quoi, déjà, le plan B ?

Comme Steven se plante devant moi, je dégage mon bras de son emprise et commence à me masser le poignet. Il est peut-être petit et maigrichon, mais il a une sacrée force. Il semble d'ailleurs très nerveux, comme monté sur ressorts. Une seconde, je me demande s'il n'a pas pris autre chose que de la vodka. On dirait une pile électrique : il ne tient pas en place, il a le regard fuyant, les yeux rouges et il n'arrête pas de renifler…

– T'as pas à te pointer à mon taf, Marlowe ! siffle-t-il entre ses dents.

Coincée entre Steven et le mur du bar, je ne peux plus bouger. Si jamais ça tournait mal… Non, je préfère ne pas y penser. Je prends mon courage à deux mains et crache directement le morceau.

– Qu'est-ce que tu as fait à Julia ?

– Quoi ?

– Tout à l'heure, elle est rentrée à la maison couverte de bleus et en larmes !

– Hein ? J'en sais rien, moi. J'ai rien à voir là-dedans.

– Ne commence pas ton numéro avec moi, ça ne marche pas. Je sais que tu la frappes.

– Quoi ? C'est elle qui t'a raconté ces conneries ? C'est

n'importe quoi ! C'est du délire, votre truc !

Très mauvais comédien, il tente de me faire croire qu'il tombe des nues. Je serre les dents, furieuse. C'est lui. C'est inscrit sur son front en lettres clignotantes.

– Depuis combien de temps ça dure ?

– Si t'as fait tout ce chemin pour me balancer ces conneries à la figure, t'es…

Je ne lui laisse pas le temps de terminer sa phrase. L'attrapant par son T-shirt à deux mains, je soutiens son regard injecté de sang. Beaucoup plus petite que lui, je ne suis pas très impressionnante mais la colère me porte.

– Non seulement tu bats ta petite amie, mais en plus tu n'as même pas le courage d'assumer ! Tu es le type le plus lâche que je connaisse, White.

– Me touche pas, petite garce !

Et brutalement, Steven me repousse en arrière. Mon dos percute le mur, m'arrachant un gémissement. La vache ! Mais sans s'en émouvoir, Steven plante ses yeux dans les miens. Il a le regard fou. Vraiment.

Si seulement j'avais suivi des cours de self-defence !

– Me parle pas sur ce ton… ou je te jure que tu le regretteras, dit-il d'un ton menaçant.

– Qu'est-ce que tu vas faire ? Tu vas me frapper, comme

Julia ? Sauf que tu oublies un détail : je ne suis pas ta petite copine et moi je n'hésiterai pas à porter plainte à la police.

– Si tu fais ça, Marlowe…

Il se colle à moi tout en abattant une main sur ma gorge, comme pour m'étrangler. Son haleine chargée me balaie le visage alors qu'il se met à rire. Il pue la sueur, la transpiration. Ses yeux brûlent d'un feu malsain. Les jambes chancelantes, j'essaie de ne pas paniquer, de garder mon sang-froid. Je suis venue pour défendre Julia et j'irai jusqu'au bout. Je ne supporte pas qu'on touche aux gens que j'aime.

– Tes menaces ne me font pas peur.

Euh… en fait, si. Je suis morte de trouille.

– Je ne veux plus que tu t'approches de Julia. Jamais.

– Sauf que t'es pas en mesure de m'interdire quoi que ce soit !

Ses doigts se referment sur ma trachée comme une pince. J'étouffe ! Plaqué contre moi, il s'amuse à enfoncer mes épaules dans le mur. Je ne peux plus respirer. Du tout. Obligée d'ouvrir la bouche pour avaler l'air, je n'en mène pas large. Et un drôle de sourire barre la figure de Steven tandis que ses grosses bagues en argent me broient la glotte.

– Oublie Julia ! articulé-je à grand-peine. Oublie-nous toutes les deux.

– Tu te prends pour qui, Marlowe ? Tu crois que tu peux

te pointer dans mon bar et faire ta loi ?

Je suffoque. Je vois trente-six chandelles alors qu'il m'étrangle à moitié.

– T'es comme Julia. T'as besoin qu'on t'apprenne le respect. Qu'on te dresse. Crois-moi, une bonne correction te fera pas de mal.

Et sur ces mots, il brandit le poing et s'apprête à me frapper.

10

L'ANGE GARDIEN

Au moment où le poing de Steven va s'abattre sur ma mâchoire, je ferme les paupières et rentre la tête dans les épaules. Oui, comme une autruche. Ouh là là, ça va faire mal. Une seconde passe. Et encore une autre. Euh, c'est normal ? Parce que rien ne vient. Je rouvre un œil timide et découvre le bras de Steven à quelques centimètres de ma mâchoire, retenu par une main virile et légèrement hâlée. Je ne respire plus. Un homme se tient derrière Steven, grand et athlétique. Un homme aux faux airs de Viking avec ses cheveux mi-longs blonds et sa barbe de trois jours.

Will.

– Vous êtes qui, vous ? crache Steven en tentant de dégager son bras.

Mais il a beau tirer de toutes ses forces, son bras ne bouge pas. Et Will n'a pas l'air de fournir le moindre effort. Mon cœur s'emballe et dans ma tête, les pensées s'entrechoquent. Que fait-il là ? Et que va-t-il m'arriver ? À cet instant, je croise le regard de Will… Et dire que je croyais l'avoir vu en colère sur le palier de mon appartement, une semaine plus tôt. Je m'étais trompée. Là, maintenant, il est furieux. Et sa rage explose comme une déflagration.

– Ne touchez pas un seul cheveu de Kate ! siffle-t-il de sa voix glacée.

Tordant le bras de Steven, il le rejette en arrière comme un fétu de paille. Le barman trébuche alors que je reste adossée au mur, sous le choc. Je me contente de le regarder tomber sur les fesses en geignant. Will le domine maintenant de toute sa hauteur. Il a l'air tellement… fort. Il écrase Steven de toute sa carrure, de tout son charisme. Mais déjà, celui-ci se relève, une main sur les reins.

– C'est qui ce mec ? me crie-t-il, hors de lui.

À la seconde, Will claque des doigts devant ses yeux, comme s'il cherchait à le réveiller.

– Ne vous adressez pas à elle. *Jamais.* Si vous voulez parler à quelqu'un, je suis là.
– T'es qui, toi ? Tu sors d'où ?
– Vous ne vous posez pas les bonnes questions, Steven.
– Hein ? Tu connais mon nom ?
– La bonne question est : qu'est-ce que je vais faire de vous ?

Plus agressif qu'un roquet, Steven lâche une injure… sans voir le coup venir. Car déjà, Will lui balance son poing dans la mâchoire, l'envoyant valdinguer deux mètres en arrière. Stupéfaite, je le vois tomber dans les ordures. Telle une poupée de chiffon, il s'effondre parmi les poubelles en métal qui se renversent en vomissant sur lui des cadavres de bouteilles et des canettes par centaines. Je crois qu'il est à sa place : au milieu des déchets. Après ce qu'il a fait subir à Julia, il ne mérite pas mieux. Quand soudain, Will se rapproche de lui. Vêtu de son long manteau en cachemire noir, il est très impressionnant. Et beau comme un dieu.

Ah… je craque. Il n'est pas humain, cet homme.

– Mais t'es un grand malade ! s'égosille Steven en se relevant.

– C'est moins facile avec moi, n'est-ce pas ?

– T'es fou ! Je t'ai jamais touché, moi.

– Vous préférez vous attaquer à une jeune femme sans défense ? Comme ça, au moins, vous êtes sûr de gagner…

– Attends ! Je sais même pas qui t'es. C'est quoi ton problème ? Je réglais une histoire entre moi et ma copine.

C'est le mot de trop… Celui qui transforme Will en lion. Avec la puissance d'un fauve, il bondit sur Steven et l'attrape par l'encolure de son T-shirt. D'une main, il le soulève de terre comme une marionnette. C'est dingue ! Les pieds du barman ne touchent plus terre tandis qu'il bat désespérément des jambes dans le vide.

– Kate *n'est pas* votre copine ! souffle Will en détachant bien chaque syllabe.
– C'est pas ce que je voulais dire. Calme-toi, mec.

Will le tient maintenant par le cou – comme le barman le faisait avec moi une minute plus tôt. À moitié étranglé, Steven bleuit. Avais-je la même tête ? Je me mets à trembler de tous mes membres. J'ai la trouille. Je déteste la violence. D'autant que Steven se débat comme un diable, tendant les bras devant lui pour saisir Will par les épaules. Bientôt, les deux hommes s'empoignent avec violence, m'arrachant un cri.

– Non ! Arrêtez !

Personne ne m'écoute. Sous mes yeux, Will envoie son genou dans le ventre de Steven, qui se plie en deux en crachant du sang. Et j'imagine un instant Julia à sa place. Julia en train d'encaisser ses coups de poing, ses gifles. Julia en train de pleurer, de le supplier… C'est moins simple face à un homme capable de se défendre. Saisissant Steven par la chevelure, Will le balance par terre, comme une boule de bowling dans les quilles.

Strike !

Steven se vautre sur le béton en mordant la poussière… Cette fois, il ne se relève plus. Il en a eu pour son compte. Il jette une œillade apeurée au milliardaire qui marche tranquillement vers lui et recule sur les fesses en s'aidant de ses mains. Et plus Will avance, plus il recule dans la ruelle sordide du *Looper*.

– M'approche pas, toi ! Me touche plus !

– Qu'auriez-vous fait si Kate vous avait supplié ? Vous l'auriez écoutée ? Vous vous seriez arrêté ?

– Gardez-la, cette fille, merde !

– Merci du conseil. C'est bien ce que je compte faire.

Quoi ?! Il compte me... me garder ? Qu'est-ce que ça veut dire ?

– Et maintenant, disparaissez !

– ...

Long à la détente, Steven jette un regard incrédule à son bourreau, toujours sur les fesses. Il n'en mène pas large et je me retiens de lui cracher à la figure. À combien de filles a-t-il fait du mal avant Julia ? J'espère qu'il repensera à la dérouillée de Will lorsqu'il voudra à nouveau frapper une femme. Mais je suis sûre d'une chose : Julia ne sera pas sa prochaine victime.

– Déguerpissez !

Cette fois, Steven ne se le fait pas dire deux fois. Couvert d'égratignures, il se relève et recule prudemment, mettant autant de distance que possible entre lui et Will. La présence du milliardaire en impose. Il emplit toute la ruelle de son charisme ténébreux. Face à lui, Steven secoue la tête, humilié et vaincu.

– Toi ! crie-t-il en pointant l'index vers Will. Je vais découvrir qui t'es !

– Je vais vous faciliter les choses : je m'appelle Will Stevenson.

Un instant déstabilisé, Steven crache finalement par terre – mais à bonne distance du milliardaire.

– Tu vas me le payer, je te le garantis !

– Répète ça…

Comme Will avance d'un pas, le barman recule aussi sec. Sur ses gardes, il ressemble à un chat terrorisé par un lion. Bien qu'il tente de préserver un semblant de dignité, il est à terre.

– On a un compte à régler, toi et moi. Je te jure que t'as pas fini d'entendre parler de Steven White.

Après un dernier coup d'œil dans ma direction, il s'enfuit en courant – enfin, si l'on peut appeler cela courir, vu son état – jusqu'à disparaître à l'angle de la ruelle. D'abord, je ne bouge pas. Le silence retombe, à peine troublé par le lointain hurlement d'une sirène de police et les rires gras en provenance du *Looper*. Puis Will se tourne vers moi… et c'est le déclencheur. Secouée par cette scène affreuse, j'éclate en sanglots.

***

La tête baissée, je pleure à chaudes larmes… Deux bras viennent m'entourer. Will me plaque sur son torse en m'étreignant de toutes ses forces. Comme c'est bon ! Ma joue contre sa poitrine, je me laisse bercer par le rythme régulier de son cœur tandis qu'il enfouit une grande main dans ma chevelure. Je m'abandonne totalement à ma peur, à mon chagrin. Je pleure tout mon saoul alors qu'il enveloppe ma nuque au creux de sa paume et me caresse le dos.

– C'est fini, ma chérie.

Ma… ma chérie ?

– Je suis là. Tu ne crains plus rien.

Un long moment, nous restons sans rien dire, blottis l'un contre l'autre. Baignée dans sa chaleur, je calque ma respiration sur la sienne. Ça m'a secouée, cette scène. Que me serait-il arrivé si j'avais été seule ? Si Will n'était pas apparu pour chasser Steven ? J'aurais probablement fini dans le même état que Julia… Comme s'il lisait dans mes pensées, Will appuie sa joue au sommet de ma tête et murmure de sa voix rauque :

– Qu'est-ce qui t'as pris de te fourrer dans un pétrin pareil ?
– C'est à cause de Julia. Steven est son petit ami et j'ai découvert ce soir qu'il la battait.
– Quoi ? s'écrie Will avec dégoût. Ce type est encore plus méprisable que je le croyais !

Prenant mon visage entre ses paumes, il essuie mes larmes avec ses pouces. Nos regards se croisent et je me noie dans ses yeux bleu sombre. Je ne songe plus à notre dispute, à sa trahison. J'ai tellement besoin de lui, de ses bras autour de moi, de sa voix au creux de mon oreille. Après cette soirée horrible, je me sens protégée. Jamais je n'ai éprouvé un tel sentiment de sécurité. Je ne crains rien avec Will. Je le sais au plus profond de mon cœur.

– Et toi, tu as foncé tête baissée dans ce guêpier ?
– Je n'ai pas réfléchi, dis-je, piteuse. Je voulais seulement aider Julia et m'assurer que Steven ne l'approcherait plus.

Will secoue la tête avant de déposer un baiser sur mon front avec tendresse.

– Tu as un cœur en or, Kate.

En réponse, je me love dans ses bras, à l'abri de tout. C'est l'endroit le plus sûr du monde, pour moi. Rien ne peut m'arriver tant qu'il est là. Tout en m'enlaçant, mon milliardaire me berce, jusqu'à ce que mes larmes s'apaisent.

– Comment tu as su que j'étais là ?
– J'étais au pied de ton immeuble quand tu es sortie en trombe, tout à l'heure. J'étais venu te parler.

Brièvement, je repense aux deux phares entraperçus devant chez moi. C'était lui, garé dans l'ombre !

– Tu avais l'air tellement bouleversée ! J'ai tout de suite senti qu'un drame s'était produit et j'ai préféré te suivre… histoire de veiller sur toi. J'ai bien failli devenir fou quand tu es entrée dans ce bar malfamé. Tu sais vraiment comment me rendre dingue, Kate Marlowe !

– Je ne l'ai pas fait exprès.

Je souris faiblement – mon premier sourire depuis que Julia est rentrée, dépenaillée et brisée, à l'appartement.

– Je crois surtout que tu es complètement inconsciente, ajoute-t-il sur le ton du reproche.

Il n'a pas tort. Dans le cocon de ses bras, je laisse encore une minute s'écouler. J'ai l'impression qu'il me transmet sa force.

– Tu étais très impressionnant face à Steven. Comment tu connaissais son nom, au fait ?

– Le gérant me l'a dit quand j'ai demandé où tu étais passée.

– Et… où as-tu appris à faire ça ?

Il sourit. Je ne vois pas son visage, la tête enfouie dans le cachemire de son manteau, mais je le devine. Je sais toujours quand il sourit. Toujours. Peut-être parce que c'est rare – rare et précieux.

– À faire quoi ?

Je renifle.

– Bah… le « ninja ceinture noire ».

Cette fois, il éclate de rire et me serre plus fort, m'écrasant contre son torse. Une bouffée de son parfum m'enveloppe – *Eau Sauvage* de Dior. Une odeur sauvage et animale, comme lui. Je ferme les yeux alors qu'il me berce. Et l'oreille pressée contre sa poitrine, j'entends son rire monter. Ça aussi, c'est rare.

– Disons que j'ai eu une jeunesse agitée.

Il prend alors ma main et l'embrasse en un impeccable baisemain.

– Je te raconte tout si tu acceptes de monter dans ma voiture .

Suivant son regard, je repère la voiture en question : une magnifique Jaguar noire métallisée aux vitres teintées. En découvrant le véhicule rutilant – qui coûte probablement une somme à sept chiffres – j'étouffe un cri de surprise. Après la limousine, la Jaguar… Je risque d'y prendre goût, à la fin. Garée au bout de la rue, à l'écart du *Looper*, elle détonne dans le quartier. Une bande de jeunes tourne autour en bavant d'envie.

Moi, ce n'est pas vraiment sur la voiture que je bave…

Avec un sourire amusé, Will retire son manteau et le pose sur mes épaules. J'en reste coite. C'est tellement inattendu. Et gentil. M'enveloppant dans l'épais cachemire, il passe un bras autour de moi et me conduit à sa voiture. Là, il échange quelques mots avec les gamins du coin, puis il m'installe à l'intérieur. Sièges en cuir crème, tableau de bord en bois patiné…

– Tu as vraiment l'air épuisée, Kate, me dit-il en démarrant.

Je me laisse aller contre le dossier, bercée par le ronronnement du moteur. J'ai l'impression d'être dans un cocon alors que Will pousse le chauffage à fond. S'engageant dans la circulation, il slalome avec l'aisance d'un pilote de course.

Y a-t-il une chose qu'il ne sache pas faire à la perfection ?

Observant mon ange gardien du coin de l'œil, j'admire ses avant-bras musclés au moment où il passe une vitesse. Ce qu'il est sexy ! Je salive sur son profil de statue grecque, sa mâchoire carrée, son nez surmonté d'une petite cicatrice… J'ai bien envie de ronronner avec le moteur.

– Je rêve ou vous me matez, mademoiselle Marlowe ?
– Non, pas du tout ! fais-je, rouge comme une tomate. En fait, je… je me demandais comment tu t'es fait cette cicatrice ?

Pas dupe pour un sou, Will sourit… sans répondre pour autant. Taiseux et énigmatique, il déteste parler de lui. Je l'ai bien compris. Mais ne m'a-t-il pas promis quelques confidences dans la ruelle ? En homme de parole, il inspire un bon coup.

– Comme tu le sais, je viens d'un milieu très modeste et à 18 ans, j'ai décroché une bourse pour étudier à *Dartmouth*. Malheureusement, mon intégration n'a pas été facile. Je ne suis pas le type le plus sociable de la planète…

Lui ? Pas sociable ? Quelle surprise ! Tandis que je rigole dans ma barbe, il me décoche un sourire solaire suivi d'un clin d'œil.

Là, je suis à deux doigts de tomber dans les pommes.

– … et sur les campus les plus prestigieux, mieux vaut faire partie de la meute et hurler avec les loups, ajoute-t-il. Malheureusement, ça n'a jamais été mon fort. En première année, une confrérie m'a pris pour cible. À leurs yeux, j'étais le petit pauvre sorti de nulle part, une sorte de parvenu qui s'incrustait parmi eux. Un soir, cinq mecs m'ont attendu à la sortie de la bibliothèque avec des couteaux et un taser. Ils m'ont attaqué et j'ai riposté.
– C'est de la folie !

Une petite lueur taquine brille dans ses yeux.

– Je te trouve gonflée après ce que tu viens de faire pour

ta copine, mademoiselle « J'agis d'abord et je réfléchis ensuite ».

– C'est complètement différent ! riposté-je du tac au tac avec une pointe de mauvaise foi.

Will sourit, amusé, avant de retrouver son sérieux et le fil de son histoire.

– À l'issue de la bagarre, j'ai écopé d'un nez cassé dont j'ai encore la cicatrice.

– Et tes agresseurs ? Ils ont été punis ?

– J'en ai envoyé deux à l'hôpital et les autres ont témoigné contre moi chez le recteur. Comme ils étaient issus de familles riches, on a préféré les croire. Leur parole avait plus de valeur que la mienne.

– C'est scandaleux !

Will hausse à nouveau les épaules, indifférent. Comment peut-il rester si calme face à tant d'injustice ? On dirait que tout coule sur lui, que rien ne l'atteint vraiment.

– Le taser a dû laisser des marques ! Et j'imagine que plusieurs témoins ont vu l'altercation devant la bibliothèque.

– Personne n'aurait voulu témoigner en ma faveur. Et tu sais, je me moque de l'opinion des autres. Je n'ai pas à me justifier devant qui que ce soit. Je sais que j'étais innocent. Ça me suffit.

Je me mords les lèvres, bouillonnante de colère. Si j'avais été à ses côtés à l'époque, je n'aurais pas hésité à crier la vérité à la face du monde.

– Ces types auraient dû payer pour ce qu'ils t'ont fait. Si j'avais été là, je te jure que j'aurais fait un beau scandale.
– Je n'en doute pas un seul instant.

Will pose une main chaude sur mon genou. Une décharge électrique me parcourt aussitôt la jambe.

– Ta fougue me touche, Kate. Merci.
– Je déteste l'injustice. Ça me révolte.
– Je m'en suis rendu compte tout à l'heure avec Steven. Tu as manqué de prudence en fonçant tête baissée…
– C'était idiot, je sais.
– Pas idiot, non. C'était courageux. Et très généreux. Tu n'as pas hésité à prendre tous les risques pour ton amie. Je ne connais pas beaucoup de personnes qui en seraient capables. Je t'admire pour ça.

Will Stevenson qui m'admire ? Euh… c'est le monde à l'envers.

À cet instant, mon milliardaire coupe le moteur devant un immeuble de luxe à la façade étrangement familière. Un voiturier surgit du hall, un grand sourire aux lèvres.

– Qu'est-ce qu'on fait là ?
– Tu n'es pas en état de rentrer chez toi, Kate, décrète Will d'un ton sans appel. Je ne veux pas que tu restes seule.
– Mais…

– Je te ramène chez moi.

Décontenancée l'espace d'un instant, j'hésite à sortir de la voiture, même si le groom me tient la portière ouverte. Faisant le tour du véhicule, Will le congédie d'un petit signe. Et debout dans la rue, il s'appuie d'une main à l'habitacle et se penche vers moi. Sa carrure me bouche toute la vue, comme si le monde se réduisait à lui.

Mon monde, en tout cas…

– Et si Steven passait à l'appartement ? fais-je d'une petite voix.
– Tu penses que Julia lui ouvrirait ?
– Non, non. De toute manière, elle est chez une amie, Alyssa. Et Sam dort chez la baby-sitter. Mais Steven a les clés de notre appart.

En se redressant, Will passe une main sur son visage. Il réfléchit rapidement. Une ombre inquiète plane sur ses traits. Il n'aime pas ça du tout. Et bientôt, l'homme d'affaires en lui refait surface – celui capable de prendre des décisions en une minute, de trouver des solutions à tous les problèmes. Je n'ai pas le temps d'ouvrir la bouche qu'il prend déjà le contrôle de la situation.

– Voilà ce qu'on va faire, Kate. Téléphone à Julia pour lui demander de rester avec son amie cette nuit. De mon côté, je vais envoyer un serrurier à ton domicile. Il posera un verrou provisoire en attendant de changer ta porte.

Pourquoi tout se règle-t-il comme par miracle dans le sillage de Will Stevenson ?

Mon magicien m'adresse un sourire renversant, son téléphone portable déjà dans une main.

– Et moi, je vais m'occuper de toi.

***

Je retiens un cri de stupeur en entrant dans la salle de bains de Will. Les yeux écarquillés, je découvre une immense pièce entièrement dallée de marbre noir. Des nénuphars flottent dans des grosses bulles de verre posées par terre, devant les armoires laquées noires. C'est d'une classe folle ! Je repère aussi un bassin aux dimensions pharaoniques – environ dix fois la taille de ma minable baignoire en émail.

Ce n'est pas une baignoire : c'est une piscine olympique.

Assis sur le rebord en marbre, Will disparaît à moitié dans les vapeurs tièdes qui s'enroulent dans la pièce, mêlées aux délicieux effluves de santal. D'une main, il vérifie la température de l'eau qui s'écoule par un robinet d'or. Je reste sur le seuil, enveloppée dans le peignoir en éponge qu'il m'a prêté. En arrivant chez lui, il m'a proposé de me détendre, d'oublier toutes les horreurs de la soirée… Mais je ne m'attendais pas à ce qu'il me fasse couler un bain chaud. Personne n'a jamais fait ça pour moi.

– Approche, Kate.
– Tu es sûre que je ne te dérange pas ? Tu avais sûrement prévu de faire autre chose de ta soirée…

Je me sens tout intimidée face à lui. Will ne répond pas tout de suite, ajoutant encore quelques gouttes d'huile parfumée dans l'eau. Et agitant les doigts, il fait apparaître une mousse légère et floconneuse, un peu rosée. C'est magnifique. Satisfait, il se tourne vers moi avec un sourire en coin. Je fonds.

– C'est plutôt ton absence qui me dérange.

Rougissante, j'accepte son bras tendu vers moi et m'avance jusqu'au bassin rectangulaire. Il est surmonté d'une immense glace qui couvre tout un pan du mur. Au passage, j'évite soigneusement mon reflet. Je ne suis pas au top de mon sex-appeal, avec mes yeux rouges et ma mine de papier mâché. Will ne bouge pas tandis que je m'arrête devant la baignoire.

– Tu… tu vas rester ?

Il m'adresse un sourire désarmant de petit garçon espiègle. Comment résister ? Il pourrait obtenir ce qu'il veut de moi.

– Tu y vois un inconvénient ?
– Non, c'est…
– Je vous ai déjà vue nue, mademoiselle Marlowe… fait-il en se levant.

– Je sais ! fais-je, rouge pivoine. Mais ce n'est pas une raison. Est-ce que tu pourrais me… me laisser ?
– Comme tu veux, sourit-il en quittant la pièce. Mais tu me prives d'un spectacle magnifique.

Je soupire de frustration. J'aurais adoré qu'il reste alors que des images torrides affluent dans mon esprit. Si seulement je n'étais pas si pudique, si timide.

Si gourde !

Une fois seule, je me glisse dans la baignoire avec un soupir d'extase. C'est délicieux ! Allongée dans l'eau, j'appuie ma tête sur le rebord au milieu des fragrances de santal et de rose. Les paupières closes, je profite de l'instant, alanguie par la chaleur. Tous mes muscles se décontractent un à un. C'est fou comme j'étais tendue ! Durant quelques minutes, j'oublie tout, somnolant avec plaisir dans ce bain magique.

– Kate ?

Je sursaute. Et à toute allure, je rabats toute la mousse sur ma poitrine, cachant entièrement ma nudité alors que Will entre dans la salle de bains… avec deux verres de vin. Ses yeux brillent dans la semi-pénombre. La pièce est seulement éclairée par des dizaines de bougies. En s'asseyant sur le bord de la baignoire, il me tend un verre.

– Cabernet sauvignon. J'espère que tu aimes.

Avant même que je ne puisse répondre, il tend le bras vers moi. Il vient de remarquer le collier autour de mon cou. Cette fois, je pique un fard monumental tandis qu'il me jette un regard incrédule.

– Tu le portes, Katie ?

Katie ? C'est la première fois qu'il me donne ce petit surnom. Mon pouls s'emballe et nos yeux se croisent, brûlants. Oui, je porte la sublime émeraude qu'il m'a rapportée après notre dispute. Même si elle me brûle la peau, même si elle me fait souffrir. Parce qu'elle vient de lui. Parce que je n'ai jamais cessé de tenir à lui malgré nos différends. Je l'ai toujours aimé par-delà les reproches. Il y a des choses contre lesquelles on ne peut pas lutter : l'amour, la passion… et Will Stevenson. Mon cœur bat la chamade et il semble si troublé que je n'ose rien dire. Ai-je réussi à le toucher, à percer sa carapace ? Il repose doucement le bijou sur ma peau humide. Son regard est brûlant sur moi.

Pour m'occuper, je prends une gorgée de vin. Je viens de goûter le plus délicieux des nectars. J'ai l'impression qu'une caresse glisse dans ma gorge. Derrière moi, Will s'empare d'une grosse éponge imbibée d'eau et la presse au-dessus de mes épaules. Je frissonne. Et instinctivement, je sais ce qui va se passer. Je sais que nous allons faire l'amour, follement, passionnément, désespérément.

– Laisse-toi aller, Katie. Laisse-moi faire.

Assis derrière moi, Will masse mes épaules nouées sans que j'aie la force de dire quoi que ce soit. Je suis nue – pas lui. Je suis entièrement à sa merci et j'adore ça. Pieds nus, la chemise ouverte et les manches retroussées, il n'est pas sexy : il est carrément torride. Les joues en feu, je m'abandonne à ses longs doigts qui pétrissent divinement mon corps endolori. J'en pousse même un gémissement… J'entends la voix suave et chaude de mon sauveur au creux de mon oreille.

– C'est agréable ?

Je hoche la tête tandis qu'il plonge les mains dans l'eau. Ses larges paumes glissent le long de mes bras et descendent jusqu'à ma poitrine. Aussitôt, je ressens comme un électrochoc alors que mes tétons pointent sous la mousse. Je rougis, pas mécontente que celle-ci me couvre jusqu'au cou. Au moins, il ne peut pas voir mes réactions. Mais Will me sourit avec son air de guerrier viking. Et assis dans mon dos, il se penche au-dessus de moi, un sein au creux de chaque main. Je retiens mon souffle. Que c'est bon… et excitant… Mon milliardaire enveloppe mes seins, les caresse, les agace, les titille… Peu à peu, je sens la sève du désir monter. Ma poitrine gonfle… jusqu'à ce qu'il me relâche.

Ooooh ! Frustration !

À présent, ses mains s'aventurent dans mon dos, redessinant plusieurs fois la ligne de ma colonne vertébrale. En bras de chemise, Will trempe de plus en plus ses vêtements à mesure qu'il s'occupe de moi. Les paupières closes, je m'abandonne. J'oublie tout. Une douce chaleur irradie mon corps. Sa main me réchauffe, me détend… C'est comme s'il gardait un soleil au creux de sa paume. Offerte à ses mains expertes, je le laisse masser ma nuque alors que ses doigts se perdent dans mes cheveux aux pointes mouillées par l'eau du bain.

– Tu es belle, Kate.

En rouvrant à demi les yeux, je réalise qu'il m'observe dans le miroir. Je l'avais oublié, celui-là. Mais Will fixe mon reflet… Ou plutôt, celui d'une inconnue, car je ne me reconnais pas. Suis-je vraiment cette femme indolente aux pommettes rouges ? Je détourne la tête, préférant la vue de mon superbe masseur. Parce qu'il est trempé, sa chemise blanche colle maintenant à son torse et moule ses abdominaux. Je vois ses muscles en béton à travers le tissu. J'en ai l'eau à la bouche.

Au secours ! Ce n'est pas d'un bain chaud dont j'ai besoin… mais d'une douche froide !

Toujours penché au-dessus de moi, Will enfouit sa tête dans mon cou. Avec la pointe de sa langue, il remonte de mon épaule jusqu'à mon oreille, pour en suçoter le lobe. Il mordille le petit bout de chair tendre et se met à gronder comme un fauve. Oh, c'est divin. Son souffle me chatouille les tympans. Complètement détendue, je me laisse aller contre lui, renversant la tête en arrière. À présent, les lèvres de Will courent sur mon visage, s'arrêtent sur mon menton et prennent ma bouche.

J'en ai le souffle coupé. Sa langue glisse entre mes dents, rejoint la mienne tandis que nos goûts se mêlent. À nouveau, j'ai l'impression de goûter le grand cru qu'il m'a offert.

En cent fois meilleur.

Enivrée, je m'abandonne contre son torse, achevant de tremper sa chemise. Son baiser s'approfondit, langoureux, passionné, expert. Sa langue me caresse comme de la soie et je sens son goût de vin, son goût d'homme. Il ne me laisse plus respirer, m'embrassant comme personne ne m'avait jamais embrassée. Il s'approprie chaque centimètre de ma bouche dans un baiser chaud et langoureux. Puis lentement, il se détache de moi.

– Je suis désolée pour tes vêtements, dis-je en regardant sa chemise collée à son torse.
– Aucune importance. De toute manière, je n'en ai plus besoin.

Il quitte alors le rebord du bassin pour se déshabiller devant moi, tout en me fixant droit dans les yeux. Sa chemise tombe et révèle ses pectoraux de rêve, ses hanches étroites… Il se débarrasse ensuite de son pantalon. Envoûtée, je le regarde faire. Son boxer glisse le long de ses jambes et laisse apparaître sa virilité triomphante. Apparemment, il a très envie de moi. Je déglutis avec peine.

Pfff… Il fait chaud, ici, tout à coup…

Puis de sa démarche de fauve, il entre dans le bassin, une jambe après l'autre. J'ai tellement chaud que je me demande pourquoi l'eau n'est pas en ébullition.

– J'ai envie de toi, Kate.

Son regard m'hypnotise tandis qu'il avance vers moi avec une souplesse de félin. La mousse danse autour de nous et spontanément, j'ouvre les bras et les cuisses pour l'accueillir. Je le veux. Je le veux jusqu'à en souffrir. Nos corps se collent l'un à l'autre. La température augmente encore de plusieurs degrés. J'ai la peau en feu. Je suis brûlante, bouillante… comme lui. Et je sens son sexe frotter contre mon bas-ventre. Son érection glisse doucement vers ma fente, écartant mes lèvres, frottant contre mon clitoris.

Je gémis mais Will me fait taire d'un baiser. Et je me cramponne à lui, laissant glisser mes paumes sur son dos puissant jusqu'à ses fesses que j'empoigne à deux mains. Elles sont fermes, musclées, rondes… Lui me répond d'un grognement alors que nos bassins s'entrechoquent.

– Si ça continue, je ne pourrai plus tenir très longtemps…

Son sourire coquin me donne des sueurs. Tout comme son poids contre moi. J'aime qu'il pèse sur mes seins, sur mon abdomen. J'aime le tenir à bras-le-corps, entièrement, comme s'il était à moi. Et son sexe contre le mien va me rendre folle…

– Mais je veux m'occuper de toi, Kate Marlowe. De la tête aux pieds. Tu m'as tellement manqué que je veux savourer chaque millimètre de ta peau.

– Et moi ? Je ne peux pas m'occuper de toi ?

– Toi, tu me laisses faire. Contente-toi d'admirer et vois comme tu es belle, m'ordonne-t-il gentiment en désignant le miroir du menton.

Et Will commence sur moi le plus somptueux des massages érotiques, chassant mes doigts d'une petite tape dès que je tente de le toucher. D'abord, mon apollon s'occupe de mes bras, mon buste, mon ventre – avec un long, un interminable arrêt sur mes seins gonflés et tendus. De ses paumes, il me réchauffe et me caresse avant de me sucer et de goûter ma peau de sa bouche. Ses dents mordillent mes tétons. Du bout des doigts, il me fait frissonner, et plus encore quand il souffle sur ma peau…

Bientôt, je perds totalement le contrôle. Je n'ai jamais connu une telle sensation, un tel vertige. Sous ses doigts, j'ai l'impression de découvrir mon propre corps. Will me révèle à moi-même, tel un magicien. Ses caresses explorent chaque parcelle de ma peau. Je ronronne. J'ignorais que mes doigts, mes épaules, mes bras, mes jambes – chaque petit bout de moi – pouvait me donner tant de plaisir. Mais j'ai aussi la certitude que lui seul peut tirer ces trésors de moi. Enivrée par les parfums qui flottent dans l'air et par l'odeur de sa peau mêlée à la mousse, je perds la tête. Pendant ce temps, il s'occupe de mes jambes. Je ne peux me retenir de rire tandis qu'il suçote mes orteils.

– Tu es fou !
– Oui… Fou de ton corps… Fou de toi…

Ses mains remontent le long de mes mollets, jouent avec mes genoux puis lentement, très lentement, il s'occupe de mes cuisses. Je sens mon cœur pulser dans mes veines et dans mon sexe qui gonfle à vue d'œil.

C'est un dieu. Le dieu du sexe. C'est officiel.

Ses doigts jouent à l'intérieur de mes cuisses, montent et descendent. J'en ai la chair de poule. Sur tout le corps. Ma peau, si sensible à cet endroit, s'affole. Et les sensations sont multipliées par mille dans l'eau, qui me caresse et m'enveloppe. C'est cet instant que choisit Will pour glisser sa main dans mes replis secrets. Je sens ses doigts se faufiler en moi, dans mon intimité. Il va et vient profondément tandis que de son pouce, il cherche mon clitoris. Je me raidis, tendue comme la corde d'un arc. À deux doigts, il explore mon creux secret tandis que je me cambre. Je vais au-devant de sa main qui me pénètre, qui joue avec moi, qui me donne du plaisir.

– Regarde-toi, Kate.

De sa main libre, il attrape doucement mon menton et me force à tourner la tête vers le miroir. Je vois alors une femme ruisselante de mousse et d'eau qui halète, bouche ouverte, les cheveux trempés et les yeux luisants de désir. Je découvre mon visage transformé. Qui est cette femme sereine, comblée, incroyablement attirante et sensuelle ?

C'est… c'est vraiment moi ?

– Regarde comme tu es belle.

Et d'un seul coup, il me saisit par les hanches et me soulève, me sortant du bain pour m'asseoir sur le large rebord en marbre. Je me laisse faire et à son tour, Will se redresse dans le bain. L'eau ruisselle sur lui comme s'il sortait de la mer, glissant de ses épaules vers ses muscles puissants, nerveux. Apparaissent son torse, sa virilité dressée pour moi, ses cuisses athlétiques. Je le regarde approcher et j'observe la mousse qui glisse jusqu'à son nombril.

Je n'arrive pas à croire qu'il existe. Et qu'il est à moi.

– Viens ! fais-je, suppliante.

Ma voix est déformée par le plaisir. Je reste les jambes ouvertes pour lui, folle de désir. Je sens un vide affreux dans mes entrailles. Je veux qu'il le comble, qu'il me remplisse. Marchant dans l'eau, il vient vers moi mais contre toute attente, il tend le bras vers la commode la plus proche. D'abord, je ne comprends pas. Jusqu'à ce qu'il en sorte un petit étui argenté qu'il déchire avec ses dents. Après s'être essuyé les mains dans une serviette, il s'apprête à le mettre, mais je le lui prends des mains.

– Laisse-moi faire.

Will sourit au moment où je m'empare du préservatif et le

déroule lentement sur son sexe tendu. En même temps, je le presse entre mes doigts, formant un anneau qui lui fait échapper un gémissement de plaisir. Il me regarde faire dans le miroir, en se délectant de nos deux corps nus, ruisselants et fous de désir.

– Maintenant ! dis-je, une main encore sur sa virilité.
– Tu es sûre ? Tu ne veux pas que je continue ton massage ? me demande-t-il, taquin.

Un jour, il me tuera. Ou une nuit.

– S'il te plaît…
– J'aime quand vous me suppliez, mademoiselle Marlowe.

Assise sur le rebord, j'écarte les jambes tandis qu'il se tient debout devant moi, les genoux dans l'eau. Tout en chuchotant à mon oreille, il se penche… et plonge en moi. Écartant ma chair, il glisse dans mes replis moites alors que nos bassins commencent à onduler. Nos peaux humides se collent l'une à l'autre dans un bruit d'eau. Nos poitrines se frottent, s'embrasent comme deux silex – ne manquent que les étincelles ! Et dès ses premiers coups de reins, je me mets à gémir, dévastée par le plaisir.

L'orgasme me submerge d'un seul coup, avec la violence d'un ouragan, tandis que Will va et vient. Encore et encore. De plus en plus vite. Et fort, si fort. Détendue par ses caresses, affolée par ses mains, ma peau est devenue hypersensible. Dans la glace, nos deux corps bougent en rythme et semblent n'en former qu'un. Et je ne peux m'empêcher de crier son nom au moment où il sombre avec moi.

– Will !

Je crie, emportée par la jouissance.

11

LES LIENS DU CŒUR

M'emportant dans ses bras, Will me dépose avec précaution sur son grand lit. Je suis encore entièrement nue et il m'a enveloppée dans une grande serviette. Il m'installe maintenant parmi ses oreillers avant de m'essuyer. Je me laisse faire. J'ai l'impression d'être une princesse. Mes cheveux mouillés gouttent tandis qu'il me réchauffe. Je sens ses grandes mains à travers l'éponge. C'est bon… Si bon que quelque chose se réveille au creux de moi.

– Tu n'as pas froid ?

Ma peau est presque sèche et je secoue la tête en silence.

– Alors ne bouge pas. J'en ai pour une minute.

Et après m'avoir déposé un léger baiser sur le front, il se détourne et traverse la chambre de sa démarche féline. Des petites gouttes ruissellent sur son dos athlétique. En boxer noir, il semble taillé dans la pierre. Ses fesses surtout.

Mmm… je ne me lasserai jamais de ce spectacle.

Je peine à atterrir après nos ébats. C'était… *magique* ! Dès que je fais l'amour avec mon milliardaire, j'éprouve le même vertige. Au souvenir de son massage coquin, j'ai des frissons partout. Il a beaucoup, beaucoup de talent. Avec un petit sourire en coin, je caresse son jeté de lit en fourrure et songe à notre première fois entre ces murs. C'était avant que je ne découvre le pot aux roses.

– Je vais bien trouver quelque chose à te mettre.

Will a disparu dans le gigantesque dressing qui jouxte sa chambre. De ma place, j'aperçois des rangées de cintres et de housses impeccablement alignées et des vêtements rangés par couleur dans les placards.

Un peu control freak, Will Stevenson.

– J'ai trouvé ! s'exclame-t-il en attrapant une chemise en haut d'une étagère. Ça risque d'être trop grand pour toi, mais tu seras très sexy dedans.

Encore alanguie par ses caresses, je le dévore des yeux. Et quel régal ! Le torse luisant, les cheveux humides, la serviette en éponge nouée autour de la taille… Je ne m'en lasse pas. Cet homme, c'est une publicité vivante pour le sexe.

Dans le dressing, il se saisit du cintre, inquiet à l'idée que je prenne froid. Mon cœur se serre. Jamais personne n'a pris soin de moi comme ça depuis la mort de mes parents. À nouveau, j'ai l'impression de compter pour quelqu'un. Car même après avoir joué les anges gardiens face à Steven, il continue à veiller sur moi.

– Je t'aime, dis-je tout bas.

C'est sorti tout seul ! Embarrassée, je me mords les lèvres… Trop tard. Je retiens mon souffle, priant pour qu'il n'ait rien entendu. Quelques secondes passent. Will est toujours dos à moi, immobile, à quelques mètres. Avec soulagement, je le vois serrer la chemise entre ses doigts. Non, il n'a pas pu m'entendre à cette distance. Impossible. Alors pourquoi pivote-t-il avec cette expression sur le visage, comme s'il avait reçu un coup de poing à l'estomac ? Nos regards se croisent. Et je sais qu'il sait.

– Qu'est-ce que tu as dit ? me demande-t-il en s'approchant doucement.
– Euh… rien.
– Qu'est-ce que tu viens de dire, Kate ?

Je rougis comme une tomate, comme une pivoine, comme la planète Mars. Je ne sais plus où me mettre – sous le lit me paraît être la meilleure option. Le visage flamboyant, je fuis le regard de mon amant. À l'entrée de la chambre, il m'observe intensément, comme s'il pouvait me sonder jusqu'à l'âme. Mes lèvres se mettent à trembler tandis que je répète les mots fatidiques :

– J'ai dit que… que je t'aime.

Je viens de commettre une grosse, une énorme bévue. Ce n'était vraiment pas la chose à dire. Mais ça m'a échappé ! Et craignant d'avoir tout gâché, je me mets à parler très vite, en agitant les mains. Quand j'ai la trouille, je me transforme toujours en moulin à paroles. Plus rien ne peut m'arrêter.

– Je suis désolée, Will. Je ne voulais pas t'embarrasser. J'ai parlé sans réfléchir… J'ai été tellement secouée par l'agression de Steven et les ennuis de Julia. Je pensais t'avoir perdu et quand tu es apparu, je me suis rendu compte que je ne pouvais pas me passer de toi. Et ensuite, il y a eu toi et moi… dans la salle de bains… Je ne sais plus très bien où j'en suis…

Au milieu de mon monologue, il s'agenouille devant moi et pose la chemise sur mes épaules, à la place de la serviette. Très doux, le tissu porte son odeur, son parfum mâle et élégant.

– Et puis, il y a eu cette histoire avec Lisa et Sam, dis-je tout bas. Ça tourne en boucle dans ma tête depuis que j'ai découvert la vérité. Je me dis que je n'aurais jamais dû retomber dans tes bras. Ce n'est pas bien…

Je me mords les lèvres, coupable.

– Seulement, je me sens irrésistiblement attirée par toi.

C'est plus fort que moi.

– Je suis comme un aimant ?

– Oui... Comment le sais-tu ?

– Parce que je ressens exactement la même chose pour toi.

Je baisse les paupières, intimidée par son regard brûlant. Cet homme me fait un effet fou. Pourtant, je continue à lui en vouloir terriblement. N'a-t-il pas abandonné son propre fils en refusant de se soumettre à un test de paternité ? Il n'a pas bien traité Lisa. Même s'il ignorait notre lien de parenté, elle était ma demi-sœur. Et je ne peux m'empêcher de prendre sa défense :

– Tu n'aurais pas dû agir comme ça, Will.

Il me regarde sans rien dire.

– Je sais bien que Lisa n'était pas facile et...

– Kate ?

– ... même à moi, elle tapait parfois sur les nerfs quand elle me piquait tout mon argent et mes fringues, mais...

– Kate ?

– ... c'était ma sœur et Sam est mon neveu, et...

– Kate !

Le cri de Will résonne dans la pièce, se répercutant entre les murs tandis que je sursaute, enveloppée dans sa chemise. Will plonge ses yeux dans les miens – un regard auquel personne ne peut échapper, surtout pas moi. Mon cœur bat à cent à l'heure. Comme si je pressentais le pire.

– Je suis stérile.

Pa… pardon ?!

Pétrifiée sur place, je ne bouge plus, je ne respire plus.

– Sam ne peut pas être mon fils… parce que je ne peux pas avoir d'enfant.

J'ai l'impression d'avoir reçu un astéroïde sur la tête, là.

– Quoi ?
– J'ai été malade durant mon enfance. Une simple infection mais les médecins m'ont donné un traitement assez lourd. L'un des effets secondaires de ces médicaments était de provoquer la stérilité masculine. Je ne peux pas être père, Kate. Je ne le serai jamais.

Voilà pourquoi il était si sûr de lui face à Lisa ! Voilà pourquoi il la prenait pour une simple usurpatrice. Plaquant une main sur ma bouche, je retiens un cri. Je ne m'attendais pas à ça… mais ça explique tout.

– Et la tache brune sur le poignet de Sam ? fais-je soudain. Tu as exactement la même ! Au même endroit !
– Simple coïncidence.
– Mais elle a la forme de l'Australie. Pour vous deux.

– Je ne peux pas avoir d'enfant, Kate. C'est médicalement impossible.

Abasourdie, je hoche la tête tandis qu'un éclat étrange brille dans ses yeux. Du chagrin ? De la douleur ? Sans doute les deux. Car il expose devant moi sa blessure la plus intime, la plus secrète.

– Si tu savais que Sam n'était pas ton fils, pourquoi as-tu enquêté sur Lisa après sa visite ? Pourquoi as-tu essayé de la retrouver ?

– Parce que j'étais inquiet pour son petit garçon. Même si nous n'avons aucun lien de parenté, je ne suis pas indifférent au point de laisser un enfant en danger. Je ne veux pas dire du mal de ta sœur, Kate…

– Je sais.

– … mais elle me paraissait instable. Elle me rappelait un peu ma propre mère. Une femme en quête de célébrité et d'argent facile qui multiplie les amants. Certainement pas une femme prête à assumer un enfant.

J'ai conscience qu'il a raison, mais les larmes me montent aux yeux. Je me souviens l'angoisse éprouvée face à Lisa lorsqu'elle m'avait annoncé sa grossesse, en jurant être désormais à l'abri du besoin grâce au riche papa. J'avais eu peur pour le bébé. Will me prend doucement par les épaules.

– J'ai passé toute mon enfance auprès d'une femme déséquilibrée, Kate. J'ai appris à me battre dans la rue avec les autres gosses du quartier parce qu'ils la traitaient de putain.

Je pousse un petit cri de surprise, choquée, mais il ne s'arrête pas. Et je ne l'interromprais pour rien au monde. Parce qu'enfin, il me parle. Il me parle de lui.

– Tout le monde savait que je n'avais pas de père et que les hommes défilaient à la maison. Sans parler du fort penchant de ma mère pour la bouteille !
– Oh, Will… Je suis désolée…

Je tente de caresser sa joue mais il chasse très vite ma main et se raidit. Il ne veut pas de ma compassion.

– J'ai survécu, Kate. Pas de quoi en faire un drame, me dit-il sèchement.

Puis il inspire un grand coup et ajoute, plus calme :

– Je ne voulais pas qu'un autre gosse vive la même chose que moi. C'est la raison pour laquelle j'ai cherché Sam partout. Malheureusement, à cause d'une erreur administrative, mon détective m'a affirmé que Sam était mort dans l'accident avec sa mère. Imagine ma tête quand je l'ai vu dans tes bras six mois plus tard !
– Tu l'as tout de suite reconnu ?
– Non. Un enfant, ça change tellement vite, surtout à cet âge… Par contre, j'ai reconnu la tache à son poignet. Et j'ai rappelé mon enquêteur pour qu'il se renseigne.

Nos regards se croisent, intenses.

– Je ne voulais pas violer ton intimité, Kate, mais j'avais besoin de savoir. Besoin de savoir si c'était le même enfant, s'il était bien vivant… et si notre rencontre était purement fortuite.

– Lisa ne m'avait jamais parlé de toi. J'ignorais qui tu étais lorsque j'ai postulé. Je te le jure.

– Je te crois, Kate.

Presque front contre front, nos visages se touchent et je sens son haleine fraîche caresser ma bouche. Il ne me quitte pas des yeux. Sa main est posée sur ma nuque et j'ai noué mes deux bras autour de ses épaules.

– Mais de ton côté, tu dois me croire quand je te dis que je suis stérile. Sam ne peut pas être mon fils.

***

Comment ai-je pu croire un instant que Will avait refusé d'assumer ses responsabilités ? Ah, je me mettrais des claques ! Seule dans la chambre, j'écrase ma tête dans l'oreiller et le mords. J'ai honte de moi, de mes accusations. J'aurais dû écouter mon cœur : il m'a toujours crié que Will n'était pas ce genre d'homme, qu'il n'aurait jamais refusé un test de paternité sans une bonne raison. Bouleversée par son grand cœur, je redresse la tête, toute décoiffée. Depuis le début, Will cherchait à aider Sam. Et s'il avait retrouvé Lisa avant sa mort, je ne doute pas qu'il lui aurait donné de l'argent pour assurer à mon neveu une vie confortable.

Note de perspicacité : 0 / 20.

J'agis toujours avant de réfléchir quand mes proches sont en danger. N'ai-je pas commis exactement la même erreur avec Julia ce soir ? J'ai foncé tête baissée pour la défendre… et j'ai failli me faire casser les dents par Steven. Un jour, ce côté impulsif me jouera de vilains tours. Dans la pièce voisine, j'entends mon ancien patron parler au téléphone avec un associé. Sa voix est autoritaire, virile… et bienveillante.

Il me donne des frissons partout.

Will Stevenson ne peut pas avoir d'enfant. Je n'arrive pas à y croire même s'il m'a parlé de son traitement. À ses yeux, j'ai bien vu qu'il disait la vérité et qu'il en souffre affreusement. Mais quel homme n'en serait pas blessé ? Lui qui n'a jamais connu son père ne pourra pas bâtir sa propre famille. D'une certaine manière, il se pense condamné à la solitude. Je regarde la pièce somptueusement décorée, envahie par les œuvres d'art… et le vide. Je comprends maintenant pourquoi un tel froid règne autour de lui.

Mais ça, c'était avant moi !

En quittant le lit, je tends l'oreille en direction du bureau. Je me fiche de l'avis des médecins… Au fond de mon cœur, je sais que Will est le père de Sam. Je le sens dans chaque fibre de mon être. Bien sûr, je n'ai aucune preuve mais je vais suivre mon instinct. Sam a la même tache que Will. Sans parler de ses yeux. Ils partagent cette couleur unique, sublime, entre bleu marine et noir tempête.

Sam est le fils de Will ou je ne m'appelle plus Kate Marlowe.

Et puis, jamais Lisa n'aurait lancé cette accusation à la légère face à un milliardaire. Elle était maligne. Elle n'aurait pas voulu compromettre ses chances de porter l'enfant d'un richissime New-Yorkais en enchaînant les amants minables dans la foulée. Elle n'aurait pas non plus pris la peine de contacter un avocat, pour lancer une coûteuse procédure de reconnaissance en paternité, si elle n'avait pas été sûre d'elle. Quand il était question d'argent, Lisa ne plaisantait pas.

– Appelle Lee si tu veux connaître tous les détails du contrat…

Comme Will est toujours au téléphone, je m'éclipse dans la salle de bains, non sans me retourner cinquante fois pour m'assurer qu'il ne me suit pas. Je m'apprête à donner un petit coup de pouce au destin. Je veux que Sam retrouve son père. Et je veux que Will échappe à sa solitude écrasante.

Je suis géniale, quoi.

Sur la pointe des pieds, je pénètre dans l'immense salle de bains où flottent encore les effluves du plaisir. L'air est moite, parfumé, langoureux tandis que je m'avance vers la baignoire. Brièvement, je revois nos deux corps enlacés dans le miroir.

C'est pas possible ! Je ne pense plus qu'à ça…

Sans hésiter, je m'empare du verre de vin dans lequel Will a bu. À la lueur des bougies, je repère l'empreinte de ses lèvres, à peine visible. Je pense que ça suffira. En vitesse, je retourne dans la chambre et le fourre dans mon sac. C'est du vol, oui. Mais pour la bonne cause ! Grâce à ce verre, je vais demander un test de paternité. Je n'aurais qu'à faire prélever la salive de Sam et envoyer le tout à un laboratoire d'analyses privé. Bien sûr, je n'aime pas agir dans le dos de Will, mais je veux ramener un peu de vie dans son existence. Il a beau jurer qu'il n'a besoin de personne, je sais qu'il ment. Et qu'il est seul. Terriblement seul.

***

Le lendemain, je suis excitée comme une puce en sortant du bureau de poste. Après ma nuit avec Will, je suis allée récupérer Sam à 10 heures du matin chez sa baby-sitter et j'ai passé la journée avec Julia à panser ses plaies. Et pas seulement physiques ! J'inspire l'air frais de novembre à pleins poumons. J'ai peur que mon amie ne s'en remette pas avant longtemps. Pour le moment, elle veille une heure sur mon neveu pendant que je m'occupe… du test de paternité.

Ça y est ! Je viens de poster mon paquet à l'attention du laboratoire dont j'ai déniché l'adresse sur Internet. En deux clics, le tour était joué. Et dans une semaine, je saurai si Will est bien le père de Sam. J'ai envie de sautiller, même si mon compte en banque est dans le rouge – genre rouge cramoisi. Ça coûte une fortune, ces tests ! Mais ça en vaut la peine. Toute joyeuse, je m'arrête devant mon vieil immeuble. Je suis certaine que la situation va s'arranger pour tout le monde.

À l'intérieur, je découvre une pancarte « *Out of order* » collée sur la porte de l'ascenseur. Avec un gros soupir, je m'engage dans les escaliers malgré mon sac qui pèse une tonne. J'ai des ampoules aux pieds à force de marcher. Parce qu'avec la perte de mon job, j'économise l'essence de ma voiture. Will m'a bien demandé de réintégrer l'agence de pub… mais j'hésite. Puis-je revenir dans l'équipe de Joan si facilement ? Cela dit, j'aurais bien besoin de mon salaire.

À mesure que je gravis les marches, des sons étranges me parviennent. Une porte qui claque. Des pleurs. Les voisins du dessus se disputent encore ? Alors pourquoi ai-je l'impression que ces bruits s'échappent… de mon appartement ? Mon pouls s'affole au moment où je reconnais la voix de Julia. Elle semble paniquée. À toute allure, j'avale la dernière volée de marches et me précipite vers la porte, déjà entrouverte. En une fraction de seconde, j'enregistre un détail inquiétant : le verrou provisoire installé par le serrurier de Will a été forcé. L'artisan ne devait passer qu'en fin de journée pour installer une serrure plus solide.

– Ju…

Son prénom meurt sur mes lèvres. Parce qu'elle n'est pas seule. Elle est avec…

– Madame Brown ? fais-je d'une voix blanche.

J'en perds mon sac à main qui s'écrase lourdement au sol. La petite dame replète se tourne vers moi dans son tailleur rose fuchsia. Avec ses boucles argentées et son rouge à lèvres framboise, elle est reconnaissable entre mille. C'est Alexia Brown, l'assistante sociale en charge du dossier de Sam.

– Nous avions rendez-vous ?

Je tombe des nues… Puis je remarque le capharnaüm qui règne dans l'appartement. Ce n'est pas normal. Sidérée, je découvre les fauteuils renversés, le canapé éventré à coups de couteau, les bouquins déchirés par terre, le vase de ma tante Maggie brisé en mille morceaux et les rideaux qui pendouillent à leur tringle, à moitié arrachés… C'est une véritable scène de désolation.

Alors… soit une tornade s'est abattue sur notre salon, soit une bombe atomique vient d'exploser chez nous. Au choix.

– On a été cambriolées ?

À cet instant, j'aperçois Julia prostrée dans un coin. Assise sur une chaise, elle tient sa tête entre ses mains, les coudes appuyés sur les genoux… Mme Brown la regarde sévèrement. Je suis tombée dans la quatrième dimension.

– Julia ? fais-je, anxieuse.

Comme elle relève enfin la tête, je pousse un cri de stupeur. Sur son visage s'étale un impressionnant œil au beurre noir. Un énorme coquard. Je me précipite vers elle en bousculant au passage l'assistante sociale. Tant pis ! Déjà, je me penche pour examiner la blessure de mon amie. Elle a l'air de s'être pris un coup de poing en pleine figure.

– Qu'est-ce qui t'est arrivé ?
– Steven… me répond-elle tout bas.
– Il est venu ici ?

Elle hoche piteusement la tête tandis qu'une larme roule sur sa joue.

– Il a forcé la porte. Il avait un pied-de-biche…
– Et c'est lui qui a fait ça ? dis-je en englobant du regard le décor apocalyptique de notre salon.
– Oui.

C'est le descendant d'Attila, ce mec.

– Sam ? demandé-je avec une sourde angoisse.
– Il est dans la chambre. Steven ne lui a rien fait, ne t'inquiète pas.

Quand soudain, une autre voix, stridente et désagréable, s'immisce dans notre conversation. Mme Brown. Je l'avais presque oubliée celle-là.

– C'est maintenant que vous vous en inquiétez ?

Complètement dépassée par la situation, je lui fais face. Et je peux presque lire dans son esprit. Je sais ce qu'elle pense… Et comment ne pas la comprendre ? Elle vient pour une visite de contrôle et découvre un appartement mis à sac, une fille battue par son petit copain et une tutrice absente. Suite aux derniers événements, j'ai complètement zappé notre rendez-vous de la mi-novembre.

– Madame Brown, je suis vraiment désolée…

– De quoi êtes-vous désolée, mademoiselle Marlowe ? D'avoir abandonné votre neveu pendant que votre appartement était vandalisé par l'un de vos amis ? D'avoir oublié notre entrevue ? Ou que je sois au courant de vos déboires ?

Que répondre ? La petite femme se plante devant moi, son sac à main blanc dans une main, le dossier de Sam dans l'autre. Elle ne m'a jamais aimée. D'ailleurs, elle n'avait pas soutenu ma candidature au rôle de tutrice. À la mort de Lisa, elle aurait préféré que Sam soit placé en famille d'accueil plutôt que confié aux soins d'une étudiante trop jeune, inexpérimentée et sans revenus stables. Mais le juge a tranché en faveur de la famille – moi, donc… puisque tante Maggie est trop âgée et en mauvaise santé. Maintenant, j'ai conscience qu'elle a une véritable bombe entre les mains. Et qu'elle peut faire exploser à tout moment.

Je suis finie. Fichue. Foutue.

– Ce n'est pas ce que vous croyez. Je peux tout vous expliquer.

– Cette scène désastreuse se passe d'explications ! Votre colocataire est battue par son petit ami qui menace sa vie, la vôtre… et plus grave, celle de l'enfant dont vous avez la garde.

Elle marque un bref temps d'arrêt puis ajoute :

– C'est inacceptable.

Et déjà, elle s'engage dans le corridor vers la sortie. Elle tient toujours le dossier entre ses doigts chargés de bagues. Aujourd'hui, nous devions parler, faire le point sur les derniers mois et la garde définitive de Sam. Mais avec son coup de sang, Steven a tout gâché. Julia me lance un regard désespéré tandis que je me précipite derrière l'assistante sociale.

– Attendez, s'il vous plaît.

– Pour quoi faire ? J'ai vu tout ce que j'avais besoin de voir. Maintenant, vous feriez mieux de prévenir la police.

– Je n'y manquerai pas… Mais je vous en supplie, ne me jugez pas à cause d'aujourd'hui. Je me suis toujours occupée de Sam de mon mieux.

– Votre mieux n'est pas suffisant, mademoiselle !

Une sueur glacée inonde mon dos. Je n'ai pas eu le temps d'enlever mon manteau en arrivant et je suis en nage. Je me croirais dans un sauna. Mme Brown me fusille de ses yeux bleus délavés par les ans. Toute poudrée et apprêtée, elle ressemble à un gros bonbon rose… qui tient mon avenir entre ses mains.

– Vous n'ignorez pas mon opinion à votre sujet. J'ai toujours pensé que vous n'étiez pas prête à vous occuper d'un enfant et les faits me donnent aujourd'hui raison. Vous êtes trop jeune et trop instable.

– J'aime Sam !

C'est un vrai cri du cœur, violent, déchirant. J'en ai les larmes aux yeux. Parce que ce petit, c'est toute ma vie.

– Je n'en doute pas. Mais j'ai recueilli des informations très inquiétantes sur votre compte au cours des dernières semaines.

– Si c'est à propos de Steven, il ne remettra jamais les pieds ici. Je vous le promets. En plus, il n'a rien à voir avec Sam et moi !

– Je ne pensais pas au voyou qui a saccagé votre domicile. Je parlais de votre récente perte d'emploi.

– C'est-à-dire que…

– Vous avez démissionné seulement un mois après avoir été engagée.

– Mais, je…

Faisant claquer sa langue, Mme Brown me réduit au silence. De toute manière, je ne peux plus parler à cause de la boule dans ma gorge. Jamais je n'ai eu aussi peur de toute ma vie. Même pas face à Steven dans la ruelle derrière le *Looper*. Je sens mon sang refluer, quitter ma tête, je suis à deux doigts de m'évanouir. Le pire des drames est en train de se produire – le drame que je redoute depuis sept mois, depuis que j'ai réussi à obtenir la garde provisoire de Sam.

– Je suis également entrée en contact avec M. Murphy, le propriétaire de votre appartement. Il s'est plaint que vous ne régliez plus votre loyer depuis cinq mois.

– C'est faux ! Je lui ai envoyé un chèque ce mois-ci.

– Mais vous ne payez pas vos factures régulièrement. De toute évidence, vous n'êtes pas assez responsable pour vous occuper de Sam.

Et cette fois, elle tourne les talons et sort. Je ne cherche pas à la retenir. Quoi que je dise, elle a déjà pris sa décision. Sur le paillasson, elle me jette néanmoins un dernier coup d'œil implacable :

– Je suis navrée, mademoiselle Marlowe. Vous n'aurez plus la garde de Sam. Il sera placé dans un foyer dès la semaine prochaine.

III

L’ULTIME ÉPREUVE

12

NOUVEAU DÉPART

– Et vous ne savez pas qui m'adresse tous ces meubles ? fais-je, de plus en plus dubitative.

– Aucune idée, mademoiselle. Mais il y a peut-être le nom sur la facture.

– Vous pourriez vérifier ?

– Je crois que c'est Tom qui a le bon de livraison. Il est en bas mais il revient tout de suite.

Debout près de la porte d'entrée, je regarde les livreurs s'activer dans le salon. Deux grands costauds musclés soulèvent le vieux canapé lacéré afin de l'embarquer dans leur camion. Abasourdie, je me pousse sur le côté pour qu'ils sortent dans le couloir. Et lové contre ma poitrine, Sam les observe avec ravissement. Il semble enchanté par toutes ces allées et venues dans l'appartement et il profite d'être dans mes bras pour mâchonner la chaîne de mon pendentif en émeraude. Sans un mot, je lui retire de la bouche. Pas question qu'il abîme le cadeau de Will, ce coquin ! Je me tourne ensuite vers Julia, elle aussi éberluée. Elle a les yeux ronds malgré son gros coquard, ultime souvenir de Steven. Tout comme notre salon ravagé par ses coups de couteau vengeurs.

Une vraie catastrophe ambulante, ce mec. Le genre à déclencher Armageddon et les dix plaies d'Égypte à lui tout seul.

Jamais je ne lui pardonnerai ce qu'il a fait. Non seulement il a confondu ma meilleure amie avec un punching-ball et ravagé notre deux pièces… mais il a mis en péril l'avenir de Sam. Je frissonne en repensant à l'assistante sociale. Je n'en ai pas fermé l'œil du week-end. Ma vie sans mon neveu ? Impossible ! Je ne suis peut-être pas la meilleure des tutrices mais nous ne savons pas vivre l'un sans l'autre. Et aucune famille d'accueil ne pourra jamais lui donner tout mon amour. Aucune.

– C'est pas croyable ! siffle Alyssa.

M'arrachant à mes sombres pensées, notre amie remet ses lunettes sur le bout de son nez. Car les livreurs reviennent… avec un splendide canapé trois places en cuir crème. J'en reste sans voix. Et que dire de Julia ? Elle reste bouche ouverte, prête à gober les mouches. D'autant qu'un troisième type en T-shirt moulant ramène un fauteuil Chesterfield en cuir vieilli à tomber par terre. Je me racle la gorge, indécise :

– Vous êtes sûrs que vous ne vous êtes pas trompés d'adresse ?

J'insiste parce que je n'arrive toujours pas à y croire. C'est fou, non ? D'autant plus que les livreurs ressemblent à de vrais chippendales. Le plus jeune d'entre eux arrive et dépose avec aisance un autre magnifique fauteuil. C'est sans doute lui, le fameux Tom. À ma vue, il s'empare du bon de livraison coincé dans la poche arrière de son jean. Moulant. Ultra-moulant, le jean. Derrière lui, Alyssa fait mine de s'éventer avec sa main tandis que Julia lui donne un petit coup de coude. Moi, j'essaie juste de ne pas éclater de rire. Pendant ce temps, les deux autres déménageurs posent le sofa au milieu de notre salon… face à notre écran plasma géant tout neuf.

– Mademoiselle Kate Marlowe ? me demande le blond sexy aux faux airs de Matt Damon.
– Oui, mais…
– Appartement vingt-sept, bloc treize ?
– Oui, mais… je n'ai rien commandé.

Tom le beau gosse me dévisage de ses grands yeux bleus et innocents, tandis qu'Alyssa simule un évanouissement dans son dos. Cette fois, j'étouffe mon fou rire derrière une grosse toux tandis que le brave type me regarde sans comprendre, le bon de commande à la main. Julia rigole aussi. Depuis sa rupture avec Steven, elle a un peu retrouvé sa joie de vivre. Hélas, elle semble encore attachée à cette ordure. Et j'ai parfois peur qu'elle ne fasse une bêtise – comme reprendre contact avec lui, par exemple. Pour ma part, je souhaite qu'elle ne croise plus jamais sa route. Rien ne me ferait plus plaisir… à part conserver la garde de Sam, bien sûr. Si seulement l'assistante sociale n'était pas arrivée pour sa visite trimestrielle juste après la vendetta de Steven dans notre appartement ! Je soupire et mon faux Matt Damon me tend le bon de livraison. Pendant ce temps, ses copains poussent notre nouvelle commode aux poignées dorées sous la fenêtre.

– Vous signez ?

J'hésite à prendre le stylo qu'il me tend. Sam entre les bras, je balaie le salon du regard. Il est absolument méconnaissable avec ce mobilier hors de prix livré dans l'après-midi. Entre les rideaux en lin prune, le somptueux tapis en laine blanc et la table basse en bois exotique, je me croirais presque chez Will. Les sourcils froncés, je jette un regard suspicieux au livreur.

À nous deux, Matt Damon !

– Votre chef m'a dit que vous sauriez peut-être qui a passé la commande.

– Impossible, mademoiselle ! me répond-il après un nouveau coup d'œil à la facture. Le nom de l'acheteur n'est pas précisé.

– Mais vous avez sûrement un moyen de savoir qui a payé tous ces achats, intervient Alyssa.

Avec ses cheveux châtains bouclés tirés en arrière et ses petites lunettes noires, elle ressemble à une maîtresse d'école. Passée pour remonter le moral de Julia, elle a finalement assisté à l'embarquement de tous nos vieux meubles cet après-midi. Je la soupçonne d'ailleurs d'être restée à cause des déménageurs-chippendales. En tout cas, c'est comme si Steven n'était jamais entré chez nous – à l'exception des marques laissées sur le pauvre visage de ma colocataire.

– Vous savez, je ne suis que le livreur…
– Je comprends, dis-je en signant son papier.
– Mais de votre côté, m'dame ? intervient un des autres déménageurs. Vous ne savez pas qui peut vous offrir tout ça ?

Si, j'ai ma petite idée…

Une fois les trois costauds partis, je me rue sur le téléphone pendant que mes copines font le tour du propriétaire, s'extasiant sur le moindre objet. Nous avons même reçu un vase en cristal, de la vaisselle de luxe, des serviettes siglées, des lampes de chevet hors de prix… Il ne manque rien. À part le nom du donateur, qui n'a pas signé son crime.

La sonnerie du téléphone ne retentit qu'une fois. Il décroche immédiatement, répondant de sa voix la plus chaude et caressante.

Cet homme aura ma peau, un jour !

– Kate ?

– Est-ce que c'est toi ? dis-je, entrant directement dans le vif du sujet.

– Tu veux parler du nouveau mobilier ? me demande Will, sans même chercher à nier.

Quoi ?! Il ne nie même pas ?

Mon neveu calé sur la hanche, j'englobe d'un regard la décoration digne d'un hôtel trois étoiles. Certes, c'est somptueux mais… c'est trop, beaucoup trop ! Jamais je n'aurais dû raconter à Will la mise à sac de l'appartement. Mais après l'événement, je n'ai pas pu m'empêcher de me confier à lui au téléphone. J'étais si secouée par mon entrevue désastreuse avec Mme Brown et l'agression de Julia… À ma décharge, jamais je n'aurais cru qu'il ferait un truc pareil. Un truc aussi dingue, aussi extravagant. Un truc signé Will Stevenson, quoi.

– Will ! Tu ne peux pas remplacer mes meubles comme ça !

– Où est le problème, Katie ?

Katie. Le traître. Il sait que je vais craquer.

– Où est le problème ? Ce mobilier vaut une fortune ! Jamais je n'aurais les moyens de te rembourser.

– Mais qui a parlé d'un remboursement ! s'exclame Will, vexé.

– Moi ! Je ne peux pas accepter des cadeaux pareils, Will. C'est insensé. Tu ne peux pas m'offrir un appartement entier.

C'est comme si tu remplaçais mon vieux tacot sans me demander mon avis.

Silence au bout du fil.

– Non, Will… Tu n'as pas osé ?
– …
– Non, ne me dis pas que tu m'as acheté une voiture !

Traversant le salon comme une fusée, je cours à la fenêtre pour chercher des yeux mon horrible épave… et découvre un ravissant petit coupé citadin garé au pied de l'immeuble. Avec un sacré bonus : Will assis sur le capot, les clés au bout des doigts, irrésistible dans son polo blanc, sa veste en cuir et son jean.

– Ta voiture ? me dit-il d'une voix suave en me fixant à travers la vitre. J'allais justement t'en parler.
– Will !

Me retournant vivement, je cours vers Julia et lui fourre Sam dans les bras ainsi que le combiné avant de sortir en trombe. En dévalant les escaliers, je croise au passage les livreurs qui fument une cigarette sur le perron et me précipite vers mon éblouissant milliardaire. Avec son sourire en coin, il est beau comme un dieu et délicieusement arrogant alors qu'il s'amuse à agiter le trousseau de clés de ma nouvelle voiture sous mon nez.

– Je ne peux pas accepter ! dis-je, en plantant les poings

sur les hanches.

– Tu n'as pas vraiment le choix. À moins que tu ne veuilles vivre sans meuble et sans voiture. Je te rappelle que toutes tes vieilles affaires ont disparu.

– Vous me faites du chantage, monsieur ?

– Absolument, mademoiselle Marlowe ! me répond-il dans un souffle avant de m'attirer à lui.

Nos corps se touchent comme s'ils ne s'étaient jamais quittés, comme si nous n'avions jamais rompu le contact depuis notre étreinte dans la salle de bains. À nouveau, je sens un crépitement dans ma poitrine et un nœud dans mon bas-ventre alors qu'il passe une main dans mes cheveux. Et au moment où il plonge ses yeux dans les miens, je sens mes forces m'abandonner. Je suis en son pouvoir. Et il en a parfaitement conscience. Personne ne résiste à Will Stevenson. Avec un petit sourire, il me regarde d'un air triomphant et tendre à la fois.

– J'ai une autre bonne nouvelle pour toi.

– Comment ça ?

– C'est à propos de ton assistante sociale, Mme Brown…

Cette fois, je me redresse, tous les sens en alerte. Dès qu'il est question de Sam, je me transforme en lionne. Je ne suis peut-être pas la tante idéale ni la tutrice parfaite, mais je l'aime comme personne ne pourra jamais l'aimer, ce petit. Mon sauveur me contemple avec un regard brillant, visiblement ému par ma réaction. En me confiant à lui suite au saccage de l'appartement, je lui ai aussi parlé de la visite surprise de Mme Brown et de son horrible décision.

– J'ai passé quelques coups de fil pour toi.
– À l'assistante sociale ? fais-je, naïvement.

Will se met à rire et pose une main possessive dans mon cou. Mmm… j'adore ça.

– Non, Katie. Au maire de New York. C'est un bon ami à moi et il s'est occupé de ton problème.

Je retiens mon souffle, à bout de nerfs. Ce suspens va finir par me tuer. Aussi Will décide-t-il d'abréger mes souffrances.

– Mme Brown ne fourrera plus son nez dans tes affaires. Et tu ne perdras pas la garde de Sam. Tu restes sa tutrice provisoire jusqu'à ce que le juge statue sur ton dossier.

D'abord, je ne dis rien. J'ai l'impression d'avoir reçu un coup de massue. Puis je pousse un cri de joie strident qui perce les oreilles de Will, obligé de serrer les dents avec une petite grimace. Heureuse comme jamais, je lui saute littéralement au cou.

C'est le Père Noël, cet homme. En nettement plus jeune. Et musclé. Et sexy.

– Oh, Will… Je ne sais pas quoi dire.
– Alors ne dis rien. Parce que je n'attends rien en retour,

Kate. Ne l'oublie pas.

Nos lèvres se rapprochent dangereusement, encore et encore, jusqu'à ce qu'une voix s'élève derrière nous. Argh. Pile au mauvais moment. À ma grande surprise, je découvre Julia qui tient Sam dans ses bras.

Julia Peters. Ma meilleure amie.

Elle salue timidement mon milliardaire – qu'elle rencontre pour la première fois – et il lui tend une main franche, l'éclaboussant de son charisme mâle. Je vois Julia se ratatiner à vue d'œil, les joues en feu. Elle n'est pas insensible à son charme, la traîtresse ! Cela dit, comment ne pas la comprendre ?

– Je voulais vous remercier pour les meubles, monsieur Stevenson.

– Tu vois, Kate, ce n'est pas si compliqué ! en profite Will. Il suffit parfois d'accepter les cadeaux.

Je hausse les épaules, boudeuse.

– Le canapé est sublime et j'adore le réfrigérateur.

– Je suis ravi si cela vous plaît, mademoiselle Peters.

Et toujours assis sur le capot de la voiture, il soutient son regard. Je la vois déglutir avec peine, impressionnée, tandis que Will poursuit :

– En échange, je ne vous demanderai qu'une chose : ne vous approchez plus jamais de Steven White.
– Je vous le promets.

Pour le coup, je manque de tomber à la renverse. Sage comme une image, Julia hoche gravement la tête. J'avoue, je suis jalouse. Depuis des jours, je la tanne pour qu'elle reste éloignée de Steven, je tente de la raisonner… et en une minute, Will réussit à la persuader ! L'effet Stevenson, j'imagine.

***

Dès le lendemain matin, après avoir un peu profité de notre nouveau cocon, je laisse Julia seule à l'appartement. Elle est en arrêt maladie pour quelques jours. Quant à moi… je fais mon retour chez Stevenson Inc. Jamais je n'aurais cru franchir à nouveau les portiques en verre de la plus grande agence de pub new-yorkaise. Mais face à l'insistance de Will, j'ai finalement réintégré mon poste au sein de l'équipe de communication… non sans quelques heurts. Depuis le début de la matinée, je trouve Joan Brookes froide et indifférente à mon égard. C'est à peine si elle m'adresse la parole. Furieuse, ma supérieure se contente de me donner des piles de dossiers à classer.

– On n'entre et on ne sort pas d'ici comme dans un moulin ! rumine-t-elle en me donnant une autre tonne de documents.

Parce qu'elle n'a pas tort, je me fais toute petite en espérant un jour regagner sa confiance.

– Et encore, ça pourrait être pire ! m'assure Frank.
– Vraiment ? fais-je en regardant les innombrables contrats et notes qu'elle m'a demandé de taper à l'ordinateur.

J'en ai pour la semaine. Le mois. L'année. Peut-être la vie.

– Oh oui ! Estime-toi heureuse de ne pas être en train de récurer ses toilettes avec un Coton-Tige.

Nos regards se croisent et nous éclatons de rire, au grand dam de nos voisins d'open space. Frank et moi formons le duo terrible du vingt-neuvième étage. D'ailleurs, nos retrouvailles ont été nettement plus chaleureuses qu'avec les autres membres de l'équipe. Frank m'a même offert un bouquet de fleurs blanches pour l'occasion. Et il me soutient face à toutes les avanies infligées par Joan.

– Marlowe ! crie-t-elle depuis son bureau.

Je sursaute et manque de tomber de ma chaise.

– Un café ! Tout de suite !

Avec un gros soupir, je me lève sous les rires de Frank. Ce n'est pas demain la veille que je risque de créer le slogan publicitaire dont tout le monde se rappellera. Je suis désormais officiellement préposée à la machine à expresso… Ce qui n'est d'ailleurs pas sans déplaire à Shannon, la collègue accro à la caféine.

– Tu m'en rapportes un aussi, s'il te plaît ? demande-t-elle en relevant la tête comme une flèche.

Profiteuse.

Avec un sourire forcé, je hoche la tête tandis que Frank rit sous cape. De son côté, la blonde et nerveuse Shannon, toujours montée sur ressorts, ne paraît pas s'être aperçue de mon absence durant les deux dernières semaines. A-t-elle seulement remarqué ma disparition ? Pianotant à toute allure sur son clavier, elle semble collée à son écran d'ordinateur.

– Pour moi, ce sera un cappuccino sans sucre ! me balance Frank.

En réponse, je lui tire la langue et traverse l'immense salle qui abrite une vingtaine de publicitaires. D'après Frank, ma patronne est uniquement fâchée… parce qu'elle m'apprécie ! Avant moi, elle ne s'était encore jamais rappelé le nom d'une seule de ses assistantes. J'imagine que je devrais être flattée. Un peu rassérénée, j'attrape un gobelet en plastique et appuie sur le premier bouton. Quand une voix familière, douce et posée, s'élève derrière moi.

– Mademoiselle Marlowe ?

Je me retrouve nez à nez avec Bradley. L'adjoint de Will me sourit, son porte-documents en cuir coincé sous le bras. En m'apercevant, il a quitté le couloir pour faire un crochet par la machine où je passe désormais tout mon temps.

– Je peux vous aider, monsieur Miller ?
– Non, je venais juste vous saluer.
– Oh, c'est gentil.
– Et vous souhaiter bonne chance.

Je lui souris, un peu mal à l'aise depuis qu'il m'a fait des avances dans son bureau. J'ignore sur quel pied danser avec lui. Et de son côté, il semble aussi embarrassé que moi par toute cette histoire. Ne s'est-il pas cru responsable de ma démission quinze jours plus tôt ? Je crois qu'il se sent toujours coupable de mon départ à cause des avances qu'il m'a faites après la soirée au *Waldorf*. Mais il n'avait rien à voir dans cette histoire. Si j'ai démissionné, c'était uniquement pour ne plus croiser Will à l'époque où j'étais persuadée qu'il avait abandonné Lisa et mon neveu.

– Je suis ravi que vous soyez revenue sur votre décision, Kate. Et je ne veux surtout pas qu'il subsiste le moindre malentendu entre nous.
– Ne vous inquiétez pas pour ça.
– En fait, j'aimerais que nous repartions à zéro. Faire comme si rien ne s'était passé pour repartir sur des bases saines.
– Ça me va.
– Qui sait ? ajoute-t-il. Nous pourrons peut-être devenir amis ?

Je lui souris, heureuse de ce nouveau départ entre nous. Il a toujours été sympa avec moi depuis mon arrivée chez Stevenson Inc. À nouveau, il s'éclipse dans le couloir. Mon cœur manque un battement à l'idée qu'il va rejoindre Will, enfermé dans son gigantesque bureau avec vue panoramique sur New York. La tête dans les nuages, je reviens avec les cafés de mes collègues dans les mains. Frank me regarde bizarrement.

– Qu'est-ce que Brad te voulait ?
– Brad ? fais-je, surprise. Tu l'appelles comme ça ?
– Brad, Big Boss, Patron, Chef, Grand Sioux… j'ai de la ressource, ne t'en fais pas. Tout dépend ce que nous faisons dans mes rêves coquins.

Pour le coup, je manque de renverser les trois gobelets sur sa chemise. Et lui recule vivement sur à sa chaise à roulettes.

– Tout doux, ma belle !

Devant ma mine déconfite, il rit de plus belle.

– Ne me dis pas que tu n'avais pas compris !

Cette fois, il éclate de rire dans sa chemise bleu électrique et son jean noir ultra-moulant qui ne laisse ignorer aucun détail de son anatomie. Et moi, j'ai l'air d'une gourde, mais d'une gourde comme ce n'est pas permis ! D'ailleurs, mon collègue n'en finit pas de se moquer de moi.

– C'est bon… dis-je, écarlate. Ce n'est pas non plus inscrit sur ton visage !

– Que je suis gay ? La terre entière est au courant, Kate ! Mes jeans moulants ne t'ont pas mis la puce à l'oreille ?

– Non… je trouvais juste que ça t'allait bien.

– Et quand je t'ai refilé le dernier album de Taylor Swift, tu n'as pas tiqué ?

Rouge pivoine, je ne sais plus où me mettre alors que Frank finit par se lever et me tapoter l'épaule.

– Tu es tellement naïve, c'est trop mignon ! s'exclame-t-il. Tu n'es pas vierge, au moins ?

– Non !

– Avec toi, ma grande, je ne serais surpris de rien.

Puis, passant un bras autour de mon cou, il me fait pivoter en direction du couloir où Bradley est en grande conversation avec le chef du service comptabilité. Ils attendent ensemble l'ascenseur et Frank soupire.

– Mate ses fesses !

– C'est notre boss…

Comme Will. Et je suis franchement très mal placée pour juger.

– Ah… j'aimerais bien qu'il me donne du travail supplémentaire, celui-là. Dommage qu'il soit attiré par les petites bombes aux yeux émeraude !

Une bombe… ? Il parle de moi, là ?

Frank m'adresse un clin d'œil malicieux alors que je pique un fard… Il n'a pas fini de dire des bêtises, ce matin ?

***

À la fin de la journée, je rentre au volant de ma nouvelle voiture et circule aisément dans les embouteillages new-yorkais. Je suis satisfaite de mon petit bolide ! Fini les retards au bureau et les pannes de dernière minute, mon vieux tacot n'est plus qu'un mauvais souvenir. Tout en écoutant à fond la radio, je me gare au pied de l'immeuble et sors de mon coupé à regret. J'ai un peu honte, mais je crois que je suis en train de prendre goût au luxe. Je pourrais conduire toute la nuit là-dedans. Vraiment, je devrais trouver un moyen de remercier Will… Je n'ai peut-être pas ses moyens financiers, mais je voudrais lui faire plaisir, l'étonner. Pourquoi ne pas lui préparer une surprise, comme un dîner aux chandelles ?

Le sourire aux lèvres, j'ignore royalement l'ascenseur éternellement en panne et gravis les étages. Grâce à Will, je ne risque plus de perdre la garde de mon neveu, j'ai retrouvé mon boulot et j'ai même un écran plasma qui enchante mes copines. Je m'arrête devant la porte de l'appartement, récemment changée par un serrurier, envoyé en urgence par Will suite à la visite surprise de Steven. À présent, il ne peut plus entrer avec le double de clés que Julia lui avait fourni. Mais ma clé peine à entrer dans la serrure. Sûrement parce qu'elle est neuve. Pénétrant enfin dans le deux-pièces, je retire mon manteau en criant à tue-tête :

– Julia !

Pas de réponse.

– Sam ! Julia !

Un profond silence règne dans l'appartement et je consulte la pendule. À cette heure, mon amie ne devrait-elle pas être rentrée de sa promenade avec Sam ? Depuis qu'elle est en arrêt maladie, elle s'occupe de mon neveu et l'emmène au parc tous les après-midi. Sans doute sont-ils encore là-bas. Distraitement, je retire mes chaussures et me dirige vers la cuisine, mes pantoufles à tête de chien aux pieds, droit sur la corbeille à courrier qui déborde. C'est alors que je la vois : la longue enveloppe brune au sommet de la pile.

Le résultat du test de paternité.

Sous le choc, je regarde la lettre. J'ai parfaitement reconnu le tampon du laboratoire privé. Sur le site Internet, ils promettaient d'être très rapides moyennant finances… mais je ne pensais pas obtenir une réponse si vite. Intimidée, j'hésite à prendre l'enveloppe. La réponse à toutes mes questions se trouve à l'intérieur. Grâce au verre de vin volé chez Will et à la salive de Sam, je vais enfin connaître la vérité. Sont-ils père et fils… ou de parfaits inconnus ?

J'y vais. Non. Si. En fait, je préfère attendre. Ou pas.

Morte de stress, je m'empare finalement du courrier et m'aperçois qu'il est décacheté. Le facteur l'a sans doute déchiré par mégarde. Un peu étonnée, j'en tire le papier froissé, comme si quelqu'un l'avait lu avant moi. Puis j'oublie tout. À cause de son contenu. Pendant une minute, je cesse de respirer. D'abord, il y a une tartine de jargon scientifique. Et au bas de la page, le résultat.

« *Les vingt-trois marqueurs génétiques, qui assurent un taux de fiabilité à 99,99 %, attestent avec certitude que le sujet A est le géniteur du sujet B.* »

La feuille m'échappe des mains. Seule au milieu de la cuisine, j'ai l'impression que le sol se met à trembler, que les murs commencent à tourner.

Will est le père de Sam.

Sam est le fils de Will.

Les larmes me montent aux yeux. Ils sont père et fils, je ne m'étais pas trompée. Levant les bras vers le plafond, je pousse un cri de joie.

– J'avais raison !

J'ai envie de danser, de sauter, de chanter, de faire la fête. Grâce à ce test, j'ai la preuve que Will n'est pas stérile, qu'il n'a pas été touché par les effets secondaires du médicament qu'il a absorbé durant son enfance. Le docteur qu'il a consulté à l'époque s'est trompé en le convainquant qu'il ne serait jamais père. Il n'est pas condamné à la solitude. Et pour cause ! Il a déjà un fils…

J'ai besoin d'en parler à quelqu'un ! M'emparant du téléphone, j'appelle Julia sur son portable. Je veux lui annoncer la grande nouvelle… avant de parler à Will. Comment va-t-il prendre mon initiative ? Je l'ignore mais je ne peux pas garder cette information pour moi seule plus longtemps. Hélas, Julia ne décroche pas. Même si je la rappelle deux fois de suite. Me laissant tomber sur le canapé, j'attends quinze minutes et retente ma chance… avant de m'inquiéter.

– Julia, c'est encore moi. Tu peux me rappeler si tu as ce message ? Où es-tu ? Où est Sam ? Je suis à l'appartement. Revenez vite, je vous attends.

Je raccroche.

Puis les minutes commencent à s'égrener au son angoissant du tic-tac de la pendule.

Toujours rien. Toujours pas de porte qui s'ouvre. Toujours pas de Julia en train de se plaindre du poids de la poussette. Toujours pas de Sam qui sourit en me voyant.

Au bout d'une heure, je finis par quitter le canapé et fonce vers l'entrée. Ce n'est pas normal. J'ai un mauvais pressentiment. Quelque chose est arrivé. Enfilant mon manteau, je claque la porte, bien décidée à partir à leur recherche.

13

LA DISPARITION

En poussant la porte du salon de thé, je laisse entrer un souffle glacé avec moi. Un peu affolée, je me dresse sur la pointe des pieds pour jeter des regards à la ronde. Je ne les vois pas. Nulle part. Julia a pourtant l'habitude d'emmener mon neveu dans ce salon cosy pour prendre un chocolat chaud après leur promenade au parc. Mon cœur se serre tandis que je slalome entre les tables, bousculant une chaise et un menu en carton. Tant pis. Je ne pense qu'à Julia et Sam. Où sont-ils passés ? Je ne vois aucun visage familier dans les parages.

C'est possible de faire un infarctus à 23 ans ?

Je fonce vers le comptoir situé au fond de la salle. Vêtue de mon tailleur de travail et de grosses bottes UGG, je ressemble à un épouvantail. Le serveur me dévisage, surpris par ma coiffure approximative et ma mine inquiète, mais il me reconnaît. Avec Julia, nous sommes des clientes régulières. De mon côté, je sens l'angoisse monter d'un cran. Ma meilleure amie est injoignable, même si je n'arrête pas de composer son numéro. Depuis une heure et demie, je tombe en permanence sur son répondeur.

– Kate ?
– Excuse-moi, Jim… tu n'aurais pas vu Julia par hasard ?
– Aujourd'hui ? s'étonne-t-il. Non, je suis désolé.
– Tu es sûr ?

Là, je serais prête à me raccrocher à n'importe quoi, même aux branches. Le serveur me scrute avec inquiétude – à croire que c'est contagieux.

– Sûr et certain. Les filles jolies comme vous, je m'en souviens toujours ! ajoute-t-il en rougissant un peu.
– Merci.

Et sans demander mon reste, je file à toute allure. J'ai peur maintenant. Le cœur battant la chamade, je remonte la rue au pas de course. En même temps, je téléphone pour la centième fois à mon amie. Pourquoi ne décroche-t-elle pas ? Dans ma tête, je me mets à imaginer les pires scénarios : agression, meurtre, accident de voiture, chute mortelle, attaque de pitbull… Ce ne sont pas les hypothèses qui manquent. Je suis la reine du film catastrophe. Je redoute le pire depuis la mort de mes parents et de ma demi-sœur.

Rejoignant mon immeuble, je m'engouffre dans la voiture

et démarre, le téléphone vissé à l'oreille. Après un énième essai infructueux sur le portable de Julia, je compose un autre numéro en désespoir de cause. Dans la rue, le feu passe au rouge et je donne un grand coup de frein à la dernière seconde. Avec un peu de chance, cette histoire n'est qu'un vaste malentendu.

Après une attente interminable, quelqu'un décroche enfin. Erica. La nounou de Sam. Mon dernier espoir. Oh, Seigneur ! Je n'aurais jamais pensé dire un truc pareil un jour. Je suis vraiment au fond du trou si cette lolita gothique aux humeurs cyclothymiques est mon dernier espoir.

– Erica ? Kate Marlowe à l'appareil.

– Ouais ?

– Je ne te dérange pas longtemps. Je voulais seulement savoir si Julia est passée te déposer Sam dans la soirée.

– Hein ?

Vais-je arriver à en tirer quelque chose ? Malgré mon envie de l'étrangler à distance, je lui explique tant bien que mal la situation, tout en conduisant comme une folle dans les rues de New York. Erica se met alors à vociférer. Je crois qu'elle produit même des ultrasons.

– Moi, j'ai rien à voir là-dedans, Kate ! En plus, vous ne deviez pas m'amener Sam avant la semaine prochaine !

Elle a raison, bien sûr. Suite à l'agression de Steven, Julia a obtenu un arrêt maladie d'une semaine pour panser ses plaies – même si son cœur risque de mettre plus longtemps à cicatriser… Logiquement, elle a donc proposé de se charger de mon neveu pendant que je reprenais le boulot chez Stevenson Inc. À la seule pensée de Will, mon pouls s'accélère. Si seulement il était là. Il résoudrait la situation en un claquement de doigts. En fait, j'ai l'impression qu'il peut tout faire. Même marcher sur l'eau.

Will… pourquoi tu n'es pas là ?

– Vous voulez me licencier, c'est ça ?

– Pardon ? fais-je, prise de court.

– Ah… mais vous ne m'aurez pas comme ça. Je jure que je vous ferai un procès, j'avertirai l'*Employment Relations Authority* dès demain !

– Mais…

– Vous ne me faites pas peur, Kate Marlowe !

Et sur ces mots, la baby-sitter givrée raccroche. Avec un soupir, je balance mon portable sur le siège du passager. Je m'occuperai des sautes d'humeur d'Erica un autre jour. Les mains crispées sur le volant, je tourne à cent quatre-vingt degrés dans une rue latérale et me gare le long du trottoir. Je n'ai pas une minute à perdre. L'estomac noué, je sors précipitamment de la voiture et me précipite vers le parc. Celui où Julia et Sam ont leurs habitudes. Celui où elle l'emmène jouer tous les soirs. Et pour la première fois depuis la mort de mes parents, je me mets à prier.

Faites que je les retrouve sains et saufs !

***

Dans les allées du parc, je crie à pleins poumons le nom de ma meilleure amie en me dirigeant vers le bac à sable. Hélas, l'aire de jeux est déserte. Ma tension grimpe en flèche tandis qu'une sueur glacée inonde mon dos. Tournant sur moi-même, j'hésite entre toutes les directions et appelle à nouveau :

– Julia ! Sam !

Ça ressemble à l'un de ces cauchemars où l'on essaie de courir sans bouger d'un iota, comme si on avait les pieds coulés dans du béton. Quand soudain, j'entends une autre voix. Quelqu'un hurle. Ça fait comme un écho. Immobile, j'écoute les cris se répercuter entre les arbres, se rapprocher de plus en plus. Et à mon tour, je m'élance vers la voix de femme qui appelle à l'aide. Mon mauvais pressentiment enfle, enfle, enfle… jusqu'à ce que j'aperçoive une grande blonde en train de cavaler.

– Sam ! Sam ! s'égosille-t-elle.
– Julia ? murmuré-je, incrédule.

Ma meilleure amie se penche entre les bosquets, soulève les branches basses comme si elle cherchait quelque chose par terre. Ou quelqu'un. Je comprends en une fraction de seconde. Et je me rue sur elle, paniquée. En me voyant surgir comme un boulet de canon, Julia se fige avec une expression de terreur absolue… Ses joues ruissellent de larmes.

Elle a les yeux bouffis, les traits tirés. À force de courir, elle perd à moitié sa veste. Arrivée à ma hauteur, elle m'attrape par les épaules.

– Kate ! Dis-moi qu'il est avec toi !
– Où est Sam ? réponds-je du tac au tac.

Parce que je ne vois pas sa poussette. Parce que je ne le vois pas, lui. Les pleurs de Julia redoublent. Secouée par les sanglots, elle me lâche et enfouit sa figure entre ses paumes. À mon tour de l'attraper pour la secouer.

– Où est Sam ?
– Il n'est pas avec toi ? gémit-elle.
– Bien sûr que non ! Je sors de mon travail et j'ai traversé la ville à votre recherche. Merde, Julia ! OÙ EST SAM ?

J'ai crié si fort que deux promeneurs se retournent, éberlués par le spectacle de ces deux femmes en pleine panique.

– Je ne sais pas… Quand je t'ai aperçue, j'ai cru que tu l'avais trouvé… qu'il était peut-être avec toi…
– Tu ne sais pas ?

Oui, c'est un cauchemar. Mon pire cauchemar.

– Tu ne sais pas où est Sam ? répété-je, partagée entre épouvante et fureur.
– Je suis désolée, Kate.
– Tu as perdu Sam ?

– Oui…

À cet instant précis, j'ai l'impression que le ciel me tombe sur la tête et je lâche mon amie. Livide, je m'écroule sur un banc public, incapable de tenir plus longtemps sur mes jambes. De son côté, Julia se plante devant moi pour me déballer son histoire. Je l'écoute, anéantie. Je n'ai même pas la force de l'interrompre, de réagir. C'est comme si on m'avait assommée.

– Nous étions installés près du bac à sable, comme d'habitude. Sam jouait tranquillement avec son seau. Il n'y avait personne, même pas un autre gosse. Je lisais un magazine et je ne l'ai quitté des yeux qu'une minute, je te le jure.

– Pourquoi ?

– Un type s'est arrêté pour me demander sa route.

Reprenant son souffle, elle hoquette en me fixant désespérément. Elle semble dévastée.

– Je te jure… Je ne lui ai parlé qu'une minute, peut-être deux. Et quand je me suis retournée, Sam avait disparu.

– Comment un enfant de 10 mois peut s'être volatilisé ? Il ne sait même pas marcher !

– Je sais !

– Il arrive tout juste à tenir debout !

– Je sais !

Folle d'angoisse, anéantie, je quitte mon banc et fouille les environs du regard. Comme si mon neveu allait réapparaître dans les buissons. Julia s'empare de mon bras et soutient mon regard.

– Je suis tellement désolée, Kate. Si jamais il lui arrive quelque chose…

– Ne dis pas des trucs pareils !

Je ne veux même pas les entendre. Ni les penser. Julia se remet à pleurer à chaudes larmes tandis que je me mords les lèvres.

– Après sa disparition, j'ai retourné tout le parc. J'ai couru dans tous les sens, j'ai arrêté les passants, j'ai fouillé le moindre recoin… mais il n'était nulle part. Même sa poussette a disparu. C'est affreux !

– Tu as prévenu le gardien du parc ?

– Non…

Je vois qu'elle n'y a même pas songé. En proie à la panique, elle ne réfléchit plus. Et de mon côté, j'ai l'impression de perdre la tête. Rien ne pouvait arriver de pire. Rien.

– Et la police ? Tu as appelé la police ?

– Pas… pas encore.

– Depuis combien de temps Sam a disparu ?

– Je ne sais pas. Dix minutes. Un quart d'heure. Pas plus. Je te le jure.

Un quart d'heure ! Tout peut arriver en un quart d'heure ! On a le temps de parcourir plusieurs kilomètres en voiture, on a le temps de se perdre dans la foule et de disparaître dans une ville aussi gigantesque que New York ! Mon cœur est sur le point d'exploser. Et je ne peux m'empêcher de songer à Will, mon unique point d'ancrage. Je voudrais tellement qu'il soit là, qu'il me dise quoi faire, qu'il m'aide.

– Pourquoi tu ne répondais plus au téléphone ? Je t'ai appelée au moins cent fois !

– Ma batterie était à plat.

– Mais qu'est-ce que vous faisiez ici si tard ? dis-je, livide. Vous deviez rentrer plus tôt. Vous deviez…

– On a d'abord fait un tour au centre commercial pour admirer les jouets. Je voulais lui acheter une petite peluche. Je… je ne pensais pas que…

Elle s'arrête un instant, la gorge serrée. Puis ses yeux croisent les miens, débordant de larmes.

– Tu crois qu'il a été enlevé ? gémit-elle.

Je ne réponds pas, livide. Car j'imagine déjà le pire : Sam kidnappé par un fou, seul et sans défense. Les larmes me piquent les yeux, même si je les contiens tant bien que mal. Je dois essayer de garder la tête froide, même si je pense à toutes ces histoires horribles lues dans les journaux, vues à la télé – réseaux de pédophiles, femmes en manque d'enfant qui rôdent autour des squares et des maternités, vendeurs de bébés…

Terrorisée, je m'empare de mon portable et compose le 911.

***

Je me croyais en plein cauchemar ? En vérité, ça ne fait que commencer. Comment les choses ont-elles pu déraper à ce point en une heure ? Effondrée sur une chaise, j'écrase un gobelet de café entre mes doigts. Je ne peux pas avaler la moindre goutte. Et je tremble de froid malgré mon manteau. Assise de l'autre côté du bureau, la policière me contemple avec bienveillance. Heureusement, je suis tombée sur une femme très humaine, une jeune métisse à l'écoute des victimes.

– Les enfants qui disparaissent sont généralement retrouvés dans les quarante-huit heures, me dit-elle doucement.

Je hoche la tête. Tout à l'heure, deux voitures de police ont débarqué au parc pour fouiller les lieux avant de nous ramener au commissariat. Mais ils n'ont trouvé aucune trace de Sam… Ce qui ne veut dire qu'une chose : il a quitté le square avec quelqu'un. En d'autres termes, il a été kidnappé par un détraqué. Mais comment Julia a-t-elle pu ne rien voir ? N'était-elle pas à seulement deux mètres de lui ? À nouveau, les larmes me piquent les yeux, même si je les ravale. Je ne veux pas craquer. Pas maintenant. Pas tant que Sam est en danger. Je tiendrai tant qu'il ne sera pas à l'abri dans mes bras.

Si je pleure maintenant, ce sera les chutes du Niagara.

– Ce matin, je lui ai mis son pantalon noir avec un gros pull rouge. C'est sa couleur préférée. Il porte aussi un bonnet et une écharpe de la même couleur. Et une grosse parka noire. Il est très frileux.

Je plonge la main dans mon sac et en sors mon portefeuille bourré de photos de mon neveu. On dirait un dépliant de cartes postales ! Je choisis deux clichés que je tends à la jeune femme par-dessus son bureau. Un gros plan et une photo en pieds – la deuxième fois où il s'est mis debout. J'étais si fière de son exploit. Mais mes mains tremblent tellement que je fais tomber les photos.

– Merci, me dit l'officier en les rattrapant. Ça nous sera très utile pour les avis de recherche.

– Il a 10 mois mais c'est un petit gars costaud. On lui en donne facilement 12.

Pendant que je parle, la policière prend des notes sur son ordinateur. De l'extérieur du bureau me parviennent tous les bruits ordinaires d'un commissariat : crissement de pneus devant l'édifice, protestations d'un détenu emmené menottes aux poignets, rires devant la machine à café qui crache son jus de chaussette, sonneries aiguës du téléphone… Pourtant, j'ai l'impression d'être dans une bulle. Tous les sons sont dilués, comme si je les percevais à travers la vitre d'un aquarium. Je me sens en partie anesthésiée. Peut-être parce que je n'ai pas envie de ressentir toute cette douleur tout de suite ?

– Mlle Peters garde souvent votre neveu ?

– C'est ma colocataire et ma meilleure amie. Elle m'aide avec Sam depuis que j'ai obtenu sa garde.

Sous le feu des questions, j'essaie de me concentrer… mais je ne pense qu'à mon bébé. A-t-il froid en ce moment ? A-t-il faim ? Et si je ne le revoyais jamais ? Comment pourrais-je vivre sans ses grands yeux bleu océan ? Sans son sourire coquin ? Sans sa vilaine habitude de mâchonner mes bijoux ? Et ses rires de baleineau dans le bain ? Mes lèvres se mettent à trembler et dans la pièce voisine, j'entends les gros sanglots de Julia. Elle est interrogée dans un autre box, en tant qu'unique témoin de l'enlèvement.

J'ignore si je lui pardonnerai un jour.

– Avez-vous été menacée récemment ? me demande l'enquêtrice.

– Euh… oui. J'ai porté plainte la semaine dernière contre Steven White. Il avait saccagé notre appartement.

Steven. L'ex de Julia. Un authentique détraqué qui n'hésite pas à lever la main sur les femmes … pourtant, je ne l'imagine pas en train de kidnapper un gosse. Surtout après avoir reçu une bonne correction de la part de Will. Cela dit, les types comme lui ne sont-ils pas capables de tout ?

– Vous allez l'interroger ? m'enquiers-je d'une voix blanche.

– Bien sûr, il est en tête sur notre liste de suspects. Un de mes collègues procède en ce moment même à son interpellation.

Je hoche docilement la tête, dans un état second. Et si le ravisseur blessait Sam ? Ou pire ? Pendant ce temps, la jeune policière relit à voix haute ma déclaration : arrivée à l'appartement, passage en coup de vent au café, appels à Julia et à Erica, course éperdue dans le parc… Il ne manque rien. À nouveau, j'acquiesce faiblement, perturbée par les pleurs de Julia qui redoublent à côté. Mon cœur se serre. J'imagine combien elle doit souffrir mais je lui en veux terriblement. Pourquoi a-t-elle quitté Sam des yeux ?

– Vous pouvez signer votre déposition.

Je m'exécute comme une somnambule. D'ailleurs, ma signature ressemble à un drôle de gribouillis. Quand soudain, la réalité me frappe de plein fouet. Brutalement, je me rappelle du test de paternité et me recroqueville sur ma chaise. Comment vais-je annoncer la double nouvelle à Will ? Comment vais-je lui dire qu'il est le père de l'enfant… qui vient d'être enlevé ?

14
TOUTE LA VÉRITÉ

Les épaules voûtées, je quitte le commissariat avec un pincement au cœur. Les policiers continuent à interroger les témoins, notamment Julia. Toutes les personnes qui étaient au parc sont elles aussi auditionnées : le gardien, deux joggeurs, une mère de famille… Agrippée à mon sac, je croise une patrouille en train de plaisanter dans un couloir. Mal à l'aise, je sors et dévale les marches du perron, surprise par l'air glacé de la nuit. Un souffle froid s'invite sous mon manteau. Quand soudain, je vois une Porsche gris métallisé débouler sur les chapeaux de roue.

Lui.

Dans un crissement de pneus, la voiture s'arrête au milieu du parking. Je ne peux plus détacher mon regard du somptueux véhicule. Debout devant un fourgon de police, je vois la portière s'ouvrir et libérer… mon milliardaire. Je n'ai pas cessé de lui téléphoner depuis la disparition de Sam mais il était injoignable à cause de son travail. Je n'ai pu lui parler qu'après ma déposition et l'avertir enfin de la situation. Il est maintenant au courant de l'enlèvement de Sam – mais je n'ai rien dit au sujet de sa paternité. Je dois le lui annoncer en face. Un gros nœud se forme dans ma gorge. J'ai l'impression d'être prise au piège dans une mâchoire en fer qui se referme de plus en plus.

– Kate !

Il est là. Grand, blond, superbe, rassurant.

Mon sauveur. Mon amour.

Jaillissant de la voiture, Will écarte les bras comme on ouvre des ailes. Et sans réfléchir, je me précipite vers lui en courant. Lui aussi s'élance dans ma direction, faisant l'autre moitié du chemin. Nous volons l'un vers l'autre. Et nous nous percutons au milieu du parking désert, avec toute l'intensité du désespoir. À ce moment, je sens les bras de Will se refermer sur moi. Il me serre de toutes ses forces. Moi, je me cramponne à sa chemise, enfouissant ma tête au creux de son cou.

À l'abri. À ma place.

Et d'un seul coup, je craque. Impossible de tenir plus longtemps. Ouvrant les vannes, je me mets à sangloter comme une petite fille dans ses bras. Mes larmes mouillent sa chemise blanche… mais il m'étreint avec fièvre, comme s'il voulait m'empêcher de me noyer et m'aider à garder la tête hors de l'eau. Plantant mes ongles dans ses épaules, je m'accroche et pleure, secouée par les sanglots. J'avais promis de tenir… mais pas devant lui. Devant Will, je peux tout faire. Je peux enfin être moi.

– Je suis là, Katie.

Je continue à verser toutes les larmes de mon corps. Will ne bouge pas, portant mon fardeau avec moi. Et la douleur me semble moins grande, moins forte. Doucement, il passe une main dans mes cheveux et dépose un baiser sur mon front.

– Calme-toi. Je suis avec toi, maintenant.
– Sam… gémis-je.
– Il sera bientôt là. J'en suis sûr.
– J'ai tellement peur, Will. Sam doit être terrifié. Il n'a jamais été séparé de moi aussi longtemps. Et s'il était blessé ? Ou…

Ou pire.

Je n'ose même pas terminer ma phrase tandis que d'affreuses images envahissent mon esprit. Et je sens le corps du milliardaire se tendre, ses muscles se raidir, sa mâchoire se contracter. Il prend mon menton entre ses doigts et me force à relever la tête pour plonger ses yeux dans les miens.

– Je te jure de tout mettre en œuvre pour retrouver Sam. Tu m'entends, Kate ? Je fais la promesse de retrouver ton neveu sain et sauf. Je vais contacter un détective dont j'ai entendu parler : un ancien agent du FBI qui a la réputation d'être le meilleur.

J'acquiesce en me raccrochant à ce nouvel espoir. Car si j'ai peur que la police ne retrouve pas Sam… je ne peux pas douter de Will. Je crois en lui. Et je sais qu'il ne donne jamais sa parole à la légère. Encadrant mon visage entre ses deux mains, Will se penche vers moi et effleure mes lèvres. Ce n'est pas un vrai baiser. Juste une caresse douce, très douce. Puis posant ses lèvres sur mes deux joues, il boit mes larmes, comme s'il effaçait mon chagrin, comme s'il le prenait pour lui.

– Tu tiendras Sam dans tes bras demain. Je t'en fais le serment.
– Merci, Will.

Je m'apprête à ajouter un mot quand un petit raclement de gorge nous interrompt. Tournant la tête, je découvre ma meilleure amie derrière moi. Barbouillée de mascara, Julia évite soigneusement mon regard et reste tête baissée. Son audition est terminée mais elle semble marcher sur des œufs. Et la tête baissée, elle fixe en silence le bout de ses chaussures.

– Si tu savais comme je suis désolée, Kate… dit-elle enfin.

Je me mords les lèvres, oscillant entre la compassion et la rancune. Mais est-elle vraiment responsable de ce drame ? Et puis-je prétendre n'avoir jamais perdu mon neveu des yeux une seule minute au parc ? Comme tout le monde, j'aime bouquiner sur un banc, parler avec une autre maman… et il m'arrive de le quitter des yeux. Pas longtemps. Juste quelques secondes. J'aurais pu être à la place de Julia. N'importe qui aurait pu être à sa place, en fait. Ce n'est pas la faute de mon amie si Sam a disparu. C'est la faute du détraqué qui l'a pris pour cible. Point final.

– Je me suis tournée deux minutes, pas plus. Je n'ai pas arrêté de le répéter à la police, tu sais. Jamais, je…

– Chut, c'est bon… lui dis-je doucement.

Me détachant de Will, je la prends dans mes bras. Nous sommes aussi détruites l'une que l'autre. Nous traversons la même tragédie. Je ne veux pas perdre mon temps à pointer du doigt un faux coupable. J'ai besoin de Julia. J'ai besoin de tous mes proches pour traverser cette épreuve. Bouleversée, ma colocataire se pend à mon cou et nos cheveux blonds et acajou se mêlent en une masse soyeuse. Elle murmure à mon oreille :

– Merci, Kate. Je pensais que tu ne voudrais plus jamais me parler…

– Pour l'instant, je ne pense qu'à Sam. Et nous devons nous serrer les coudes pour lui.

En arrière, Will nous englobe d'un regard grave. Avec son smoking noir, son nœud papillon, il semble tout juste sorti d'une soirée chic. Sans doute ai-je interrompu des mondanités, peut-être même la signature d'un contrat important… Ce qui ne l'a pas empêché de voler à mon secours. Je ne m'en rends compte que maintenant. Il a tout laissé en plan pour moi. Suite à mon coup de fil, il a directement sauté dans sa voiture pour venir me chercher.

– Merci d'être venu, Will, lui dis-je, la voix cassée.

Il secoue la tête, comme si ce n'était rien. Avec cet homme merveilleux, je me sens prête à tout affronter. Même le pire. Même l'horreur.

– Je vais vous ramener chez vous, toutes les deux.

Je le regarde, interloquée. J'ignore si je pourrai supporter de rester enfermée dans l'appartement où Sam a grandi, voir ses jouets traîner par terre, sentir le parfum du talc qui flotte dans la salle de bains… J'ai peur de péter les plombs. Comme s'il lisait dans mes pensées, Will caresse doucement ma joue.

– C'est indispensable, Kate. Toi et Julia devez rester à votre domicile au cas où les ravisseurs de Sam chercheraient à vous joindre.

– Que veux-tu dire ?

– Si jamais ils vous demandent une rançon, ils vous contacteront forcément à votre appartement. D'ailleurs, la police a certainement déjà mis votre ligne sur écoute.

Je me fige, glacée. Je n'y avais pas pensé.

Le pire est-il à venir ?

***

Une heure plus tard, je tourne comme une lionne en cage dans ma kitchenette. À côté, j'entends la voix grave de Will qui parle au téléphone. Depuis notre arrivée, il ne cesse de donner des instructions au détective qu'il a engagé. Avec lui à mes côtés, je me sens moins seule, moins vulnérable. Et sa réaction me bouleverse. Il ne m'abandonne pas – au contraire, il reste avec moi dans cette épreuve. Il m'aide à traverser ce cauchemar.

Envahie par une bouffée d'angoisse, je jette un regard anxieux en direction de mon téléphone. J'en viens presque à espérer le coup de fil des kidnappeurs. Qui a pu enlever Sam ? Un homme seul ? Ou plusieurs ? Un fou ? Un proche ? Quelqu'un que je connais, peut-être un type à qui je parle tous les jours ? À moins que ce ne soit une femme ? Je tente d'échafauder toutes sortes de théories – sans succès. Et j'en viens à prier pour que les ravisseurs appellent. Au moins, je saurais si Sam est vivant, s'il va bien… En même temps, je triture sa vieille peluche favorite – un gros poussin aux poils noircis par la bave et les gros câlins. À nouveau, ma lèvre inférieure se met à trembloter. Ce n'est pas le moment de flancher.

Je vais faire de la concurrence au robinet, là.

Les dents serrées, je continue à faire les cent pas et jette un timide coup d'œil vers le placard à épices. C'est là que j'ai planqué l'enveloppe avec les résultats du test de paternité. Tout à l'heure, je me suis jetée dessus au moment où Will franchissait le seuil de l'appartement. Je ne voulais surtout pas qu'il la trouve ! C'est à moi de lui annoncer la vérité, et de vive voix. Si possible vite, très vite. Car je ne peux plus retarder l'échéance. Pas maintenant que Sam est en danger. Will a le droit de savoir que c'est son fils qui a été kidnappé.

Je me suis fourrée dans un pétrin pas possible.

Guidé par un mystérieux sixième sens, Will approche du coin cuisine à cet instant. Il est beau à tomber par terre dans sa veste de smoking et son pantalon à pinces noir. L'air grave, il plisse un peu le front, ce qui fait apparaître un discret réseau de petites rides autour de ses yeux. À trente ans, son visage est déjà un peu marqué, ce qui lui ajoute un charme viril, presque guerrier. Comme la cicatrice sur son nez. Il a les traits d'un homme qui a beaucoup vécu malgré son jeune âge. Car Will Stevenson est un combattant. Parti de rien, c'est un guerrier qui s'est toujours battu pour obtenir ce qu'il voulait. Et si quelqu'un peut sauver Sam, c'est bien lui. J'ignore encore comment mais je sais qu'il tiendra sa promesse. Parce qu'il ne ment jamais.

– Julia s'est endormie, m'annonce-t-il.
– C'est peut-être mieux comme ça.
À notre arrivée, Julia s'est tout de suite étendue dans la

chambre, près du petit lit à barreaux désormais vide. De nature hypersensible, elle est très fragile et je redoute un peu ses réactions en temps de crise. Dans la voiture de Will, elle n'arrêtait pas de pleurer durant le trajet du retour.

– Et toi, Kate ? Comment tu te sens ?

Nos regards se croisent. Et comme toujours, je ne peux pas m'empêcher de lui dire la vérité. À cause de ses yeux trop bleus et trop intenses. À cause de son regard sur moi. J'aimerais le rassurer… mais ça sort tout seul.

– Mal. Je me sens si… impuissante.

Adossé au mur d'une épaule, Will hoche la tête. Pourquoi ai-je toujours l'impression qu'il me comprend parfaitement, qu'il sait exactement ce que je veux dire ? Je baisse les yeux, embarrassée. J'ai la gorge et l'estomac noués, les jambes qui flageolent. C'est le moment de vérité. Je dois tout lui dire. Il m'enveloppe d'un regard chaud, à faire fondre la banquise.

– Will… commencé-je maladroitement. Je dois te dire quelque chose d'important.
– Maintenant ? s'étonne-t-il.

La mort dans l'âme, je m'approche du placard et j'en extrais la longue enveloppe kraft tamponnée par le labo. Mon cœur cogne à toute allure. D'ailleurs, je respire mal et je n'ai qu'une envie : prendre mes jambes à mon cou. Comment Will va-t-il réagir ? Pour l'heure, il m'observe en silence, toujours appuyé au mur, près du réfrigérateur. Et il est sublime avec la mèche blonde de ses cheveux mi-longs devant la figure.

– Oui… mais promets-moi de ne pas te fâcher.
– Tu m'inquiètes, Katie.

J'aurais moins peur si je devais sauter d'un avion en plein vol. Au-dessus d'un ravin. Dans une tempête de neige. Sans parachute.

– Tu te rappelles notre… notre soirée dans ta salle de bains ?
– Comment l'oublier ? me répond-il du tac au tac avec un demi-sourire.
– Quand tu t'es absenté pour répondre au téléphone dans ton bureau… j'ai volé ton verre de vin.
– Pardon ?
– Et je l'ai envoyé à un laboratoire privé pour qu'ils y prélèvent ton ADN.

Je respire un bon coup et me jette dans le vide.

C'est maintenant ou jamais.

– J'ai expédié en même temps un échantillon de salive de Sam pour savoir si vous aviez un lien de parenté. Si vous étiez père et fils.

Le temps s'arrête. Dans la cuisine s'abat un silence absolu, inquiétant. Will se raidit imperceptiblement et croise les bras sur sa poitrine… Il ne prononce toujours pas un mot. De plus en plus nerveuse, je sors maladroitement la feuille de résultats de l'enveloppe et la tripote. Elle est déjà toute froissée.

– J'ai reçu les résultats du test de paternité aujourd'hui.

Toujours aucune réponse.

Seulement les yeux de Will sur moi. S'il le pouvait, je crois qu'ils lanceraient des éclairs.

– Tu es le père de Sam.

Mon aveu résonne entre les murs de l'appartement sans que Will ne bouge le petit doigt. Rejetant la tête en arrière, il semble d'abord encaisser le choc. Je ne vois qu'une partie de son visage – son front et ses yeux bleu foncé sont plongés dans l'ombre. Je me mords les lèvres en lui tendant la feuille où sont inscrits noir sur blanc les résultats de l'analyse. Au cas où il voudrait vérifier lui-même. Mais il ne tend pas le bras, il n'y jette pas un regard. Il se contente de s'éloigner sans un mot. Comme si je n'existais pas.

Je crois que je viens de faire une énorme connerie.

– Will ? fais-je en le suivant dans le salon. Je sais que tu étais sûr d'être stérile mais ce n'est pas le cas. Apparemment, les médicaments que tu as pris ne t'ont pas affecté.

Silence énorme, pesant, horrible.

– Tu veux voir le papier ?

Toujours rien. Le milliardaire s'immobilise au milieu de la pièce, entre le canapé et l'écran plasma qu'il m'a offerts. Je suis presque contente qu'il soit de dos. J'ai trop peur de voir son visage.

– Will, parle-moi… m'enquiers-je d'une petite voix.

Cette fois, il fait volte-face… et si un regard pouvait tuer, je crois que je serais morte sur-le-champ, carbonisée sur le tapis.

– Que veux-tu que je dise ? s'écrie-t-il. J'essaie de digérer ta trahison, là !

– Ma… ma trahison ?

– Kate ! Tu as procédé à un test de paternité dans mon dos, sans même me demander mon avis !

– Je voulais t'aider… Je voulais te prouver que Sam est bien ton fils… que tu avais une famille, toi aussi…

– KATE !

Interrompue par son cri, je ravale mes derniers mots alors qu'il se plante devant moi. Des ondes de fureur émanent de lui. Je peux presque sentir l'électricité dans l'air. Et je me fais toute petite, la tête rentrée dans les épaules.

– Comment as-tu osé faire ça sans m'en parler ?

– Je savais que tu ne serais pas d'accord.

– Et pour cause ! Je t'ai dit que j'étais stérile. Je t'ai dit que je ne pouvais pas avoir d'enfant. Pourquoi ne m'as-tu pas cru ? Tu pensais que je te mentais ? Que je te baratinais pour renier Sam ?

– Jamais de la vie ! Je sais que tu étais sincère… mais j'étais aussi certaine que Sam était ton fils. Vous avez les mêmes yeux, la même tache. C'était trop de coïncidences. Alors j'ai voulu agir au mieux… pour tout le monde…

Et j'éclate en sanglots, incapable de me retenir plus longtemps. J'ai l'impression d'être sur des montagnes russes ce soir. Choquée par l'enlèvement de Sam, secouée par la colère de Will, j'ignore comment gérer cette déferlante d'émotions. Dérouté par ma réaction et mes pleurs bruyants, mon milliardaire hésite… avant de me prendre la feuille des mains. S'éloignant de quelques pas, il préfère la lire seul, dans son coin. Je le comprends. Après tout, je le prends en otage avec ma révélation. Je lui lâche une bombe à la figure en plein milieu d'un enlèvement.

Je me sens nulle. Nulle de chez minable.

– Je suis père… murmure Will, incrédule.

Il parle à voix haute, pour lui seul. Et j'imagine son état de choc, lui qui s'est toujours cru stérile à cause du traitement suivi durant son enfance. Il a l'air complètement abasourdi. Et d'un seul coup, le masque du maître du self-control se fissure, laissant entrevoir son vrai visage : celui d'un homme seul et touché en plein cœur.

– Sam est mon fils…

Reposant la feuille sur la table, il ferme les paupières face à la fenêtre du salon et sa vue sur les petites ruelles new-yorkaises. En bas, la vie continue, les voitures circulent, les gens vont au théâtre et au cinéma, insouciants du drame qui se joue dans mon appartement. Puis après une longue minute, Will se tourne vers moi. De nouveau, il porte son masque, comme s'il avait repris le contrôle de ses émotions. Mais ses yeux brillent encore d'un éclat puissant, intense.

– Je ne voulais pas te faire pleurer, Kate.

– Ce n'est pas grave. Tout est ma faute. Je n'aurais jamais dû agir dans ton dos, même si je pensais bien faire.

– De toute manière, ce n'est pas le moment d'en parler, tranche-t-il en revenant me prendre dans ses bras.

À la seconde, j'ai l'impression qu'un énorme poids quitte mes épaules tandis qu'il caresse mes cheveux et croise mon regard.

– Pardonne-moi de te l'avoir annoncé aujourd'hui, dis-je enfin. J'aurais préféré que ça se passe différemment.

– Moi aussi. Mais je devais savoir.

Un rictus se dessine sur son visage, trahissant toute sa tension, toute sa colère. Mais elle n'est pas dirigée contre moi.

– Mon fils a été enlevé et je vais le retrouver. Vite.

***

À peine une demi-heure plus tard, quatre hommes ont envahi mon appartement. À cause du raffut, Julia a quitté la chambre et regarde tous ces inconnus avec des yeux ronds – exactement comme moi. Au centre de leur cercle se trouve Will, parfaitement à l'aise dans son rôle de chef. Il est du bois dont on fait les leaders : il donne des ordres à son équipe et passe son temps pendu au téléphone. D'ailleurs, n'est-ce pas lui qui a convoqué ces grands types baraqués aux airs de gardes du corps ? Tous l'écoutent avec attention, certains prennent des notes. Dans un coin, un brun basané tape sur son ordinateur à toute allure.

– Qu'est-ce qui se passe ? me demande mon amie.

Assise sur un bout de canapé, je suis dépassée par les événements. Il règne une telle effervescence dans le salon. On dirait une ruche. Le silence a été remplacé par les voix, les murmures, les sonneries de téléphone… Julia pose une main sur mon épaule, debout derrière le sofa. Comme moi, elle a les yeux bouffis par les larmes.

– Will a engagé des enquêteurs privés, dis-je.
– Tu crois qu'ils vont retrouver Sam ?
– Je ne sais pas. J'espère.

De toute manière, ils sont notre dernière chance.

– Tu vois le grand chauve ? fais-je en désignant le type qui parle avec l'homme que j'aime. C'est un agent du FBI à la retraite. Il est spécialisé dans les disparitions d'enfants et Will l'a contacté pour notre affaire.

– Et la police dans tout ça ?

– Will n'interfère pas dans l'enquête mais il aime mieux travailler avec ses propres hommes de son côté.

Mon amie se tait, pensive. Moi, je suis un peu intimidée… et rassurée. Au moins, il se passe quelque chose. Mais Will n'est-il pas un homme d'action ? Incapable de rester les bras croisés, il a pris la situation en main et il se bat pour retrouver mon neveu… et son fils.

– Je n'ai rien contre les forces de l'ordre.

En entendant la voix de mon amoureux, je sursaute. Je ne l'avais pas entendu venir de sa démarche souple de fauve. Accompagné du grand chauve, il prend ma main pour la serrer dans la sienne – un geste de tendresse qui me bouleverse. Surtout après l'orage que nous venons de traverser.

– Simplement, la police est débordée par les crimes commis dans la ville. Alors je préfère me débrouiller seul.

Comme il l'a toujours fait.

Julia hoche timidement la tête tandis que le chef des opérations la scrute de son regard perçant. On dirait qu'il cherche à lire en elle et mon amie se ratatine, mal à l'aise. Pourtant, ce grand homme musclé et entre deux âges m'inspire confiance. Il a l'air de savoir ce qu'il fait. Will s'entoure toujours des meilleurs dans tous les domaines. D'ailleurs, je me demande parfois pourquoi il m'a choisie, moi. Je n'ai rien de spécial, je ne suis pas extraordinaire – sauf quand il pose les yeux sur moi. Je serre très fort sa main alors qu'il m'offre en retour un regard brûlant.

Je l'aime. Je l'aime comme on n'a jamais aimé avant nous.

– Je vous présente l'agent Davis, déclare Will en désignant son compagnon. Il aimerait vous poser quelques questions.

– J'ai déjà tout dit à la police ! s'exclame Julia.

Étonnée par sa virulence, je relève la tête. Elle semble à bout de nerfs. Comme moi, cela dit. Le grand chauve lui adresse un sourire bienveillant.

– Vous étiez sous le choc quand la police vous a interrogée, mademoiselle Peters. Un détail peut vous être revenu depuis.

– Non. Je ne me souviens de rien.

– Ça peut être une toute petite chose, insiste Davis. Une silhouette, une voiture qui a accéléré près du parc, un paquet de cigarettes jeté par terre… Tout peut nous être utile, même ce qui vous semble sans importance.

Derrière moi, ma meilleure amie se raidit et secoue la tête, décidée à camper sur ses positions. Elle a été tellement secouée par cet enlèvement. Je crois que personne ne pourra rien en tirer.

– La police a déjà un suspect, dis-je timidement.
– Steven White ? me répond Davis.

Apparemment, il est déjà au courant… mais n'est-ce pas son métier ? Inquiète, je regarde ma meilleure amie, droite comme un piquet et d'une blancheur de craie. Sans doute n'a-t-elle pas très envie d'entendre des nouvelles de son ex… mais nous n'avons pas le choix.

– D'après mes renseignements, il a un alibi en béton, continue l'ancien agent du FBI.

Pour le coup, je tombe des nues et regarde Will, paniquée. Si Steven n'a pas fait le coup… alors ça peut être n'importe qui !

– À l'heure de l'enlèvement, il se trouvait sur son lieu de travail, un bar appelé le *Looper*. D'après le patron, un certain Karl Warner, il a passé l'après-midi dans la réserve à s'occuper des bons de commande de spiritueux. D'un autre côté, Warner et White ont un sacré pedigree.
– Que… que voulez-vous dire ? bégaie Julia.

Je veux intervenir mais elle m'arrête d'un petit signe. Elle veut savoir. Elle veut connaître la vérité. Davis lui répond sans détour :

– Steven White a été arrêté à plusieurs reprises pour coups et blessures, outrage à agent et trouble à l'ordre public. Il a également passé six mois en prison pour un cambriolage qui a mal tourné. La propriétaire des lieux, une riche veuve, est rentrée plus tôt que prévu à son appartement. White était encore là et, sous l'emprise de la drogue, il l'a frappée avant de prendre ses bijoux. Quant à Karl Warner, il a eu quelques problèmes pour avoir volé l'argent de ses associés, il y a cinq ans. Warner et White auraient d'ailleurs sympathisé en prison.

C'est plus que Julia ne peut en supporter. Une main plaquée sur la bouche, elle quitte précipitamment le salon et claque la porte de la chambre. Aussitôt, je me lève pour la suivre mais Will me rattrape par le bras.

– Non, laisse-la. Je crois qu'elle a besoin d'être seule.

Désespérée, je me laisse retomber dans le canapé.

– Pauvre Julia.

– Elle s'en remettra, m'assure Will. Laisse-lui du temps.

– Mais alors si Steven n'a pas enlevé Sam… qui a fait le coup ? demandé-je d'une voix chevrotante.

– N'importe quel criminel de New York. C'est pour cela que nous sommes là, mademoiselle.

Mais tandis que Will et l'agent Davis tentent de me rassurer, je n'arrive plus à m'enlever une idée de la tête. Sam a disparu, kidnappé par un détraqué… et j'ai la curieuse impression qu'un détail vital m'échappe.

15
CINQ MILLIONS DE DOLLARS

La sonnerie du téléphone me tire de ma léthargie. Roulée en boule dans l'angle du canapé, je me redresse d'un bond et me précipite vers l'appareil. Dans le salon, Will me regarde gravement tandis que l'agent Davis adresse un petit signe à son équipe. Ce sont sûrement les ravisseurs. Je vais enfin savoir ce qu'ils veulent et comment va Sam. Mon cœur bat la chamade au moment où je décroche. Je colle le combiné à mon oreille comme si je manipulais un bâton de dynamite. Et je me raccroche aux yeux bleu océan de Will. Debout à mes côtés, il semble prêt à affronter le pire avec moi.

– Allô ?
– On a un message pour toi, Kate Marlowe.

J'ai l'impression que le temps s'arrête, que le sol se dérobe sous mes pieds. Dans l'appareil, la voix est complètement déformée. Un robot ne parlerait pas autrement. Livide, je me raccroche à la main que Will me tend. Je me cramponne à ses doigts, les yeux perdus dans le vide.

– On a quelque chose qui t'appartient.
– Sam ?

Pas de réponse. Seulement un long, un horrible silence. À l'autre bout de la pièce, l'agent Davis fait des moulinets avec son stylo pour me faire comprendre qu'il faut que je parle pour rester en ligne le plus longtemps possible. J'avale ma salive. Lui et son équipe sont en train d'enregistrer la communication avec les kidnappeurs, sans doute pour localiser l'appel. C'est peut-être notre seule chance de retrouver Sam. Will me presse la main pour attirer mon attention. Il veut que je lise sur ses lèvres.

– Fais ce que je dis, articule-t-il.

Je hoche la tête. J'ai compris. Il continue sans élever la voix. Il veut sans doute que les malfaiteurs m'imaginent toute seule chez moi.

– Demande-leur comment va Sam. Pose-leur des questions sur lui.

Parce que Will me communique sa force et parce que ses yeux ne lâchent pas les miens, je parle d'une voix forte et claire :

– Est-ce que Sam va bien ?
– Si tu veux le revoir, t'as intérêt à allonger le fric.
– Qu'est-ce qui me prouve que vous avez mon neveu ? dis-je du tac au tac.

Will lève le pouce en l'air, en signe d'approbation, et je reprends vaguement espoir malgré la terreur que m'inspire la voix trafiquée. Sur la table du salon, un drôle d'appareil enregistreur tourne.

– Rien. Va falloir nous faire confiance.
– Comment est-il habillé ?

Blanc au bout du fil.

Ce qui ne m'empêche pas d'insister.

– Si vous détenez vraiment Sam, dites-moi ce qu'il porte. Prouvez-moi qu'il est avec vous.

Will serre plus fort ma main, visiblement fier de moi. S'il savait le courage qu'il est en train de me donner ! C'est grâce à lui, grâce à sa chaleur, grâce à son contact que je ne m'écroule pas. Je tiens aussi pour Sam, en ce moment même aux mains de ces malades, de ces tordus !

– La ferme, salope ! C'est pas toi qui poses les questions ici. Tu vas nous apporter cinq millions de dollars cette nuit à 5 heures du mat'.
– Cinq millions de dollars ? dis-je, interloquée.

Euh... ils ne m'auraient pas confondue avec une Rockefeller ?

– Cinq millions en petites coupures. Et nous joue pas un coup de pute en collant un traceur dans le sac. C'est clair ?

– Vous faites erreur : je n'ai pas d'argent. J'ai à peine de quoi payer mon loyer. Il y a forcément…

– TA GUEULE ! hurle la voix cryptée. Demande à ton copain milliardaire ! Tu mets les cinq millions dans une valise et tu la balances dans la poubelle bleue du parc. Viens seule. Si on voit l'ombre d'un flic dans les parages, on bute le môme. T'as compris ?

– Oui.

– Au parc, avec le fric, à 5 heures.

Puis j'entends la tonalité. Paralysée, je reste un instant immobile, le téléphone contre la joue. Personne ne parle dans la pièce et je me mets à trembler comme une feuille. Aussitôt, Will ouvre les bras et me prend sur son torse. Je n'arrive même pas à pleurer tandis qu'il glisse une main dans mes cheveux en me serrant de toutes ses forces.

– Tu as été parfaite, Kate.

Il se tourne ensuite vers l'ancien agent du FBI :

– Et vous, Davis ? Vous avez quelque chose ?

– Je suis désolé, monsieur Stevenson. Impossible de les localiser. L'appel n'a pas duré assez longtemps.

***

Dix minutes plus tard, je sors prendre l'air sur le minuscule balcon de l'appartement. Je ne peux plus rester à l'intérieur. J'ai l'impression d'étouffer au milieu des policiers qui viennent de faire irruption à la porte. De leur côté, les forces de l'ordre avaient également mis notre téléphone sur écoute… Ils sont donc venus en urgence, accompagnés d'un spécialiste des négociations et des enlèvements. Ils veulent nous guider dans cette affaire. À l'exception de l'agent Davis, les autres enquêteurs de Will ont disparu pour éviter toute rivalité.

Tout ça ressemble à un cauchemar. Je suis sûrement en train de rêver. Vivement que je me réveille …

– On n'a pas ces cinq millions…

Des bribes de conversation me parviennent depuis mon perchoir. Pour la première fois de ma vie, j'ai presque envie de griller une cigarette. Je comprends maintenant pourquoi mon père fumait pour évacuer le stress… quitte à en mourir. Mon estomac se noue. Ce n'est pas le moment de penser à mes parents. La voix de Julia s'élève à nouveau, entrecoupée par les larmes.

– On ne pourra jamais réunir une telle somme. Kate et moi n'avons même pas cent dollars sur nos comptes !

Quand soudain, une voix forte et posée s'élève :

– Je vais payer.

Will.

Tout le monde s'arrêter de respirer. Et moi, je penche la tête à l'intérieur, abasourdie. Mon milliardaire se tient au centre de la pièce, l'air grave et déterminé. Je reconnais cette expression. Il a exactement la même tête au boulot, au moment de prendre les décisions les plus importantes – celles qui impliquent des millions de dollars et des centaines d'employés. Même les policiers gardent le silence, impressionnés par son charisme, son autorité naturelle… C'est à croire qu'il dirige les opérations. Mais n'est-ce pas un peu le cas ?

– J'ai contacté ma banque privée et l'argent sera disponible en petites coupures dans une heure.

– On ne peut pas vous demander ça… intervient Julia.

– Cinq millions contre la vie d'un enfant ? Ça ne me semble pas cher payé, Julia. Je donnerais le double ou le triple sans hésiter.

– C'est très généreux, déclare un flic en se raclant la gorge. Mais lorsque les ravisseurs auront l'argent, nous n'aurons plus aucun moyen de pression pour qu'ils nous rendent l'enfant.

En réponse, Will le contemple d'un air énigmatique. Il ne veut pas abattre ses cartes devant les officiers, mais à l'évidence, il a déjà un plan en tête. Adossé à la porte de la chambre, l'agent Davis hoche la tête. Les deux hommes échangent une brève œillade. Veulent-ils doubler la police ?

Grâce à leurs énormes moyens, ils ont sans doute une force de frappe plus efficace…

– Une dernière chose, déclare calmement Will. Et c'est une condition non négociable : j'apporterai moi-même la valise dans le parc.

Mon cœur s'arrête de battre.

Es-tu devenu fou, Will Stevenson ?

– Je vais prendre la place de Kate.
– Will !

Dans un bel ensemble, tout le monde se tourne vers moi. Pivotant sur lui-même, mon milliardaire croise mon regard furieux. Je me tiens devant la porte-fenêtre du balcon.

– Pas question. Les kidnappeurs ne veulent que moi. Ils l'ont bien précisé.
– Tu n'iras pas, Kate.
– Je ne te laisserai pas prendre ma place.
– Tu n'iras pas ! répète Will en insistant sur chacun de ses mots.

Nos regards croisent comme le fer tandis que tous nous contemplent tour à tour.

Will me rejoint sur le balcon sans me lâcher des yeux. Afin de nous isoler, il claque la porte, nous enfermant sur le minuscule promontoire. Un vent glacé ébouriffe ses cheveux mi-longs, rabattant une mèche blonde devant sa figure. Sa mâchoire carrée est si serrée qu'il semble incapable de décrocher un mot. Il a l'air très en colère. Tout comme moi à l'idée qu'il risque sa vie à ma place.

– C'est à moi d'y aller, dis-je.

– Non, Kate. Sam est mon fils.

– Et il est toujours mon neveu. Je ne veux pas provoquer la colère des ravisseurs en désobéissant.

– Mais tu ne comprends pas ?!

Le cri de Will éclate au-dessus de la circulation en contrebas. Pour une fois, je le vois perdre son légendaire sang-froid. Et soudain, il m'attrape par les épaules et plonge ses yeux dans les miens avec une intensité presque insoutenable.

– Je refuse que tu coures le moindre risque, Kate.

– Mais, je…

– S'il t'arrivait quelque chose, même la moindre broutille… je ne le supporterais pas.

Son masque se fissure sous mes yeux, laissant apparaître le véritable Will Stevenson, cet homme au cœur immense caché derrière le patron autoritaire et inflexible. Il encadre alors mon visage entre ses paumes brûlantes. Et je me perds dans la tempête de ses yeux bleu sombre.

– Je ne supporterais pas de te perdre. Pas après Sam.

J'avale si fort ma salive que je manque de m'étrangler. Nos visages ne sont plus qu'à quelques centimètres l'un de l'autre. Nos bouches se frôlent.

– Je t'aime, Kate.

Et encore plus bas, encore plus proche :

– Je t'aime.

Alors, nos bouches se trouvent avec l'intensité du désespoir. Agrippés l'un à l'autre dans ce naufrage, nous nous embrassons follement, furieusement, comme si nos vies en dépendaient. Enveloppée par sa chaleur, je me détends peu à peu à son contact. Et nos langues s'escriment, se caressent. Seuls face à la tragédie, nous ne formons plus qu'un tandis que ses mots résonnent dans ma tête.

Il m'aime. Will Stevenson m'aime.

Et j'espère qu'il ne s'agit que du premier miracle de la nuit.

***

Très secouée par les aveux de Will et son baiser, je me dirige vers le coin cuisine pour me préparer un thé chaud. Tante Maggie prétend qu'il s'agit du meilleur des remèdes… même si je doute que son breuvage magique me guérisse cette fois. Pour le moment, j'ai juste besoin de m'occuper les mains. Car je n'ai rien à faire à part attendre. Et encore attendre. Will m'a convaincue d'apporter à ma place la rançon au parc – mais il persuaderait un chasseur de militer avec Greenpeace ! Pour le moment, Will se change dans la chambre. Son intendant vient de lui apporter des vêtements plus appropriés qu'un smoking. Et l'envoyé de la banque ne devrait plus tarder, escorté par deux gardes du corps.

Que va-t-il se passer ? Comment toute cette histoire va-t-elle se terminer ?

Le cœur lourd, je remonte le couloir… quand j'entends un bruit étrange. Des gémissements. En provenance de la salle de bains. Surprise, je colle mon oreille à la porte. D'abord, je ne perçois rien. Puis en fond sonore, des sanglots étouffés. Je cherche machinalement Julia au salon, mais elle n'est pas avec les policiers. Je suis sûre qu'elle se trouve à l'intérieur. Elle évacue sans doute la tension, le chagrin, le stress…

– Julia ?

Je toque discrètement à la porte avant d'entrer. Et je la découvre recroquevillée au fond de la baignoire. Les genoux serrés contre la poitrine, les bras autour des jambes. Comme une petite fille. À mon apparition, elle relève vers moi un visage complètement défait, sans maquillage, les joues bouffies par les larmes. Je ne l'ai jamais vue dans un état pareil. Même après son agression par Steven.

– Julia chérie ! fais-je en me précipitant vers elle.

M'asseyant sur le rebord en émail, j'essaie d'attraper sa main… qu'elle cache en vitesse. Elle enfouit ensuite son visage dans ses genoux, et je ne vois plus que ses cheveux blonds et ses épaules secouées par les sanglots.

– Tu te fais du mal pour rien, Julia. Arrête de te torturer, dis-je d'une voix très douce en lui caressant la tête.

– Tu ne comprends pas…

– Je sais que tu te sens coupable. Mais ça aurait pu arriver à n'importe qui. À moi, à une autre mère…

– Non !

Elle a crié si fort que je sursaute. Une seconde plus tard, elle me montre sa figure ravagée. Les larmes creusent des sillons sur ses joues. Elle a l'air si mal en point qu'elle me fait presque peur.

– Tu veux que j'appelle un médecin ?

– Par pitié, Kate ! Arrête d'être si gentille. Je ne le mérite pas.

– Je t'ai déjà dit que je ne t'en voulais pas.

– Eh bien tu as tort !

Se mordant les lèvres, elle évite mes yeux. Elle semble hésiter alors que je l'observe sans comprendre.

– Je t'ai menti, Kate. J'ai menti à tout le monde.

– Quoi ?

– Je n'étais pas seule avec Sam au moment de l'enlèvement.

Le temps s'arrête. Littéralement. Et elle ajoute :

– Steven était avec moi.

J'ai l'impression qu'une bombe vient d'exploser dans ma figure. Hiroshima en pleine tête.

– Steven ?
– Il est venu me voir au parc ce soir. Il sait que je vais là-bas tous les lundis après-midi. Il connaît par cœur mon emploi du temps. En le voyant, je lui ai demandé de partir sur-le-champ… et nous avons commencé à nous disputer. C'est pour ça que j'ai arrêté de surveiller Sam. J'essayais de chasser Steven.

Je me relève lentement et recule. À nouveau, les larmes de Julia inondent son visage. Se cramponnant à la baignoire, elle me regarde désespérément, comme si elle attendait de moi un miracle.

– Je suis tellement désolée… On a eu une violente dispute et quand je me suis retournée, Sam avait disparu.
– Et Steven ? fais-je d'une voix blanche.
– Il s'est enfui une minute plus tard, sans m'aider à le chercher. Et je suis presque sûre de l'avoir vu monter dans la voiture d'un ami. Un vieux pick-up rouge immatriculé dans l'Illinois.

Je vais m'évanouir. Non, je vais me réveiller. Voilà, c'est ça. Je vais me réveiller de ce cauchemar sans fin.

– Dis quelque chose, Kate… Je t'en supplie…
– Pourquoi tu n'en as parlé à personne ?

Ma voix est si calme qu'elle m'impressionne moi-même.

– Parce que Steven ne s'en prendrait jamais à un enfant ! s'écrie Julia. Il m'a peut-être frappée… mais il ne ferait pas de mal à un bébé.

Cette fois, je vois rouge. Rouge sang. Rouge colère. Et j'explose comme une Cocotte-Minute.

– Tu es complètement inconsciente, Julia. Tu es irresponsable ! Tu connais le vrai coupable depuis le début et tu nous regardes tous nous agiter sans rien dire !
– Mais Steven…
– Steven est sûrement derrière tout ça. Et le patron du *Looper* ? m'enquiers-je, folle de rage. Il a menti à la police ?
– Je n'en sais rien, me répond-elle en se tordant les mains. Oui sûrement, puisque Steven était avec moi…

Incapable de supporter mon regard, elle détourne la tête, bouleversée. Je ne suis pas en colère… C'est au-delà. Comment a-t-elle pu jouer avec la vie de Sam ? Bien sûr, Steven lui fait peur et garde une emprise sur elle. Quelque part, je crois même qu'elle l'aime encore. Il l'a complètement bousillée. Mais elle a menti, elle a mis en péril l'existence d'un petit garçon de 10 mois, seul et sans défense.

– Ne me regarde pas comme ça, Kate. Je t'en prie… Je me

sens déjà assez mal comme ça… Si tu savais comme j'ai honte…

– Tu te rends compte du temps que tu as fait perdre à la police ? Et tu penses à Sam ? Est-ce que tu as pensé à lui une seule seconde ?

– Oui ! fait-elle, brisée.

Je me détourne brusquement. Parce que je n'ai plus rien à lui dire. Et furieuse, je sors de la salle de bains en courant.

***

Où est Will ? Vite, vite ! Paniquée, je m'élance à travers l'appartement à sa recherche. Dans la chambre, le salon ? Il n'est nulle part ! Quand soudain, j'entends la porte d'entrée se refermer. Et j'ai un curieux pressentiment – du genre pas bon du tout. Je m'engage dans le couloir à la barbe des officiers de police, en train de débattre d'un plan dans mon salon. Mon cœur fait des bonds. Je dois tout raconter à l'homme que j'aime. *Now !*

– Will !

Pendu au téléphone, il descend les escaliers en enfilant une manche de son blouson en cuir. Fini le smoking. Il porte désormais un col roulé noir, un jean et des bottes de motard. Mon cœur se serre douloureusement. Parce qu'il est en train de s'en aller avec une mallette à la main. Sans me dire au revoir.

– Je serai sur les docks dans une demi-heure.

Les docks ? J'ai loupé un truc ou quoi ?

Lancée sur ses traces, je fonce sur lui et l'attrape par le bras. Will se retourne aussitôt avant de raccrocher.

– Je vous rappelle tout de suite, Davis.

L'agent Davis ? Il est parti, lui aussi ? Que se passe-t-il ? Pourquoi suis-je toujours la dernière informée ?

Glissant son téléphone dans la poche de son blouson, Will me regarde avec inquiétude… Mais je pointe déjà le doigt vers l'appartement à la porte grande ouverte. Nous sommes dans les escaliers, à mi-chemin entre deux étages.

– C'est Steven ! dis-je brutalement. Julia m'a tout raconté.

Et sans reprendre mon souffle, je lui déballe toute l'histoire, en vrac : les mensonges de ma meilleure amie, la présence de son ex au parc, sa fuite à bord d'un pick-up. Bizarrement, il ne m'interrompt qu'à cet instant.

– Un pick-up immatriculé dans l'Illinois ? répète-t-il.
– D'après Julia, oui. De couleur rouge.

À la seconde, Will dépose un baiser sur mon front qui me déstabilise un peu plus. Comme si je lui apportais le Saint-Graal.

– Je vais prévenir Davis tout de suite. C'est peut-être très important.

– Et pour Steven ?

– J'étais déjà au courant.

– Quoi ?!

Les yeux écarquillés, je regarde Will envoyer un message à l'ancien agent du FBI. Où se cache-t-il, celui-là ? Et qu'est-ce que j'ignore encore ? Tous mes proches semblent s'être donné le mot pour me cacher des trucs. Tenant Will par le bras, je m'accroche au cuir froid de sa veste. Je dois avoir une sale tête car il me scrute intensément.

– Assieds-toi une minute, Kate.

– Non ! fais-je en refusant de m'installer sur les marches. Dis-moi plutôt comment tu as su pour Steven.

– Mes enquêteurs se sont rendus au *Looper* pour vérifier les témoignages… et ils ont eu une conversation « animée » avec le gérant. Karl Warner a reconnu avoir fourni un faux alibi à Steven. À l'heure qu'il est, Warner se trouve au commissariat pour revenir sur son témoignage.

– Et tu comptais m'en parler un jour ?

Will ne répond rien. Et je comprends. Il voulait me tenir à l'écart, garder toutes ces informations pour lui.

– Je veux t'épargner le plus possible. Tu as été très secouée, Kate. Inutile de te blesser davantage.

– Je n'ai pas besoin qu'on me protège !

– Bien sûr que si. Depuis des mois, tu assumes des responsabilités écrasantes, trop lourdes pour une jeune femme de 23 ans – même aussi courageuse que toi. Maintenant, je suis là. Je suis là pour t'aider et pour vous protéger, toi et Sam.

Sa voix rauque me bouleverse – tout comme ses paroles. J'ai dû me montrer si forte depuis si longtemps… Et d'un seul coup, il apparaît dans ma vie et bouleverse la donne. Dans la cage d'escalier, il se penche vers moi et effleure mes lèvres. C'est trop facile. Cet homme me met sens dessus dessous. Je m'agrippe à ses épaules pour le retenir.

– Tu partais sans me le dire ?

– Je ne suis pas très doué pour les au revoir. Mais je vais revenir vite, Katie. Avec ton neveu – et mon fils.

– Et cette mallette ? fais-je en désignant sa valise en cuir.

– Ce sont les cinq millions de dollars. Je viens de les recevoir et j'aimerais que tu ne dises rien à la police. C'est à moi de régler ce problème.

– Tu n'as pas confiance en eux ?

– Je n'ai confiance qu'en toi et moi.

Touchée en plein cœur, je baisse la tête. Je suis complètement perdue mais je ne sais qu'une chose : je ne veux pas qu'il y aille. C'est trop dangereux. Que deviendrais-je s'il lui arrivait malheur ? Si je le perdais en même temps que Sam ? Ma vie n'aurait plus aucun sens. Du bout des doigts, Will essuie la larme qui roule sur ma joue.

– Je dois agir avant que Steven White n'aille chercher la

rançon au parc à 5 heures, tu comprends ? Et n'oublie pas que Davis et ses hommes seront à mes côtés. Je suis un grand garçon, Kate. Je sais prendre soin de moi.

– Vous l'avez localisé ?

– Sa voiture a été retrouvée sur les docks. La planque parfaite pour des kidnappeurs. Nous avons une chance de les cueillir directement dans leur repaire.

– J'aimerais mieux que tu restes avec moi.

– Je ne peux pas, Kate. Sam est mon fils.

J'ai la tête qui tourne. En une soirée, j'ai appris que Will était le père de Sam et j'ai perdu mon neveu. Quand soudain, je m'interromps.

Une minute...

Je crois que je viens de comprendre pourquoi Steven a enlevé Sam. Dans un flash, je revois l'enveloppe du laboratoire déjà ouverte lors de mon arrivée à l'appartement, en début de soirée. Quelqu'un avait lu les résultats avant moi. Le courrier n'était-il pas décacheté, froissé, rangé à la va-vite ? Et je songe à ma difficulté à déverrouiller la porte du deux pièces... comme si la serrure avait été abîmée et crochetée. Par Steven, bien sûr ! Il s'est encore introduit chez nous, cette fois plus discrètement.

Toutes les pièces du puzzle se mettent en place. Voilà pourquoi White a réclamé cinq millions de dollars en échange de Sam. Il sait pertinemment que Will va les payer à ma place. Et n'est-ce pas un moyen de se venger du milliardaire qui lui a fichu une raclée à l'arrière du *Looper* ?

– Je connais le mobile de Steven.

Et à mesure que je raconte ma théorie à Will, je le vois se rembrunir, se raidir. Toute sa physionomie change. Mon amant disparaît au profit de l'homme d'affaires impitoyable, du guerrier implacable. Le visage mangé par l'ombre, les mâchoires serrées, Will semble hors de lui.

– Je vais trouver ce type, Kate… et je te jure qu'il va regretter d'avoir croisé ma route. Comment a-t-il osé s'attaquer à mon fils au lieu de s'en prendre directement à moi ?

Puis il ajoute, glacial :

– Personne ne s'attaque impunément aux gens que j'aime.

16

LES LIENS DU SANG

Baignant dans la chaleur de l'habitacle, je regarde le paysage défiler derrière les vitres. À côté de moi, Will conduit en silence tandis que sa Porsche grise file dans les rues de New York. Il roule vers Brooklyn, ce quartier autrefois pauvre et devenu en partie le nouveau territoire de la bourgeoisie bohème. C'est là que Bradley habite. Et c'est là que Will m'emmène. Parce que je refuse de rester à l'appartement avec Julia. Je ne suis pas capable de la côtoyer pour le moment… Et Will refuse de me laisser seule, sans personne pour veiller sur moi – ce qui me vexe un peu. Je suis parfaitement capable de m'occuper de ma petite personne, même si je suis morte de trouille.

Quel âge me donne-t-il ? 6 ans ?

– Je n'ai pas besoin d'une nounou, dis-je pour la centième fois.

En guise de réponse, Will enveloppe mon genou d'une main chaude. Et c'est comme si toutes mes peurs et ma rancune s'envolaient. Comment fait-il ? Quel est son secret ? Relevant la tête, je croise ses yeux bleu sombre au moment où il quitte la route du regard pour me scruter intensément. Rien qu'une fraction de seconde – mais c'est suffisant. Quand il me regarde comme ça, je ne sais plus où me mettre. Je ne sais même plus qui je suis – à part la femme qu'il aime.

– Je sais que tu es capable de t'occuper de toi, Kate. Mais ça me rassurerait de te savoir auprès de Bradley.

– Je comprends.

Il me sourit, ses mâchoires légèrement ombrées par un début de barbe. Il est vraiment superbe dans son jean et son blouson de cuir. Il n'a plus rien en commun avec le richissime patron qui jongle avec les millions de dollars et les actions en bourse. À présent, il ressemble davantage à un baroudeur prêt à sauter dans un avion pour gagner la jungle amazonienne.

Combien de visages avez-vous encore, M. Stevenson ?

– Merci de ne pas rendre les choses plus compliquées, me dit-il de sa voix rauque.

Je me contente de hocher la tête, la gorge trop serrée pour parler. Et bercée par les ronronnements puissants du moteur, je m'abandonne au creux de mon siège. À travers le pare-brise teinté, j'aperçois les premières maisons aux façades en bois le long du trottoir. Alignées en rang, elles sont toutes affublées d'un ravissant perron et d'une volée de marches, comme les fameuses Painted Ladies de San Francisco. Nous sommes presque arrivés et ma nervosité monte d'un cran.

– Je voudrais rouler avec toi toute la nuit… dis-je tout bas. M'en aller très loin avec Sam et toi. Et que tout soit fini.

– Moi aussi, me répond Will.

Bouleversée, je tente de m'occuper les mains, de faire quelque chose – pitié, n'importe quoi ! Et au comble de la nervosité, j'ouvre la boîte à gants. À la seconde, Will jure dans sa barbe et arrête ma main. Trop tard. J'ai ouvert la boîte de Pandore… et ce que j'y vois m'arrache un cri de surprise.

Une arme à feu. Un revolver. Gros calibre.

Oh mon Dieu !

D'un coup de volant, Will se gare sur le côté, devant les maisons. Il n'y a vraiment que Will Stevenson pour trouver une place libre si facilement à New York. J'en sourirais si je n'étais pas si… affolée.

– Will ! fais-je d'une voix étranglée.

– Tu n'étais pas censée voir ça.

– Pourquoi… ? Pourquoi tu as une arme ?

Coupant le moteur de la voiture, Will prend mon visage en coupe entre ses mains, comme il en a maintenant l'habitude. Je pique un fard, soumise aux rayons X de son regard.

– Parce que je n'affronte pas des enfants de chœur ce soir, Kate. C'est simplement par sécurité.

– Promets-moi de ne pas t'en servir.

– Je te promets de m'en servir avec discernement. Et seulement si c'est absolument indispensable.

Je vais devoir m'en contenter. Car déjà, il sort et contourne la Porsche pour ouvrir ma portière. Bradley nous attend sur le perron de sa superbe maison. Will l'a prévenu de notre arrivée par téléphone. Venant à notre rencontre, il descend les marches et serre la main de son ami… avant de me prendre dans ses bras. Aucune ambiguïté dans ce geste. Seulement une sourde inquiétude, perceptible jusque dans sa voix. Il sait pour l'enlèvement de Sam. Il sait que je vais mal.

– Vous êtes la bienvenue chez moi, Kate.

Je ne peux m'empêcher de sourire tandis que Will prend son meilleur ami par les épaules. Je sais que Bradley est au courant pour nous deux : Will s'est confié à lui, comme il me l'a appris dans la voiture. Il lui a parlé de notre relation quelques jours plus tôt. Mais Bradley ignore encore que Sam est le fils de Will, il est seulement au courant du kidnapping. Et il pense sans doute que son associé risque sa vie pour mon neveu, mais cela n'a pas l'air de l'étonner. Car cela ressemble bien à Will : il a un cœur en or sous son apparente froideur.

– Je te la confie.
– Je veillerai bien sur elle, ne t'en fais pas.
– Merci, Bradley. Je te revaudrai ça.
– Et toi, fais bien attention…

Sous mes yeux, les deux hommes se donnent l'accolade, liés par une amitié vieille de vingt-deux ans. Puis Will se penche vers moi, effleurant fugacement mes lèvres. Je n'ose pas bouger. Ça y est, nous y sommes. Il s'en va. Sans moi. Pour sauver Sam. Et s'il ne revenait pas ? Et s'il ne trouvait pas Sam ? Et si je ne les revoyais jamais – ni lui, ni mon bébé ? Je le regarde s'éloigner, le cœur en miettes, tandis que Bradley entoure mes épaules d'un bras protecteur. Mais je sens à peine sa présence et me contente de fixer Will comme si je le voyais pour la dernière fois.

Alors, je perds pied et au moment où il ouvre la portière de sa voiture, je me précipite vers lui. Je traverse le trottoir d'un bond et dans un accès de désespoir, je me suspends à son cou pour lui donner le baiser de sa vie. D'abord surpris, il me répond finalement avec la même passion, la même folie. Plus rien au monde n'existe. Nos bouches se prennent, se cherchent, se trouvent. Nos silhouettes n'en forment plus qu'une. Mais au bout d'une minute, Will se détache lentement de moi. Et c'est déjà fini. Il s'en va, il démarre. Je n'ai plus qu'à regarder sa voiture s'éloigner et trembler pour lui, pour Sam et pour leurs vies.

***

À l'intérieur de la maison, je me ronge les sangs depuis cinq minutes. Je n'arrive pas à tenir en place malgré la gentillesse de mon hôte. Dans la cuisine, Bradley me prépare un thé chaud, ma boisson favorite. Mais je tourne en rond dans son vaste salon au parquet en chêne blanc et au confortable canapé de velours. Sa maison est à son image : chaleureuse, accueillante. Contrairement à Will, il a affiché des dizaines de photos aux murs et les commodes croulent sous les cadres. Partout, je vois le visage de mon amoureux. Il y a même un cliché où il ne doit pas avoir plus de 8 ans.

– Mon père nous avait emmenés à la pêche, déclare Brad.

Surprise par son arrivée, je sursaute tandis qu'il me tend une tasse. Je hoche la tête en fixant les visages des deux petits garçons armés de leurs cannes à pêche. Bradley rit aux éclats et Will fixe l'objectif, l'air grave.

– Il venait parfois en vacances avec nous. Vous a-t-il déjà parlé de sa mère ?

– Un peu. Il m'a expliqué qu'elle n'avait pas beaucoup de temps pour lui et qu'elle n'était pas vraiment faite pour ce rôle.

– En vérité, c'était une alcoolique notoire. Elle passait tout son temps dans les bars et avec ses amants de passage.

– Et Will ?

– Elle s'en moquait complètement. Quand il était gosse, il venait tous les jours à l'école avec des vêtements sales… Ce qui lui valait pas mal de moqueries. Ça dégénérait toujours en bagarre. Vous le connaissez. Il ne s'est jamais laissé faire.

Mon cœur se serre. Je commence à mieux le cerner, à présent. Lui et sa rage de vaincre, de réussir, de vivre.

– Heureusement, il trouvait un peu de réconfort auprès de ma mère. Ils sont très liés, vous savez. D'ailleurs, dès qu'il a fait fortune, il a acheté la plus somptueuse des maisons à mes parents. Ils ont refusé de l'habiter pendant six mois, parce qu'ils ne voulaient pas accepter un centime. Puis Will les a convaincus. Pour nous, il a toujours fait partie de la famille.

En entendant ces mots, je pose brutalement ma tasse de thé sur un guéridon et me tourne vers Bradley. Lui hausse les sourcils, surpris par la violence de ma réaction.

– On doit le suivre, monsieur Miller !
– Pardon ?
– Je refuse de laisser Will affronter seul le danger. Je ne peux pas rester ici à me tourner les pouces pendant qu'il risque sa vie.
– Will m'a demandé de veiller sur vous.
– Je m'en moque ! Parce que nous, nous devons aussi veiller sur lui !

Et sans attendre, je me dirige vers le vestibule et décroche mon manteau de la patère. Hors de question que j'abandonne Will et Sam. Ils sont ma famille. Ils sont ma raison de vivre. Déjà, j'enfile ma parka pendant que Bradley me rejoint, très inquiet. Mon air décidé ne le trompe pas mais je sais qu'il tient énormément à Will et qu'il ne le laissera pas tomber.

– On y va ? fais-je, en chaussant mes bottes en vitesse.

– On ne peut pas, Kate ! On ne sait même pas où il est parti.

– Sur les docks. Je l'ai entendu parler au téléphone.

Pauvre Bradley. Je lui en fais voir de toutes les couleurs. Il me ferait presque de la peine avec son air de chien battu, partagé entre son envie de me suivre pour aider Will et la promesse qu'il a faite à son ami de veiller sur moi.

– Vous vous dépêchez ? m'enquiers-je en lui lançant les clés de sa voiture.

– Kate, je…

Par réflexe, il les attrape au vol tandis que j'ouvre la porte de sa maison. Je ne lui laisse pas d'autre choix que de me suivre.

– Vous êtes impossible ! s'exclame-t-il en dévalant derrière moi les marches du perron.

– Impossible ? lui dis-je avec un grand sourire innocent. C'est mon deuxième prénom !

***

Vingt minutes plus tard, nous roulons au pas entre les immenses allées des docks new-yorkais. Autour de nous, des dizaines de hangars s'élèvent au milieu des gigantesques piles de containers. L'endroit est désert, sale, poisseux. Il me donne froid dans le dos, surtout en pleine nuit. Il est 4 heures et dans une heure, je suis censée remettre la rançon aux ravisseurs. Mon cœur bat la chamade tandis que j'observe les alentours à travers la vitre. Je ne m'attendais pas à un endroit aussi vaste. Des dizaines d'allées se rejoignent autour des entrepôts désaffectés.

– Ils pourraient être n'importe où ! s'exclame Brad, aussi dépassé que moi par l'immensité des lieux.

Je dois pourtant faire vite. Chercher. Trouver. Je suis tellement nerveuse que je commence à me ronger les ongles. Comme à l'époque où j'entrais au collège et où ma mère m'enduisait les doigts de vernis répulsif avec un goût répugnant.

Mais pourquoi je pense à ça maintenant ?

Quand soudain, je me fige. Et brutalement, je pointe l'index vers la droite, le ventre noué.

– STOP !

Affolé, Bradley freine un grand coup, avec crissement de pneus à la clé.

– Qu'est-ce que… ?

Il n'a pas le temps de finir sa phrase. Je bondis déjà hors de son 4x4. J'ai cru voir quelque chose. Une voiture. Affrontant le vent froid venant de l'Atlantique et l'odeur puissante des embruns, j'attrape la bâche qui recouvre le véhicule et la soulève… Sous les yeux de Bradley, je révèle la présence d'un pick-up rouge immatriculé dans l'Illinois. Nous sommes sur la bonne piste. N'est-ce pas le véhicule dans lequel Sam a probablement été enlevé ? Collant mon nez à la vitre, je tente de regarder à l'intérieur. Sans succès. Il fait noir comme dans un four.

C'est alors qu'un coup de feu résonne.

Bang !

Je me fige au son de la détonation. Déjà, je ne réfléchis plus : ma soudaine montée d'adrénaline me pousse à m'élancer dans la direction du coup de feu tandis que Brad me klaxonne, paniqué par ma réaction. Je ne me retourne pas et cours, cours. Je fonce droit devant, les poumons en feu. Mes pieds ne touchent plus terre. Sam est là, à portée de main. Et Will aussi ! Dans une allée transversale, je découvre un gigantesque entrepôt. Longeant le mur en tôle couvert de graffitis, je perçois bientôt des bruits de lutte. Des cris. Une chute. Des objets qui tombent. Des hurlements.

Protégez-les, mon Dieu ! Protégez-les tous les deux !

Épouvantée, je me rue sur la porte de l'entrepôt… fermée par une énorme chaîne. Je dois être à l'arrière du bâtiment. Impossible d'entrer. Et à l'intérieur, un nouveau coup de feu retentit et son écho se répercute contre les murs en tôle. Mon sang ne fait qu'un tour. J'ai presque les cheveux hérissés sur la tête. J'agis au plus vite pour savoir ce qui se passe. Repérant une lucarne à mi-hauteur du bâtiment et des caisses en bois éparpillées partout, je forme une pyramide à l'équilibre douteux.

Faites que Sam et Will aillent bien !

À toute allure, j'escalade ma fragile pile alors qu'en contrebas, je perçois les bruits d'une course – Bradley qui arrive enfin. Nettoyant la vitre crasseuse du revers de la main, je colle mon nez à la fenêtre et vois toute la scène. Je cesse de respirer. Traduction : je suis à deux doigts de la crise d'apoplexie.

Je ne vois pas tout de suite Will. Il y a trop de monde, trop de types qui courent, qui se battent, qui s'attrapent ou tentent de fuir. Ils sont une douzaine ! Quand soudain, je repère une longue silhouette, aux cheveux blonds et mi-longs. C'est lui. Will est là… face à Steven. L'ex-petit ami de Julia est en train de braquer un revolver sur l'homme que j'aime. Horrifiée, j'étouffe un cri derrière mes mains. Même à cette distance, je devine la jubilation de Steven, persuadé de tenir Will en son pouvoir.

– Comme on se retrouve, tous les deux !

Will ne répond pas, tel un fauve prêt à bondir. Et Steven éclate de rire en agitant son flingue devant lui.

– Tu la ramènes moins, maintenant.

– Tu ne peux plus t'échapper, White. La police va bientôt arriver. Et tous tes copains sont arrêtés par mes hommes.
– Je m'en fous ! hurle Steven. C'est entre toi et moi !

Il sourit, presque pervers.

– Le grand Will Stevenson, le célèbre PDG avec sa grosse entreprise, ses belles bagnoles et son pognon ! Je me suis renseigné sur toi, tu vois. Je sais qui tu es.
– Je ne l'ai jamais caché, gronde Will.
– Je cherchais comment me venger de toi. Mais t'es dur à atteindre, hein ? Et puis j'ai forcé la porte de Marlowe ce soir. Je voulais les faire flipper, elle et Julia… Mais quand j'ai vu le test de paternité dans la cuisine, j'ai tout de suite compris que j'avais décroché le jackpot !
– Alors après avoir attaqué une femme, tu as décidé de t'en prendre à un bébé… Très courageux, White.
– Ta gueule ! hurle Steven, fou de rage.

Et vexé, blessé dans son orgueil depuis que Will l'a vaincu au *Looper*, il semble sur le point d'appuyer sur la détente.

– Ta gueule ! répète-t-il. C'est moi qui ai le flingue !

Tout se passe très vite. En dix secondes. Peut-être moins. Furieux, Steven enfonce du doigt la gâchette… au moment où Will bondit sur lui. Renversant le ravisseur en arrière, il le fait tomber à terre et tous deux roulent au sol… Leurs jambes, leurs bras se mêlent. Je n'arrive plus à distinguer qui est qui.

Soudain, le coup de feu part tout seul.

Je hurle. Cachant mes yeux derrière mes mains, j'enfonce ma tête dans mes épaules… avant d'oser un regard entre mes doigts. Mais… rien ! Sous mes yeux, la balle ricoche au plafond grâce à Will, qui maintient le bras de son adversaire en l'air. Un autre coup part vers le plafond. Je ne vois plus le visage de Will. Je ne vois que son dos et la figure grimaçante de Steven.

– Où est Sam ?

Avec un hurlement, l'ex de Julia lâche son arme qui tombe par terre dans un bruit métallique. Couché sur Steven, Will rattrape l'arme avec son pied et la fait glisser jusqu'à lui. Puis il braque le canon sur le front du barman.

– Je ne le répéterai pas deux fois : où est Sam ?

Je n'ose plus bouger. Sur le côté, l'agent Davis et ses hommes sont en train de menotter deux types qu'ils plaquent contre un mur. À l'opposé, un enquêteur lutte contre une petite frappe qu'il envoie au tapis. Ils maîtrisent la situation… mais je n'ai d'yeux que pour Will. Celui-ci prend Steven par la gorge et le relève de force.

– Donne-moi le fric et je t'le dirai !
– Tu n'es plus en position de négocier, White !

Joignant le geste à la parole, Will frappe Steven en plein

visage avec la crosse du revolver. White se plie en deux en crachant du sang. Un instant, il reste penché en avant, à tousser… mais mon milliardaire le force à se tenir droit. Et à nouveau, il lui écrase le canon du flingue sous le nez.

– Tu crois que je n'oserais pas tirer ?

Même dans le brouhaha de la bataille, la voix calme et autoritaire de Will domine tout. Et Steven finit par acquiescer en croisant ses yeux bleu sombre. Ce qu'il lit dans son regard semble le terrifier.

– T'as qu'à me suivre…

Et je vois les deux hommes disparaître dans le fond de la salle. Non ! Ils sont sortis de mon champ de vision. En toute urgence, je quitte mon perchoir et retrouve la terre ferme… où m'attend Bradley. Je ne prends même pas le temps de lui parler, de lui expliquer. J'attrape seulement sa main et fonce avec lui vers l'avant du bâtiment.

– Qu'est-ce que vous fabriquez, Kate ?!
– Vite, vite !

Je n'ai plus que ce mot-là à la bouche… Je découvre le portail de l'entrée grand ouvert. Il s'agit d'une immense porte à double battant montée sur des rails. À l'intérieur, je perçois clairement la voix de Davis qui parle à l'un de ses détectives. Poussant l'un des vantaux, je me rue dans le hangar en dépit des avertissements de Bradley. Je crois qu'il me trouve un poil trop téméraire. Ou carrément dingue. Au choix.

– Will ! crié-je à travers l'immense salle.

Et à l'autre bout de l'entrepôt, un grand homme blond sort d'une salle contiguë avec… un bébé dans les bras. Je revis. Littéralement. Car c'est Will ! Will avec mon neveu ! Mon cœur va exploser dans ma poitrine. Mais… où est passé Steven ? Je le remarque seulement à cet instant, qui gît sur le sol à quelques mètres, à demi conscient, tandis qu'un des agents de Davis le menotte en attendant la police. Apparemment, il avait placé Sam dans le container situé dans la réserve. Et dans le lointain, j'entends les sirènes de la police sur le port.

À son tour, Will me voit.

– Kate ?!

Eh oui… je suis pleine de ressources.

Les yeux écarquillés, il me regarde m'élancer vers lui. J'ouvre les bras, ivre de joie, de soulagement. Et c'est l'impact. Je me cramponne à lui, à eux.

– Qu'est-ce que tu fais là ? Tu es venue ? Tu m'as suivi ?

Il n'en revient pas.

– Tu me gronderas plus tard, Will Stevenson ! Laisse-moi

profiter de vous…

Parce que j'ai cru les perdre.

Parce que j'ai cru devenir folle.

Lui prenant Sam des bras, je couvre son petit visage de baisers. Il n'a pas l'air blessé. Juste secoué et perdu. Mais en me voyant, il sourit enfin… pauvre petit cœur. Je l'examine sous toutes les coutures sans noter la moindre égratignure. De son côté, Will pousse un profond soupir… avant de nous serrer dans ses bras. Mister self-control renonce à me faire la leçon. Car ce moment est à nous. Et il nous serre tous les deux contre son torse.

Nous sommes à notre place.

Tous les trois.

Au fond du hangar, Bradley nous adresse un petit signe alors qu'il se tient aux côtés de l'ancien agent Davis. Il n'ose pas approcher, de peur de troubler nos retrouvailles. Mais tendant le bras dans sa direction, je lui fais signe de venir. Parce que c'est aussi grâce à lui si nous nous sommes retrouvés. Et dans ma poitrine, j'ai l'impression que mon cœur va éclater de bonheur.

***

Quelques minutes plus tard, la police embarque les coupables dans plusieurs voitures de patrouille. Bradley remonte dans sa voiture, l'air fatigué mais heureux. À l'entrée de l'entrepôt, Steven crie quelque chose… que je n'entends pas à cause des pales de l'hélicoptère qui tournent à toute allure. Je suis assise dans un énorme appareil aux côtés de Will. Mon neveu sur les genoux, je m'apprête à décoller pour la première fois de ma vie. C'est mon baptême de l'air. Suite à l'arrestation des ravisseurs – tous des amis de Steven et de Karl – Will a demandé à son chauffeur de venir nous chercher.

– Je m'attendais plutôt à une voiture ! dis-je par-dessus mon casque.

Je crie très fort pour couvrir le bruit assourdissant des pales. Assis près de moi, Will m'adresse un clin d'œil et tapote le micro de mon casque.

– Je t'entends parfaitement. Ne crie pas.

Oups… je ne l'avais pas vu !

Tirant les manettes à lui, Will fait alors décoller l'appareil après une demande à la tour de contrôle. Il a renvoyé son pilote pour prendre lui-même les commandes. Je serre Sam très fort, mais il n'a pas l'air effrayé. Je suis la seule froussarde, ici ! Mon neveu tape dans ses mains tandis que nous nous élevons au-dessus du sol. Bientôt, les ravisseurs, les policiers, les voitures ne ressemblent plus qu'à des jouets qui s'agitent très loin, en bas. Émerveillée, je découvre la ville vue d'en haut : la ville à hauteur de Will Stevenson.

En quelques minutes, nous fendons le ciel nocturne au-dessus des innombrables buildings et des grandes artères. C'est… magique. Même si j'ai le vertige. Et impressionnée, j'admire Will qui pilote l'appareil avec une aisance décontractée. Y a-t-il une chose au monde qu'il ne sait pas faire ? Finalement, nous atterrissons sur le toit de son immeuble – sa fameuse piste d'hélicoptère privée. Galamment, il contourne l'engin alors que les pales s'immobilisent et m'aide à descendre. En fait, il nous attrape tous les deux, Sam et moi. Et une fois à terre, il nous conduit à l'intérieur via un petit escalier dérobé.

Aussitôt, nous retrouvons le silence feutré et apaisant de son immense loft. Je n'arrive pas à y croire : je viens de voyager en hélicoptère avec Will Stevenson… qui a sauvé mon neveu d'un kidnapping.

Waouh. Ma vie ressemble à un film.

– Tu ferais mieux d'aller coucher Sam. Utilise la chambre d'amis à côté de la mienne. Je ne te montre pas le chemin…

Avant que je ne m'éloigne, Will tend la main vers mon neveu et caresse son front – un geste de tendresse qui m'émeut. Et aussitôt, Sam semble se détendre, comme s'il était apaisé par ce contact. J'ose à peine respirer. Jamais encore je n'avais vu mon neveu réagir comme ça. On dirait qu'il existe un lien inconscient entre le père et le fils, un lien magique et instinctif. Mon cœur bat la chamade tandis que les regards de Will et Sam se croisent avec intensité. Ces deux-là se comprennent sans un mot.

Puis avec un sourire, Will recule :

– Va vite le border.
– Tu as raison. Il tombe de fatigue.
– Et quand tu seras prête, rejoins-moi là-haut, ajoute-t-il au pied de l'escalier qui dessert tous les étages du triplex.

Il me montre une petite porte noire, sous les toits. Jamais encore je ne me suis aventurée dans cette partie de son appartement. Et déjà, je disparais pour coucher Sam dans un grand lit moelleux, aidée d'une domestique zélée. Surgie de nulle part pour m'aider, c'est une dame entre deux âges qui m'inspire immédiatement confiance. Sans doute l'épouse de l'intendant qui s'occupe des lieux. M'asseyant au bord du lit, je prends mon neveu dans les bras et le serre de toutes mes forces… jusqu'à lui tirer un petit rire. Parce que je l'étouffe, le pauvre !

– C'est terminé, mon cœur. Tu es en sécurité ici.

D'une main douce, je repousse ses cheveux blonds et soyeux – les mêmes que ceux de son père. Et, bouleversée, je dépose un baiser sur son front. Que serais-je devenue si je ne l'avais plus jamais revu ? Je n'ose même pas y penser. Ma vie sans lui est inconcevable.

– Je t'aime, Sam. Je t'aime tellement fort.

Même s'il ne peut pas me répondre, je sais qu'il me comprend. D'ailleurs, il se roule en boule contre moi tandis que je lui fais un dernier gros câlin avant de remonter un plaid moelleux sur son corps potelé.

– Je vais veiller sur lui, m'assure la gouvernante.

Au moment où je me lève, Sam dort déjà comme un loir. Très secoué par les événements, il a sombré dans le sommeil extraordinaire des enfants, capable de tout réparer. Après un dernier regard à son petit visage joufflu, je sors de la pièce. Et je rejoins Will dans les hauteurs de son triplex, derrière la mystérieuse porte noire.

– Bienvenue dans mon royaume ! fait une voix grave.

Je ne le vois pas tout de suite. Il faut d'abord un peu de temps à mes yeux pour s'habituer à la pénombre. Puis je vois la myriade d'étoiles au-dessus de moi, à travers une gigantesque verrière. Un énorme télescope, digne d'un observatoire scientifique, tourne son œil vers la Voie lactée. Aux murs brillent les constellations grâce aux différents écrans qui reproduisent les images du ciel, comme dans les planétariums.

J'en ai le souffle coupé.

– C'est mon observatoire… et ma cachette secrète. Je viens souvent m'isoler ici pour réfléchir.

Brièvement, je me rappelle le télescope entraperçu dans son salon la première nuit où nous avons fait l'amour. Comment n'ai-je pas tout de suite deviné qu'il était fasciné par les étoiles ? Parce que Will est un homme des hauteurs, un homme des sommets. Dans l'immense salle, je ne le vois toujours pas… mais je sens sa présence dans mon dos. Je respire son parfum mâle, singulier, élégant – *Eau Sauvage*. Il se rapproche de moi à pas souples et doucement, ses bras enlacent ma taille. Alors, sa voix chuchote à mon oreille, comme un souffle suave et frais :

– Tu veux voir les étoiles ?

Sa bouche se pose sur mon oreille, dont il suce langoureusement le lobe. J'en ferme les paupières de plaisir, envoûtée par sa respiration au creux de mon tympan. C'est une petite musique familière. Bientôt, il se colle à moi, son torse puissant contre mon dos. Je sens ses muscles durs et secs roulés contre moi. Cet homme… c'est une bombe ! J'en ai la fièvre qui monte alors que ses bras se referment sur moi. Et du bout des dents, il tire mon lobe tandis que je renverse la tête sur son épaule. Mes cheveux auburn se répandent sur son pull noir.

– Tu vas me montrer le ciel ?

J'ai parlé d'une voix rauque, hachurée. Parce que je sens mon ventre se tordre. Une première vague de chaleur se lève en moi – les prémices de la tempête. Une tempête appelée Will Stevenson. Je veux qu'il me montre ses secrets. De toute manière, je vois déjà mille étoiles.

– Je vais t'emmener là-haut, me susurre-t-il. Tout là-haut.

Délaissant mon oreille, il repousse mes cheveux sur un côté, dégageant mon cou où il pose ses lèvres pour le plus agréable des baisers. C'est comme s'il m'aspirait tout entière, moi, mon énergie, ma vie. Je m'abandonne dans ses bras, contre son torse. Et sous mon chemisier, ma poitrine se tend déjà. D'ailleurs, Will commence à ôter les boutons un à un avec lenteur. Moi, j'ai le regard tourné là-haut, vers les étoiles. On aperçoit la Voie lactée à travers la verrière.

– Tu vois cette constellation ? me demande-t-il en interrompant son geste.

Mon chemisier est à demi ouvert sur mes seins palpitants tandis que du bout de l'index, il dessine des lignes entre les étoiles.

– Il s'agit d'Andromède.
– Andromède ?
– La fille du roi Céphée, attachée à un rocher et livrée à l'appétit d'un monstre marin.

Je réprime un petit frisson alors que sa voix me chatouille le cou. Son souffle sur ma peau me donne la chair de poule, tout comme sa chaleur et son odeur. Il m'enveloppe tout entière de sa présence, de sa proximité, de ses bras.

– Elle est finalement sauvée par Persée, murmure-t-il.
– Dois-je y voir un message caché ?
– J'ai bien envie de vous attacher, mademoiselle Marlowe…

Renversant complètement la tête en arrière pour croiser son regard, j'aperçois son sourire malicieux. Il est espiègle comme un écolier malgré son visage à la mâchoire virile, sa cicatrice sur le nez et ses cheveux mi-longs de Viking. Je craque. Je fonds. Je n'ai aucune résistance face à lui. En un mot, je suis faible. Et totalement, délicieusement, merveilleusement à sa merci.

– Mais vous, personne ne viendra vous sauver.
– Je n'en espérais pas moins ! fais-je, du tac au tac. Mais vous vous priveriez de quelque chose, monsieur Stevenson…

Et sans attendre, je me dégage de son étreinte pour retirer moi-même mon chemisier. Tout doucement, je fais glisser les manches sur mes bras. Je me retrouve en soutien-gorge devant lui. Will me contemple sans rien dire tandis que je m'approche de lui. N'est-il pas temps de lui rendre tout le plaisir qu'il m'a donné ? J'étais intimidée les premières fois. Mais cette nuit, je me sens différente. Après l'épreuve que nous venons de traverser, je me sens libre de toute attache. Libre de tout faire.

– Et si c'était plutôt moi qui vous attachais ?

Will se met à rire – un rire rauque, chaud, grave. Un rire délicieux alors que je pose mes lèvres sur sa bouche, puis sur son menton. Et sans qu'il se dérobe, je lui retire son pull à col roulé. Il n'a qu'à lever les bras. En fait, il n'a qu'à se laisser faire. J'ai envie de le toucher, de le caresser.

J'ai envie de profiter de son corps de Viking.

Et bientôt, je m'attaque à lui. Son torse est hâlé, musclé. Parfait, quoi. Mais Will Stevenson n'est-il pas parfait de la tête aux pieds ? Je fais sauter le premier bouton. Puis je dépose un baiser. Un deuxième bouton. Et hop, un deuxième baiser. Et ainsi de suite tout le long de ma lente, délicieuse descente. Will se tend peu à peu. Je vois ses muscles rouler et durcir.

– Interdit de bouger, monsieur Stevenson.

Du bout des doigts, je redessine son impressionnante musculature avant de le couvrir de baisers légers, humides. Il ferme les yeux avec un soupir. Puis je m'agenouille et détache la boucle de sa ceinture avant de descendre sa braguette d'une main habile. Mes doigts ne tremblent pas, contrairement à notre première fois ensemble. Au contraire, je le fixe droit dans les yeux.

– C'est moi qui vais vous montrer les étoiles.

Et doucement, je pose une main sur son sexe, emprisonné derrière le tissu de son boxer noir. Il est déjà dur. Je le moule au creux de ma paume – et je le sens se gonfler davantage sous la sève du désir. Il en a déjà envie. Et moi aussi. À ses pieds, je sens mon ventre se nouer. Je suis excitée et intimidée.

– Kate…

Je le caresse à travers son boxer. Puis je l'abaisse lentement, centimètre après centimètre… jusqu'à libérer son impressionnante virilité, déjà dressée pour moi. Nous nous regardons. En silence. Reliés par un fil ténu et invisible. Est-ce à cause de l'épreuve que nous avons surmontée ? Ou parce qu'il m'a avoué qu'il m'aimait ? J'ai des ailes. Je n'ai plus peur de rien. Je me sens en sécurité, protégée avec lui.

J'ai confiance en lui. Totalement.

Formant un anneau entre mon pouce et mon index, je prends son sexe entre mes doigts. Je monte et descends, à plusieurs reprises. Et je sens Will qui se tend, de plus en plus fort. Jusqu'à ce que je pose les lèvres sur sa virilité… puis la langue. Pour lui, c'est une caresse de velours. Mon amant se met à grogner quand je le prends entièrement dans ma bouche. Il est mon otage tandis que je découvre son goût. Il a la peau tiède, tendre, soyeuse… légèrement salée.

Je l'emprisonne dans ma bouche, le faisant coulisser, aller et venir. Lui pose sa main dans mes cheveux, enveloppant mon crâne de sa paume tiède. Et il me murmure des mots… des mots magiques… des mots qu'il n'avait encore jamais prononcés… parce que je lui donne tout… parce que je m'offre entièrement à lui… Ses doigts glissent dans mes cheveux tandis que je le prends dans la chaleur de ma bouche, le faisant rouler sur ma langue. Son sexe devient de plus en plus impressionnant à mesure que les secondes filent. Tendu, Will pousse un râle tandis que je le prends finalement au creux de ma main.

– Je vous ignorais ce talent, miss Marlowe, souffle-t-il.

À vrai dire, moi aussi. C'est une grande première pour moi. Juste pour lui. Rien que pour lui.

Il grandit dans ma main, au gré de mes incessants mouvements. Le poignet souple, je ne m'arrête jamais tandis que l'orgasme le guette. Son souffle devient plus rauque, plus heurté. Sa respiration se fait difficile. Il est au bord du précipice… quand soudain, il s'abandonne, se laissant aller entre mes doigts. Avec un ultime soupir, il cède au plaisir qui le submerge tandis que je me sens terriblement fière.

C'est vraiment moi qui ai fait ça ?

Orgueilleusement, je regarde mon homme renverser la tête en arrière, traversé par le plaisir fulgurant que je lui ai donné. Sa main se crispe sur ma tête, tout s'arrête, tout se suspend. Puis il rouvre lentement les paupières.

Bon retour sur Terre, Will !

Mon amant me rejoint au sol. Encore secoué par l'orgasme, il semble toujours nager dans la béatitude et pose sur moi des yeux emprunts de… de gratitude ? M'asseyant sur le gros tapis qui recouvre le sol, je lui souris timidement et lui tends les bras. Sans hésiter, Will se colle à moi, torse nu. Une petite goutte de sueur roule entre ses muscles… et vient finalement s'échouer sur moi. C'est délicieusement érotique. Nos fièvres se mélangent. Et Will repousse les cheveux en bataille autour de mon visage.

– Je n'avais pas vraiment planifié ce rebondissement…
– Il faut laisser sa chance à l'imprévu, monsieur Stevenson.
– Je vois ça.

Enveloppant mes épaules de ses grandes mains, il pose un baiser fugace sur mes lèvres. Puis plus profond, plus long. À nouveau, nos langues se retrouvent tandis qu'il me bascule en arrière, me couchant sur le dos, sur les poils épais et moelleux du tapis. Je gémis tandis qu'il s'allonge à mes côtés, dressé sur un coude.

– J'avais plutôt prévu quelque chose… dans ce goût.

M'embrassant, il laisse vagabonder sa main sur ma poitrine, toujours couverte de la dentelle blanche de mon soutien-gorge. S'invitant sous un balconnet, ses doigts effleurent mon aréole, puis pincent doucement mon téton. Un long frisson me parcourt l'échine. Ça fait un peu mal… mais c'est si bon.

– Laisse-moi t'emmener là-haut… me souffle-t-il.

J'irais partout avec toi.

Délicatement, il presse l'agrafe et retire mon soutien-gorge, dévoilant mes seins dressés par le désir. Puis, ses mains descendent et me retirent mon jean avec rapidité. Il ne perd pas de temps. Parce qu'il a déjà allumé en moi la mèche du désir. Je sens le feu monter petit à petit au creux de mon corps. Basculant sur moi, il s'allonge un instant au-dessus de mon corps – juste le temps de m'embrasser à pleine bouche, passionnément. Puis ses lèvres descendent et suivent un long chemin… de ma bouche à… mon menton… de mon menton à mes seins… de mes seins à mon nombril… et plus bas… encore plus bas… toujours plus bas…

Est-ce qu'il… ?

Ses lèvres se posent sur ma féminité à travers le tissu de ma culotte. Je suis déjà humide, folle de désir… et un peu impressionnée.

Mama mia ! Personne n'a jamais fait ça… avec moi…

Parce qu'il me sent un peu stressée, Will prend tout son temps. Il embrasse d'abord la dentelle qui me recouvre, à plusieurs reprises. Ses baisers si intimes me rendent toute chose. Je sens la chaleur de sa bouche malgré le tissu. Et je soupire à fendre l'âme, la tête tournée vers les étoiles. Car je ne vois plus que ça, au-dessus de moi : le ciel et ses milliers de petits points lumineux à travers la verrière de l'observatoire. Progressivement, tout mon corps se détend. Et à deux doigts, Will fait glisser ma culotte.

– Ne bouge pas…

Mise à nue devant lui, je me mords les lèvres tandis que mon cœur bat la chamade. Je me fixe sur la constellation d'Andromède. Une prisonnière, elle aussi – mais certainement moins comblée et excitée que moi !

– À ton tour d'être à ma merci, Kate.

À cet instant, les lèvres de Will se posent sur ma féminité. Puis il descend lentement le long de la fente jusqu'à en trouver l'entrée. Je sens la pointe de sa langue s'inviter à l'intérieur. Je suis électrisée. Des pieds à la tête. Jamais encore je n'avais éprouvé pareille sensation. Sa langue veloutée, chaude, s'aventure plus profondément dans mon intimité. Il entre et sort – il joue avec mes nerfs. En même temps, ses cheveux fins et blonds caressent mes cuisses. Ils me chatouillent… c'est divin.

Alors, je lâche prise. Totalement. Absolument. La langue de Will remonte dans mes replis intimes jusqu'au petit bouton rosé qui l'attend, déjà gonflé par le plaisir. Car mon ventre se tord, mes jambes se tendent, mon dos se creuse… sous l'assaut de l'orgasme qui monte, irrépressible. Je me force à garder les yeux ouverts. Je me force à regarder le ciel le plus longtemps possible. Mon bourreau me fait subir la plus merveilleuse des tortures. Suçant délicatement mon clitoris, il se perd ensuite dans ma féminité. Et moi, j'oublie tout. Car le plaisir m'inonde d'un seul coup.

C'est comme la foudre.

Balayée par la jouissance, je suis secouée d'un spasme sans fin tandis que Will reste au creux de moi, la tête enfouie entre mes jambes. Je pousse un cri – son prénom – d'une voix méconnaissable. Je sors de moi-même. Je suis ailleurs, complètement ailleurs.

– Je vais t'emmener encore plus haut… me déclare Will.

Et je n'ai pas le temps d'atterrir, de comprendre. Déjà, mon amant se lève… ce qui me donne bien envie de crier. De frustration, cette fois. Je ne supporte pas qu'il s'éloigne de moi – même une seconde. Mais il revient avec un préservatif.

– Vite ! fais-je alors qu'il se rassoit sur le tapis.

Je suis devenue insatiable. C'est sa faute, aussi ! C'est lui qui m'a rendue comme ça !

Avec un sourire satisfait, Will déploie le petit bout de latex avant de me rejoindre. Et excité par mon impatience, par mon désir, il me prend dans ses bras. Mieux, il entoure ma taille fine de ses deux mains et me soulève… de sorte que je m'empale sur lui. Je m'assois sur lui tandis qu'il me guide sur sa virilité au garde-à-vous. Cette fois, je perds pied. Me cramponnant à ses épaules, je le laisse entrer en moi, au plus profond de mon corps. Nos gouttes de sueur se mélangent, nos poitrines se collent tandis que nous ne formons plus qu'un. Assise sur ses cuisses, je me soulève un peu. Et c'est moi qui entame le va-et-vient.

Nous allons monter ensemble là-haut, tout là-haut.

Entourant mes hanches de ses grandes mains, Will reprend vite les rênes… pour imprimer le mouvement. De toute manière, je n'en ai plus la force. Parce que je le sens en moi, qui me remplit de sa chaleur, de sa puissance. Nous bougeons en rythme, en une course de plus en plus effrénée. Et il glisse de plus en plus loin, son sexe gonflé, dur, engorgé.

Nos râles résonnent.

Et au même instant, nous cédons au plaisir, renversant la tête en arrière, vers le toit et le ciel. La tête dans les étoiles.

17
ÉPILOGUE. LE DÉBUT DE L'HISTOIRE

Des rires me parviennent de la plage. Un enfant et un homme. Le sourire aux lèvres, j'attrape mon chapeau de paille qui traîne sur la table et le pose sur ma tête. En quelques mois, mes cheveux auburn ont poussé. Ils frôlent maintenant le milieu de mon dos. Je me sens plus féminine, plus femme. Sûrement grâce à *lui*. Dans ma longue robe d'été blanche, je m'arrête sur le seuil de la villa. Le soleil brille dans le ciel, torride. Au mur, le thermomètre affiche trente degrés – et nous ne sommes que le matin ! Mais n'est-ce pas normal aux Bahamas ?

Adossée au chambranle en bois, je les regarde. L'homme et l'enfant. Mon mari et son fils. Will et Sam. Mon cœur cogne très fort dans ma poitrine tandis que j'observe leurs jeux. Ils viennent de bâtir un incroyable château de sable – je reconnais bien là les talents de constructeur de Will ! Même sur la plage, il érige des empires. Et Sam pousse des cris joyeux. Du haut de ses 2 ans, il va à la rencontre des vagues qui lèchent le château, menaçant de le détruire. Ce qui semble le ravir.

Mes deux hommes.

Un instant, je regarde ma main. Un sublime anneau d'or blanc incrusté de diamants orne mon annulaire depuis six mois. Je ne m'appelle plus Kate Marlowe. Désormais, appelez-moi Mme Kate Stevenson. J'en ai des frissons dans le dos ! Et des frissons… j'en ai toutes les nuits, dans le lit de l'homme le plus sexy, le plus sensuel, le plus désirable de la planète. J'esquisse un sourire. Parfois, je me dis que j'ai trop de chance.

– Katie ! s'exclame Sam en me voyant.

Son cri me tire un nouveau sourire. À cet instant, Will se penche pour l'attraper et le faire tournoyer en l'air. Mon neveu éclate de rire, ravi. Il adore faire l'avion. Mais seulement avec son père.

– Tu viens, chérie ?
– Oui, viens ! Viens ! scande à son tour Sam, comme un adorable perroquet.

Pour couvrir le bruit des vagues, je place mes mains en porte-voix autour de ma bouche.

– J'arrive tout de suite ! J'en ai pour une minute…

Je crois que le moment est venu de révéler mon secret. Un secret que je garde depuis une journée – depuis notre arrivée dans la villa de Will. Après des mois de travail acharné à son agence et la création de nouvelles campagnes publicitaires chocs, mon mari a enfin décidé de prendre des vacances.

Mon mari. Mon mari, mon mari, mon mari. Je crois que je ne m'en lasserai jamais !

En vitesse, je traverse un long corridor inondé de lumière, m'engouffre dans la salle de bains et récupère mon précieux trésor. Puis je sors et croise notre gouvernante, Mme Morrison. Elle est déjà occupée à dresser la table du déjeuner dans le jardin, sous les cocotiers. Parfois, quand je me réveille le matin, je n'en reviens pas. C'est vraiment ma vie ?

Eh oui. C'est ma vie. Ma vie avec Will.

À présent, je ne suis plus son employée. Être sa femme me suffit amplement ! J'ai démissionné de Stevenson Inc. pour faire mes preuves ailleurs. Je veux réussir par moi-même. Will a bien pesté au début à l'idée que je m'éloigne… Mais il comprend mon désir de reconnaissance mieux que personne. Je travaille désormais au service communication de la mairie de New York. C'est assez excitant ! Et je ne risque pas d'entrer en compétition avec mon redoutable époux.

J'ai aussi quitté mon ancien appartement et la colocation

avec Julia. Après l'enlèvement de Sam, nous avons eu du mal à nous retrouver, toutes les deux. Puis la confiance est revenue peu à peu. N'était-elle pas elle aussi une victime de Steven, désormais en prison pour plusieurs années ? Désormais, elle vit dans un ravissant petit appartement… rose comme une bonbonnière. Et elle est célibataire. Elle prétend avoir fait une croix sur les hommes – mais je la connais. Julia est une indécrottable fleur bleue. Simplement, la prochaine fois, je ferai passer un test à son petit copain.

Je veux dire un interrogatoire. Avec l'agent Davis.

– J'arrive ! crié-je en jaillissant de la somptueuse villa blanche.

Pieds nus, je dévale la plage et ses dunes en courant. Car l'immense maison de Will donne directement sur l'océan, à demi cachée par des bosquets de fleurs tropicales. Maintenant, je comprends mieux son engouement pour les fleurs des îles ! Fonçant sur Sam, je l'attrape, lui assène un baiser qui lui arrache un cri furieux… et le libère. Le petit monstre s'en va illico en gambadant.

– Je suis heureux, Kate.

Les mots de Will me touchent en plein cœur. De sa part, c'est la plus belle des récompenses. Prenant ma main, il suit en même temps des yeux Sam qui affronte les vagues, tombe, se relève. Un vrai Stevenson ! Et moi, je tremble légèrement, ce qui n'échappe pas à la vigilance de Will.

– Quelque chose ne va pas ?
– Au contraire. Je n'ai jamais été aussi bien, Will. Parfois, je me dis que c'est trop.
– Moi aussi. J'ai l'impression que nous ne pourrons jamais être plus heureux.

L'œil malicieux, je lui adresse un sourire mystérieux. Surpris, Will me dévisage… avant de remarquer la main cachée dans mon dos.

– Et si ce n'était que le commencement ? dis-je en le fixant droit dans les yeux.

Tendant le bras devant lui, j'ouvre ma paume sous son nez et révèle mon secret.

Un test de grossesse. Positif.

D'abord, Will semble pétrifié, incapable de bouger, de parler. C'est à peine s'il respire encore. Ses yeux vont de moi au test, du test à moi. Sans cesse.

– Ne me dis pas que…
– Si.
– Tu es enceinte ?

Je hoche la tête. Et la joie de Will éclate à travers son cri. Cette fois-ci, plus question de contrôle et de maîtrise de soi. Me soulevant de terre, il me fait tournoyer dans les airs… Les palmiers, la mer, la plage, la villa, son visage : tout danse autour de moi. Lui se met à rire, ivre de bonheur. Car je viens de lui faire le plus beau des cadeaux : une famille. Une famille pour lui qui se croyait condamné à la solitude.

– Je suis l'homme le plus heureux du monde, Kate ! s'exclame-t-il en me reposant à terre.

Je me love dans ses bras, me collant à son torse nu et hâlé. Aussitôt, ses bras se referment sur moi, m'étreignant avec force. Et nos regards se croisent, intenses, fous d'amour, avant qu'il ne murmure :

– Et ça ne fait que commencer…

Alors, nos lèvres se joignent en un baiser sans fin.

Pour nous, ce n'est que le début. Le début de l'histoire.

Fin

Extrait

JE T'AIME… TOI NON PLUS

de Mina Shepard

À paraître en octobre 2015

1

LE B.A.-BA DU PARFAIT DÉTECTIVE

« Samedi 14 janvier, 20 h 33. Cas Morrisson. Mari (Owen Morrisson) suspecté par sa femme (Elinor Morrisson, née Baldwin) de la tromper avec Amanda Wilson, sa secrétaire. Arrivée en planque au domicile de la susmentionnée potentielle maîtresse au 87, Old Bond Street, Mayfair. À l'heure actuelle, le suspect ne s'est toujours pas présenté devant le bâtiment. La potentielle maîtresse est quant à elle rentrée à 19 h 57, heure locale. RAS. »

Il y a huit mois de cela, après avoir terminé mes études de criminologie, j'ai quitté ma Lorraine natale, avec toute ma vie dans une seule (quoique énorme) valise.. J'ai tout plaqué et j'ai débarqué à Londres afin d'exercer le métier de mes rêves : détective privé.

Je sais, ça impressionne toujours.

C'était mon rêve de gosse, mon but ultime, absolu, et grâce à mon acharnement et à ma patience, je l'ai réalisé. Je suis désormais détective privée à mon compte, et je gagne ma vie en coinçant des bad boys (ou des bad girls, d'ailleurs, et il y en a bien plus que l'on ne croit). Au début c'était un peu dur, j'ai dû tout faire toute seule, m'assurer une promotion discrète, faire mes preuves… Mais j'y suis arrivée ! J'ai appris les ficelles du métier sur le tas. Je ne vais pas dire que tout est acquis, mais je m'en sors plutôt pas mal.

Par exemple, j'ai pris l'habitude de prendre toutes mes notes avec le dictaphone de mon téléphone. C'est pratique, infaillible (sauf en cas de batterie à plat, mais j'ai toujours mon chargeur avec moi) et je l'ai constamment sous la main, c'est donc idéal pour moi, tête en l'air, qui ai besoin d'être organisée. C'est important, mais ça ne suffit pas, bien sûr.

Pour être un bon détective, il faut avant tout un sens de l'observation aigu. Aucun détail ne doit vous échapper, car c'est souvent dans les détails que l'on trouve la solution de l'énigme.

Ensuite, il vous faut une discrétion à toute épreuve : vous ne devez pas seulement être discret, vous devez être invisible. Vous fondre dans le décor, vous faire tout petit, être un vrai caméléon. Vous ne devez pas non plus avoir peur de vous déguiser, car la discrétion, vous la devez avant tout à vos clients : pas question de laisser filtrer quoi que ce soit, et encore moins de vous faire prendre lors d'une filature. Personne ne doit jamais, au grand jamais, s'apercevoir que vous êtes sur les traces de quelqu'un ou savoir que vous avez été engagé, ni pourquoi. Alors, de temps en temps, il faut savoir s'habiller autrement, porter des lunettes, parfois même une perruque, pour changer de tête. Ça peut paraître un peu cliché, mais c'est un moyen simple et très efficace de réduire les chances d'être repéré ou reconnu.

Il vous faut aussi un culot et une détermination hors du commun : retrousser vos manches, mettre les mains dans le cambouis, aller soutirer des infos, vous infiltrer dans des endroits où vous n'êtes pas supposé aller, bluffer, mentir, donner de fausses identités…

Oui, vraiment, être détective, c'est palpitant.

Bon, OK, pas toujours en fait. La plupart du temps, vous vous retrouvez à grelotter dans votre voiture à guetter un inconnu dont vous ignorez tout et dont vous devez percer les secrets les plus intimes. Le plus souvent, cet inconnu se trouve être un mari (ou une femme) suspecté par sa femme (ou son mari !) d'être infidèle, et vous devez le traquer et l'espionner jusqu'à ce qu'il veuille bien donner une preuve tangible de sa culpabilité. Un baiser volé, une main tenue en public, un achat suspect (tout le monde se souvient d'Emma Thompson dans *Love Actually*, découvrant que le collier acheté par son mari chez Tiffany pour Noël ne lui est pas destiné)… Vous prenez le suspect en flagrant délit en photo, par exemple, apportez les preuves concrètes de sa faute, et voilà. Ensuite, vous avez la lourde responsabilité de gérer la réaction de votre client. Certains pleurent, certains encaissent calmement, d'autres jurent d'aller assassiner leur moitié sur-le-champ… Pas tous les jours facile, mais ça fait partie du métier !

Cela dit, franchement, le plus pénible, ce ne sont pas les émotions des gens qu'il faut gérer, mais ces interminables moments d'attente. Une filature peut prendre des heures si vous êtes chanceux, des jours dans la plupart des cas, mais aussi des semaines si le suspect est rusé, ou innocent.

Contrairement à ce que l'on pourrait penser, un suspect innocent n'est pas forcément synonyme de bonne nouvelle. Parfois, la personne qui m'engage est tellement persuadée qu'on la trompe qu'elle s'y est préparée psychologiquement et qu'elle a déjà, dans sa tête, réorganisé sa façon d'envisager son couple et son existence. Et lorsqu'on lui apporte la preuve sur un plateau que c'est faux, qu'elle peut dormir sur ses deux oreilles, que son partenaire est fiable, étrangement, cette personne est déçue. Elle se rend compte que, finalement, elle n'a pas envie de retourner à son quotidien ronronnant, et prend conscience qu'elle a besoin d'un peu de drame pour pimenter son train-train. Ce qui n'est pas vraiment un bon signe pour l'avenir de son couple.

Certaines personnes sont également déçues car elles cherchent clairement un prétexte pour se séparer de leur moitié, sans qu'il leur soit nécessaire d'avoir le courage de dire « Je ne t'aime plus » ou « Je m'ennuie avec toi, c'est fini ». Trouver une preuve de la culpabilité du conjoint devient alors indispensable pour rejeter la faute de la rupture sur elle ou lui, ou pour se déculpabiliser.

Être détective, c'est aussi un métier qui vous en apprend long sur le genre humain. En bien, mais aussi en mal. Mais revenons à nos moutons.

Ce soir, je suis en planque, je travaille sur un dossier pas vraiment épineux, et même plutôt fatigant sur le long terme : j'ai été chargée par Elinor Morrisson, excentrique et richissime Anglaise, de prouver que son mari fricote avec sa secrétaire, Amanda.

Elinor ne correspond à aucun des cas mentionnés ci-dessus. Elinor est un cas à part. Quelques semaines avant, elle soupçonnait ce pauvre Owen de la tromper avec la femme de ménage (une jeune Polonaise déjà fiancée à un Écossais plutôt joli garçon. Je doute qu'Owen fasse le poids face à lui, mais bon, aux yeux d'Elinor, son époux est un apollon ultra-convoité). Avant encore, elle l'accusait d'avoir une aventure avec sa secrétaire à elle, puis avec la partenaire de golf d'Owen, puis avec l'employée des postes… Bientôt, elle l'accusera de la tromper avec elle-même. Je suis convaincue qu'elle en serait capable ! Elinor vit dans une autre dimension. Bref, je crois surtout qu'elle est parano. Mais bon, elle m'emploie, et dans la mesure où elle me paye (et plutôt bien), je n'ai pas à me poser de questions. Et je crois que d'une certaine façon, à force de travailler pour elle, j'ai commencé à m'y attacher. Donc cette fois-ci, c'est chez sa secrétaire que je traque Owen, dans le très chic quartier de Mayfair.

Elle a les moyens, cette Amanda, dites donc. Je devrais peut-être envisager une reconversion, moi…

Emmitouflée jusqu'au nez dans mon manteau de fausse fourrure qui envahit tout l'espace de ma petite Mini Cooper (Londres en janvier, ce n'est pas la Sibérie, mais presque), je tente de me réchauffer en buvant le café qui fume dans mon Thermos.

Depuis toute petite, devenir détective était mon rêve. Traquer des méchants, coffrer des bandits, devenir une experte en camouflage, tout ça, comme dans Sherlock Holmes. Souvent, je jouais avec ma petite sœur à mener l'enquête, et j'étais toujours le glorieux agent vainqueur. Comme elle n'était qu'une petite fille (de huit ans ma cadette), elle était toujours le petit enfant qui s'était fait enlever, suivant divers scénarios, et je devais la retrouver. Pas très joyeux comme jeu pour des enfants, à première vue, mais la fin était toujours heureuse, puisque je la sauvais à chaque fois.

Ma petite sœur… Mathilde…

Passons. C'est pour ça que je suis venue à Londres après mes études. C'était un peu le royaume des détectives, pour moi ! Comme vous l'aurez compris, malgré tous les atouts séduisants de mon métier, j'ai un peu déchanté depuis que je l'exerce « dans la vraie vie ». Parfois, j'envisage même de changer de carrière, de renoncer. Des jours comme celui-ci, je me dis « À quoi bon… ». Ce n'est pas vraiment ce que j'espérais. Une fois, on m'a même demandé de retrouver la trace d'un chat qui s'était échappé de chez sa maîtresse fortunée. J'ai dû accepter, pour l'argent. C'est difficile à admettre, mais pour ma défense, Londres est une ville incroyable, avec un goût de fête et de « coolitude » perpétuel, mais qui se mérite. Tout y est tellement cher, le loyer, l'essence pour ma titine, les charges… J'ai donc retrouvé ce petit animal fugueur que j'ai rendu sain et sauf à sa maîtresse, j'ai encaissé le chèque et j'ai tenté d'oublier ce « dossier » peu glorieux.

En revanche, quand un jour un jeune geek m'a demandé d'enquêter sur son colocataire, qu'il soupçonnait d'être en communication avec les extraterrestres et de participer à leur arrivée secrète sur Terre, j'ai dit non. Il ne faut pas exagérer. Et j'aurais eu l'impression de voler ce pauvre garçon (à qui je me suis retenue de conseiller un bon psy à la place).

Oui, je le reconnais, j'ai parfois pensé à baisser les bras et à devenir, je ne sais pas, graphiste, vendeuse, serveuse ou développeur web, comme 80 % des jeunes gens ici. Je plaisante. À moitié.

Mais mon intuition me dit que ce n'est pas encore le moment de changer de carrière. Elle me dit : « Patience, Abi, patience. Un jour, ta persévérance sera récompensée ! » Alors je continue, encore et encore.

« Samedi 14 janvier, 21 h 57. Cas Morrisson. Toujours en planque au domicile d'Amanda Wilson. RAS. Le suspect est toujours hors de… »

Bvvvvvvv

Je suis interrompue dans mon monologue par un énième appel, qui fait vibrer mon téléphone dans ma main à peu près pour la 59e fois de la soirée.

– Abigail ? Alors, vous l'avez eu ? s'enquiert la voix impatiente de ma cliente.

– Non, Elinor. Owen n'est toujours pas là. Ne vous en faites pas, si j'aperçois quoi que ce soit, je vous téléphone immédiatement.

– Je compte sur vous, ma petite. Il va se montrer, croyez-moi, je le sens. Cette fois-ci, c'est la bonne ! Vous savez…

Très rapidement, je n'y suis plus. Mon attention se détourne de la voix stridente d'Elinor, qui continue de s'époumoner dans le combiné, retenue par un détail qui ne me semble pas anodin du tout. Un homme est en train de s'introduire par effraction dans un immeuble !

D'après mes sources (Google et Wikipédia. Je me suis renseignée sur les alentours avant de venir stationner près de chez Amanda), il s'agit du siège de l'un des plus grands diamantaires du Royaume-Uni, Carmichael & Son. Rien de moins que le joaillier personnel de la reine et de toute la famille royale ! Et ça me paraît très légèrement alarmant qu'un homme s'y introduise par une porte dérobée, en pleine nuit... Je n'entends aucune alarme retentir, cependant...

Intriguée au plus haut point, j'expédie Elinor d'un « Bonne soirée, je vous tiens au courant », et je prends mon courage à deux mains pour affronter le froid polaire et voir un peu de quoi il retourne. Mon gros manteau n'est pas le meilleur des camouflages pour une filature discrète, mais je vais devoir faire avec.

Je ferme ma titine à clef et fais quelques pas sur le sol verglacé en direction de l'immeuble. L'homme est déjà à l'intérieur, il faut faire vite ! Je me rapproche encore, le plus silencieusement possible, quand soudain j'aperçois un autre homme à quelques pas de distance, comme s'il était en train d'observer le premier. Un complice ? Impossible, ils seraient ensemble, ça n'a pas de sens... Il est clairement en train de l'espionner. Un policier ? Un autre détective ?

Ouuuh, ça me paraît bien mystérieux, tout ça. Et si c'était ça, l'affaire que j'attends depuis tout ce temps ?!

Une bouffée d'excitation me traverse. J'accélère le pas pour rattraper le second homme, dont la silhouette élégante longe l'immeuble en direction de la porte empruntée par le premier, que nous appellerons « suspect n° 1 ».

À bonne distance, je regarde le second se mouvoir dans

l'ombre, et ne peux pas m'empêcher de remarquer sa belle carrure et ses allures de James Bond. Même de loin, je peux voir qu'il est très, très bel homme. Brun, mâchoire carrée, très grand… sexy ! Malgré moi, ça me donne encore plus envie de le suivre, ce que je fais, me glissant sur ses traces telle une panthère, tapie dans l'ombre…

Celui que nous nommerons pour l'enquête « Bond 2 » est déjà à la porte, me forçant à accélérer. Il la franchit, et je me précipite dans l'intention de me faufiler derrière lui avant qu'elle ne se referme.

Ouf, heureusement, je n'ai fait aucun bruit ! Il ne s'est rendu compte de rien. Mais comment se fait-il qu'aucune alarme ne se soit déclenchée cette fois encore !? Lui doit aussi définitivement être un privé. Un privé bien renseigné, celui-là…

Comme dans les séries télé, je bloque la porte avec mon pied avant qu'elle ne se referme.

Ouch, qu'est-ce qu'elle est lourde !

Je patiente quelques secondes pour être sûre que l'homme ne m'entende pas entrer, puis avance à pas de loup jusqu'à me retrouver moi aussi à l'intérieur… Je m'apprête à refermer tout doucement la porte, quand soudain…

– Qu'est-ce que vous fabriquez ici ? chuchote une voix masculine d'un ton particulièrement irrité.

Oh oh… Le début des problèmes !

Bond 2 me fait face, me dominant de toute sa carrure. De près, je constate que ma première impression était fondée : il est carrément canon. Brun, un regard noir, intense, une mâchoire taillée au couteau, des lèvres charnues et une odeur virile… Un parfum musqué et boisé qui m'emplit tout entière… Un instant, je me trouble et manque de relâcher la porte, qu'il bloque d'une main avant qu'elle ne claque, dans un geste vif qui me fait sursauter.

– C'est un établissement privé !

Il ne peut pas parler fort, au risque de signaler sa présence à l'homme qu'il a pris en filature, mais son ton est brusque et ses yeux lancent des éclairs. Et puis, entre nous, il a beau être séduisant, je le trouve carrément gonflé, celui-là.

« Un établissement privé » ?! Ben et lui ?!

– Et vous, alors ? osé-je à voix haute en essayant au mieux de dissimuler mon trouble. Laissez-moi faire mon travail !

Ce n'est pas parce qu'il est beau que je vais me laisser démonter comme ça. Non mais.

– Votre travail ? Qu'est-ce que vous fichez, au juste ? Personne ne vous a rien demandé ! s'offusque-t-il. Maintenant, la plaisanterie est terminée, veuillez quitter les lieux.

– Ce n'est pas du tout une plaisanterie ! Et je préfère vous le dire tout de suite, si vous tentez de m'empêcher d'entrer, je hurle ! Et si je hurle, votre voleur prendra la fuite, et vous n'aurez plus qu'à rentrer chez vous, balancé-je sans ciller.

– Qu… Quoi ?! lâche-t-il, abasourdi.

– Au secou… commencé-je, en faisant mine de hausser le ton.

– Ça suffit, taisez-vous ! Très bien, vous avez gagné, est-il obligé d'abdiquer.

À son air surpris, presque choqué, je devine qu'il n'a pas l'habitude qu'on lui tienne tête avec autant d'aplomb. Je vous l'avais dit, n'est-ce pas ? Avec le bluff, on obtient tout.

– Mais restez derrière moi, et surtout faites attention, pas un bruit ! Vous êtes aussi discrète qu'un troupeau de buffles dans une bibliothèque. Il ne m'a pas fallu trente secondes pour me rendre compte que vous me suiviez, ajoute-t-il, sardonique.

Aïe ! Touchée.

Vexée comme un pou, je me contente de ravaler la repartie cinglante qui me brûle les lèvres, car le regard chargé de colère que me jette mon ténébreux rival me dissuade de le provoquer. Il a l'air habité d'une telle fureur, sourde, enfouie, derrière son visage fermé et impassible…

Intrigant, ce mystérieux inconnu. Il n'a pas l'air commode, mais quel sex-appeal !

Je me tais, donc. Le plus important, de toute façon, c'est

que je sois entrée ! Excitée par cette aventure et cette rencontre pour le coup inattendues, je m'empresse de suivre Bond 2 dans la pénombre de l'immeuble…

À suivre

Déjà parus

À lui, corps et âme – volumes 1 et 2, Olivia Dean
Cent facettes de Mr Diamonds – volumes 1 et 2, Emma M. Green
Toi + moi – volumes 1 à 3, Emma M. Green
Tout pour lui – volumes 1 et 2, Megan Harold
Mr Fire et moi – volumes 1 et 2, Lucy K. Jones
Mords-moi !, Sienna Lloyd
Possédée, Lisa Swann
Ordonne-moi ! – volumes 1 à 3, Chloe Wilkox
Aime-moi. Corps et âme, Kate B. Jacobson
Je te veux – volumes 1 et 2, Heather L. Powell
Soumets-moi ! – volumes 1 à 3, Nina Marx
Désire-moi ! – volumes 1 et 2, Hannah Taylor
Tes ordres sont mes désirs – volumes 1 à 3, Phoebe P. Campbell
Déshabillez-moi ! – volumes 1 et 2, June Moore
Étreinte – volumes 1 à 3, June Moore
Envoûte-moi !, Lucy K. Jones
Toute à toi, Anna Chastel
Call me Baby – volumes 1 et 2, Emma M. Green
Mon milliardaire, mon mariage et moi, Mina Shepard
Coffret *Toi + Moi*, Emma M. Green
Sex Friends – Chloe et Alistair, Eva M. Bennett
Love me if you can, Felicity Stuart
Adore-moi ! – volumes 1 et 2, Lisa Swann
Sex Friends – Lucy et Arthur, Eva M. Bennett
Call me Bitch, Emma M. Green
Je suis à toi, Hannah Taylor

Déjà paru dans la collection Adult Romance – Fantasy

Soul Lights. Pour un vampire – volume 1, Chloe Wilkox

À paraître

Juste toi et moi – volume 1, Megan Harold (octobre 2015)
Révèle-moi – volume 1, Kate B. Jacobson (octobre 2015)
Contrôle-moi, Amber James (octobre 2015)
Promets-moi, Phoebe P. Campbell (novembre 2015)
Kiss me if you can, Emma M. Green et Felicity Stuart (novembre 2015)
Diamonds. Private Club, Nina Marx (novembre 2015)

À paraître dans la collection Adult Romance – Comédie

Je t'aime… toi non plus, Mina Shepard (octobre 2015)
Bliss – volume 1, Emma M. Green (novembre 2015)

À paraître dans la collection Adult Romance – Fantasy

Vampire Brothers, Alice H. Kinney (octobre 2015)
Soul Lights. Pour un vampire – volume 2, Chloe Wilkox (novembre 2015)

Auteure : Rose M. Becker

Edisource

100, rue Petit, 75019 Paris

Imprimé par FINIDR – Lipova cp. 1965 – 73701 Cesky Tesin,

République tchèque

Dépôt légal : septembre 2015 – Achevé d'imprimer : juillet 2015

ISBN : 978-2-37126-066-5

N° Sofédis : S575347